HOUHUI
WUQI

会无期

图书在版编目（CIP）数据

后会无期/王晶著. —合肥:安徽文艺出版社,2023.5
ISBN 978-7-5396-7559-6

Ⅰ. ①后… Ⅱ. ①王… Ⅲ. ①短篇小说－小说集－中国－当代 Ⅳ. ①I247.7

中国版本图书馆CIP数据核字(2022)第 193571 号

出 版 人：姚 巍
责任编辑：张星航　　　　　　装帧设计：梓 欣　张诚鑫

出版发行：安徽文艺出版社　　www.awpub.com
地　　址：合肥市翡翠路 1118 号　邮政编码：230071
营 销 部：(0551)63533889
印　　制：安徽新华印刷股份有限公司　(0551)65859551

开本：880×1230　1/32　印张：9　字数：200 千字
版次：2023 年 5 月第 1 版
印次：2023 年 5 月第 1 次印刷
定价：42.00 元

(如发现印装质量问题，影响阅读，请与出版社联系调换)
版权所有，侵权必究

目 录

自序   001

黑色多巴胺   001

胖姑娘的摇滚情人   035

七年之痒，祭酒一杯   067

泡沫   098

还好遇见你   122

左手爱情，右手枷锁	160
谁是谁的傀儡	184
安身立命之所	210
假面	233
后会无期	257
后记	277

自 序

人这一辈子，无论是你经历过的，还是正在经历的，以及还未经历过的时光，总有一些是如幽灵般，在你的世界时隐时现，你摆脱不了，也无法舍弃。它让你把周遭的人和事看清楚，学着去适当地保持距离，好让你有内心笃定的力量，去经历你内心独处的荒凉，才能抵达你内心的繁华，肆意地去生长。

无论你多么富有，抑或多么贫穷，当你一个人独处时，这种感觉虽然让你空空落落，无所适从，但是它所滋生出的你内心的丰盈感让你如恢复出厂设置一般，再次启动时，又是崭新的自己。这种与生俱来的技能，根植在你的血液里，深入骨髓。

人总是双面的，像黑与白，抑或是正反面，你总是准确地知道该在何时何地把哪一面展现在人面前，又把自己独享的那一面偷偷地放在了人后。这样你就可以在你的精神世界里有着别人不懂的小确幸，满心欢喜。

有人把其中一面掩盖得极其好，从不让人察觉，有人却装作不经意间露出了想显露在人前的那一面。这便是人与人的区别。

这些年，发生在我身边的，我看到的、听到的、经历的一些人和事，大都离不开一个"情"字，或是亲情、友情，或是爱情，总是让人百转千回，割舍不下或是求而不得。只因我们谁都无法摆脱心底最柔软的那一部分。

再坚强的人也有脆弱得不堪一击的时候，再脆弱的人也有坚强的铜墙铁壁，情感如此，人心亦如此。

在这个世界里，我们总是想要成为自己想要的样子，大多数人中规中矩地过着别人眼里安安稳稳通往幸福的必经路。可这又是谁给的定义？无论你此刻行走在一条艰难险阻，还是赤脚过着独木桥也好，抑或是你现在正在经历着什么样的挫折，过得多么不如意，只要你坦然、无愧，脚步就可以迈得踏实。无论你走什么样的路，请相信，总有一天，你会站在最亮的光里，成为你想成为的样子。

总觉得时光匆匆，有些故事还没来得及开始，就成了昨天；有些人还没来得及相爱，就成了过客。但无妨，前路漫长，在这大好时光里，怀揣心底的爱意，大步前行。

总想提笔把这些身边的故事记录下来，留住这二十岁的肆意青春，等着有一天步履蹒跚，回首望去时，也能从这文字中读到自己的青春。

翻开这本书的你，都是你我未曾谋面的善缘。我亲爱的朋友，如果我笔下的这几个故事，能如绚丽的彩虹一样给你的生活增添一点色彩，这些真实的故事能让你觉得这个世界上有着跟你同样的人，在做着跟你同样的事，抑或是做着你想做却从未敢做的事情，但你始终是我们芸芸众生里的一分子，同勉励，共前进，在这可以肆意挥洒青春的大好时光里。

也许几十年后回首，什么时候念书，什么时候选择自己的第一份职业，什么时候恋爱，什么时候结婚，什么时候站在人生的三岔路口，做出抉择，你都会牢牢记在心里，再回首，其实不过都是普通的一天，不过都是你独自奋力前行的征途。

很多时候，当你处在不同的情感阶段时，总会有一段独自度过的时光，就像是荒凉的孤岛一样。这本书讲述了关于爱与成长的故事，故事中有青春的懵懂，有无以言说的孤独，有摒弃一切的过往，有撕心裂肺的离别，有奋力执着的成长。每一个人都像一座孤岛，熬过去黑暗生长的时刻，就迎来了万物生长。

都说人间荒唐市侩，那就不如文中作怪。

唯愿你我都能心存善意，阳光肆意，璀璨彷徨，万物生长。

黑色多巴胺

这世间，酸甜苦辣，若长良川。
时间从来不语，却回答了所有问题。
南柯一梦是你，怦然心动也是你。

多巴胺，是指能使人产生化学反应的恋爱兴奋剂，它能给人带来恋爱的甜蜜和精神上的愉悦感。可虎妞觉得，自己的大脑中一定是缺乏这种神奇的物质，不然，为何迄今为止一直都没有出现那个能让自己精神愉悦的男人？

虎妞是那种一眼看上去温婉可人，一开口让人直想挠头的姑娘。一双水灵灵的大眼睛，配上精致的瓜子脸和小巧的樱桃唇，怎么看都是美人胚子的虎妞内心却住着一个汉子，从小到大，屁股后边能跟一堆眼巴巴的男人。总的来说，虎妞的外在形象跟名字，那简直叫一个不匹配。可虎妞每每开口，你就觉得这姑娘是真虎,不是假虎,而且是二虎。于是虎妞的性格总是让身边的追求者不好意思下手,因为到最后都处成了哥们。

但总有人私下里酸酸地说,虎妞是最高段位的"婊"。让一群男人围在自己身边,鞍前马后,甚至肝脑涂地。可我说,虎妞这是脑子少根筋。

作为最了解虎妞的人之一,我自小跟她在一个院里,从幼儿园一起流着鼻涕抢糖果开始,我俩互相揪对方的小辫子,抢对方最喜爱的东西,互相打对方的小报告,就这么相爱相杀的两人一直到高中,我俩都在一个班。后来才知道并非巧合,而是每每我们双方的家长去老师那要求把我俩调在一个班。两家的革命友谊,也成就了我俩今天能互相为对方舍命的交情。是的,没有夸张,是舍命。虎妞能为我舍命的事发生在高中毕业的那个闷热的夏天。

那年高考完,如同被关了三年牢笼,得到解放的我们简直是撒欢儿。也是那个夏天,虎妞脑袋上多了一个疤,是因为我。直到今天,我都觉得我欠虎妞一条命。

北方的夏天少不了喝啤酒、撸串,而那个夏天,我们两个终于可以光明正大地喝酒,家长不管了。于是,虎妞的舅舅家的大排档就成了我俩隔三岔五去撸串解馋,再痛饮一大杯扎啤的据点儿。虎妞的亲舅舅只比虎妞大七岁,是虎妞姥姥老来得子的独苗,宝贝得不行。虎妞舅舅从小被全家宠坏了,吊儿郎当,不好好学习,早早退学,家人给找的正儿八经的工作不干,偏偏要自己开烧烤店。还别说,那几年烧烤生意红红火火。虎妞舅舅小时候没少替我俩出头打隔壁的熊孩子,换句话说，虎妞舅舅是我和虎妞的保护伞。

虎妞舅舅身高一米九，典型的山东大汉形象，从小到大没少被屁股后面一溜儿姑娘追。当然，虎妞舅舅也没少霍害人家姑娘。可还是有姑娘前赴后继地往上扑。我和虎妞第一次去撸串的那个晚上，就有隔壁桌的小姑娘虎视眈眈地看着我俩。

虎妞低声说："看见没？隔壁桌那姑娘，估计又是我小舅舅欠下的桃花债，刚刚看见我小舅舅又给咱加菜又来回串的，估计把咱俩当成情敌了。"

我眼皮都不抬，拿起一个串："这不很正常吗，你几时见你小舅舅带过同样的姑娘回家？"说完又往嘴里塞了一块肉。

虎妞摇摇头，看了看在忙碌的小舅舅，喊道："小舅舅，再给我俩加俩鸡翅。"

我瞟了隔壁桌姑娘一眼，隔壁桌姑娘眼睛放光。

我喝了一口酒；"得，咱俩警报解除。"

虎妞捂着嘴："妈呀，忘了这事了，坏了，言多必失。"

不一会儿，两个鸡翅空降到盘子里："你俩又在这嘀咕什么呢？好吃的都堵不住你俩的嘴。"虎妞舅舅看着我，"宝儿你说，虎妞又在这嘀咕什么呢？"

"没有，小舅舅，虎妞说你这串烤得好吃，怪不得这么多美女姐姐都来吃。是吧，虎妞？"我坏坏一笑地说。

"好啊。宝儿，你这肯定是被虎妞带坏了。"

"说什么呢？小舅舅，我可是你的亲外甥女，你这胳膊肘怎么还往外拐？要说带坏了，那我俩可不就是从小被你带坏的呢？"虎妞扬扬得意。

黑色多巴胺　003

"好好,我说不过你,我这就给你妈打电话,说你天天跑我这来喝酒,让你妈把你领回去。"

"你打吧,我可不怕,我现在都是大人了,我妈不管我喝酒。倒是我,是不是给姥姥打个电话说说一堆儿媳妇等着我小舅舅给她老人家领回家呢?我估计,姥姥又得说想抱大胖孙子了吧?"

"好好,你厉害,我说不过你。"小舅舅边说边把我俩没开的啤酒收走。

我和虎妞笑哈哈地对视,我拍拍桌子:"虎妞,你这一招太狠了,直接掐住小舅舅的七寸。"

虎妞得意地晃晃脑袋:"那是。从小跟我小舅舅屁股后面长大,我这些损招还不都是跟他学的?"我和虎妞哈哈大笑起来。

就在我俩大笑的同时,毫无预兆的,隔壁桌干起了架,一个酒瓶子冲着我飞了过来,背对着的我根本不知道后来即将而来的危险,对面坐的虎妞看得清清楚楚。虎妞来不及抵挡,只能起身一把把我推翻在地。我倒地的同时看见一个酒瓶子从我身上飞过,那一瞬间像电影的慢镜头一样。我想,幸好虎妞把我推倒,不然我脑袋岂不是要开花了?可是下一秒,来不及躲的虎妞被酒瓶子直直地拍在了眉骨上。虎妞尖叫着倒地。我慌里慌张地从地上爬到虎妞身边,看到一脸血的虎妞,我傻了一样扯着嗓子大喊。

小舅舅从屋里冲出来,看见倒在地上一脸血的虎妞和吓傻了的我,以及隔壁桌傻乎乎站在那儿的酒蒙子,那人看见虎妞一脸血，瞬间醒酒，哆哆嗦嗦地往后退了两步，结结巴巴地说："不是，我不是故意的，没想打着她。"

小舅舅一个箭步冲上去，两拳揍得那人一脸鼻血。同桌的人上前劝解。虎妞有气无力地喊道："小舅舅你个大傻子，再不上医院，我可就死了。"

完全吓傻了的我慌里慌张地爬起来，上前拉住正一拳拳揍向那人的小舅舅："小舅舅，快，上医院，虎妞流了好多血。"

小舅舅恶狠狠地盯着那人说："我今儿打你算轻的，看谁敢在我这儿撒野！"酒蒙子一脸鲜血，完全醒酒了，同行的人不停地道歉。

小舅舅一路风驰电掣把车当飞机开。到了医院，虎妞的眉骨缝了十几针，我没出息地直掉眼泪。医生边包扎边说："真是万幸，如果偏一点，砸到眼睛，那这眼睛可就保不住了。"

虎妞咧嘴笑："那我命真大。"

医生摇摇头："你这姑娘心真大。"

我眼泪鼻涕混成一块："虎妞……"

虎妞拍拍我："行啦，我这包扎完不是好好的吗？再说了，我就缝十几针，那酒瓶子要是飞你后脑勺上，估计你直接就挂了，我可舍不得你。"

那晚的结果是，我哭得涕泗横流，虎妞被包扎着巨大的纱布，我俩各自被各自的妈领回家。说起来，那晚最惨的是小舅舅。小舅舅回家被虎妞的姥姥姥爷一顿狠揍。从小到大没舍得动这宝贝儿子一根手指头的姥姥、姥爷，得知虎妞在小舅舅店里被人打了，还缝了十几针，心疼外孙女的虎妞姥爷气得差点

黑色多巴胺　005

背过气去，可怜的虎妞舅舅那晚上被"混合双打"。

直到十年后的今天，我和虎妞回忆起来还犹如一切在眼前。从那晚起，虎妞成了我的救命恩人，舍命保护我的救命恩人。毫不夸张地说，自此以后的任何一个日子，无论发生什么事情，只要是虎妞，我都会舍命保护她。因为我知道这辈子，这个跟我毫无血缘关系的傻姑娘曾经救过我一命。

在虎妞为我拼命的那个夏天，我们俩各自接到了通知书，两个城市，相隔一千五百公里。我砸碎了自己从小攒到大不舍得动的九个存钱罐，数了大半个晚上，凑够了足以买下那个水晶发卡的钱。

那是在我们那个小县城里最时尚的一家小店里，每每我俩走过那家店，看见橱窗里那个亮闪闪的水晶发卡，都在想着哪天能戴在自己的头上。

那个亮闪闪的小小的水晶发卡，散发着耀眼的光芒，像一个贵族小姐一样，而我俩每次都待在橱窗前看半天，眼睛里露出想拥有它的贪婪的目光，可是每次看看四位数的价格，对那个年纪的我俩来说，无疑是一件奢侈品。

第二天上午，我匆匆赶到店里的时候，橱窗里已经被换上了一批新的水晶发卡。那个让我和虎妞惦记了好久的水晶发卡不知道被谁买走了。这就像期望了好久的东西，在你终于能伸手得到它的时候，你满怀希望地伸过手去，却发现再也得不到了。

就像现在的很多事情，当我们终于有能力的时候，却发现你想得到的东西总会被别人捷足先登。

虎妞从小到大一直是个不乏追求者的人，男生缘特别好，而女生缘就差了点，我可能是她有且仅有的女性朋友，而且有着过命的交情。

虎妞大学是在南方读的，而我依然在北方。大学四年，虎妞经常从那个以吃辣出名的遍地美食的城市飞到帝都来看我，那个时候的帝都还没那么多的雾霾，天还是蓝的，我带她遛大街串小巷，走遍帝都的每个胡同。

虎妞最爱逛的就是胡同，可能上辈子她就是个"胡同串子"。那个时候的我和虎妞生活费少得可怜，我俩每次都只能吃小吃，我带着虎妞吃了一圈小吃后，发现虎妞最爱吃的就是卤煮。没错，是卤煮，而且一定要加蒜泥。

对于很多姑娘来说，可能卤煮这种东西连碰都不会碰，蒜更会避而远之，因为吃完蒜，一张嘴，就会闻到一股"迷人"的气味。然而，对于我们两个自幼生长在齐鲁大地的大嫚儿，葱、蒜可是饭桌上必备的食物。大葱蘸酱、小葱拌豆腐、蒜泥黄瓜、面条来瓣蒜，那可真是美味得很。

迷恋上卤煮的虎妞，更是每个月都会飞到帝都来看我，每次第一件事就是来一碗让人酣畅淋漓的卤煮，直到吃得鼻尖直冒汗，这才证明吃到味了。对于每月生活费少得可怜的虎妞怎么可以这么任性地飞来飞去，答案就是，机票钱是虎妞小舅舅赞助的。

心疼虎妞在外上学，万一没钱经不住社会上的诱惑，更怕虎妞节衣缩食吃不饱，每个月小舅舅都会偷偷地给虎妞打钱。大学四年，小舅舅把虎妞宠坏了，偷偷给虎妞的钱足够买一辆豪车了。虎妞有时候良心发现，说："你说，别人坑爹，我这是坑小舅舅呢。我这把我小舅舅的老婆本都造完了。"每每回家，虎妞看见小舅舅依然开着他那辆快散架的吉普车，总会心疼一番。

虎妞小舅舅虽然女朋友换得勤，年轻时也干过不少吊儿郎当的事，没少给家里人惹事，可现在的小舅舅颇有生意头脑，赚了钱给家里人换了大房子，店也越开越大，还经常偷偷支援外甥女。用虎妞的话说，就是"我小舅舅就是那种外表看上去是败家子，其实现在这个家全靠小舅舅撑着"。

小舅舅如此宠虎妞的原因是，小舅舅算是被姐姐带大的（虎妞小舅舅和虎妞妈妈相差二十二岁），也就是被虎妞的妈妈带大的。姥姥老来得子，在生完小舅舅后，就患了病，根本无暇照顾刚出生的小舅舅。

带孩子的重任就落在了刚新婚的虎妞妈妈身上。要说虎妞爸爸真是很通情达理，为了照顾小舅子，新婚小夫妻一直没要孩子，直到小舅舅七岁时，上小学了，虎妞才出生。

上了小学的虎妞小舅舅才回到自己家。要说虎妞爸爸也是个好人，结婚了还带小舅子。据虎妞小舅舅说虎妞爸爸对自己永远就是宠着，有时候虎妞小舅舅调皮，虎妞妈妈不由分说就把弟弟狠揍一顿，这个时候虎妞爸爸总是把小舅子护起来，然后再买些零食和玩具哄哄哇哇大哭的小舅子。那会儿虎妞爸爸本就不多的工资全都填补了小舅子的那张馋嘴，别的小朋友还都眼巴巴没玩过的玩具，小舅舅早在第一时间拿到手里了。为这事，虎妞妈妈经常说，把这淘气包给惯坏了。

后来，虎妞懂事后抱怨，自己玩的都是小舅舅玩剩下的玩具。

虎妞的初恋来得突然，发生在小舅舅的烧烤店新开业那天，小舅舅的高中同学，也是烧烤店的合伙人，和虎妞小舅舅同龄，名叫李锐。

虎妞说看见李锐的第一眼，第一次感受到心脏要从胸腔里蹦出来一样，如鼓点般。虎妞傻了，她才知道，原来爱上一个人是这种感觉。

让虎妞更傻的还在后面，李锐有女朋友，而且已是未婚妻。这个消息无异于晴天霹雳，让虎妞的心情一下子跌进了深渊。

而察觉到虎妞不对劲的小舅舅，当即就给虎妞泼了一盆冷水，告诉她："有这心思趁早打住，这是不可能的，李锐都快要结婚了。"

虎妞执拗道："没领证就不算结婚，单身都有权利追求幸福。"

小舅舅看着虎妞，脸上露出一副无可救药的表情："你走火入魔了。"

虎妞没有表达自己的心意，而是远远地观望着李锐。李锐的女朋友有着强烈的公主病，爱闹腾，脾气大，为此，李锐没少受折腾。虎妞一门心思地单相思，就这么天天看着自己喜欢的人在自己面前和别人出双入对。

李锐十分宝贝自己的未婚妻露露，而露露恃宠而骄，脾气格外骄纵。被爱情蒙蔽了双眼的李锐，也就权当这是小女孩的娇俏和任性，哄哄也就过去了。

俩人定好了婚期，露露却在婚纱和钻戒的问题上大吵了一番，露露坚持要穿一套私人定制的婚纱，价格六位数，钻戒非要两克拉的。李锐的大部分钱都花在了买房、装修房子上，希望婚纱上面可以节省点。不料露露在婚纱店大哭大闹了一番，还当着众人的面甩了李锐一耳光，大吼着李锐不爱自己，然后一个人跑了。

李锐捂着自己火辣辣的脸，一下子清醒了过来，他感觉眼前这个女人已经被自己宠坏了。

李锐没有动，露露气呼呼地左等右等都没等到来追自己的男朋友。

婚纱店的闹剧成了压倒李锐爱情的最后一根稻草，如果说以前露露的肆意吵闹都是把李锐像弹簧一样，不停地压，再压，那是因为李锐心里还有爱，所以弹簧还总能弹起来。而现在，李锐这个弹簧彻底地垮了。

李锐向露露提出了分手，露露死活不同意，看着在自己面前哭得像个花猫一样的露露，李锐心里没有一丝丝波澜，他知道自己已经不爱面前的这个女人了。不得不接受这个现实的露露，在四处散播了李锐是个负心汉后，不甘心地离去。

虎妞就这么见证了自己喜欢的人从热恋到备婚再到分手这个过程。虎妞就这么一直静静地观望着，始终没有开口。

虎妞小舅舅带着李锐参加各种有妞儿的局，想让李锐开始新的生活。为此虎妞没少骂小舅舅，明明知道自己的心思，还天天带着李锐东跑西跑各种找妞。

小舅舅当然知道虎妞的心思，他这么做就是为了要彻底地断了虎妞的念想。他了解虎妞，虎妞是绝对不会主动去跟李锐表白的。

虎妞有一段时间特别抑郁，毕业回老家后，突然觉得生活没有了方向，一下子不知道该如何是好，工作上也不如意，种种心事堆积在一起。

直到有一天，虎妞被办公室里的一个趾高气扬的大姐给欺负了，大姐欺负新人，给虎妞"小鞋"穿。此事也就成了虎妞爆发的导火索，恶狠狠地跟大姐在办公室里对骂。大姐哪见过这么"斗志昂扬"的新人？虎妞几句话就把大姐说得灰溜溜地走了，自此大姐再也没有招惹过虎妞。而虎妞在办公室里一战成名，倒是让她少了许多的麻烦。

我还记得虎妞有一次大半夜给我打起电话。虎妞像一个小愤青一样："现在我特别讨厌看见张牙舞爪、虚伪的人的嘴脸，讨厌看见那些虚荣心爆棚，完全活在自己世界里，以为自己头顶闪亮光环，样样都觉得自己高人一等，言谈举止中掩饰不住的不知从哪儿来的优越感的人。看着这种人的假面具，我心里简直作呕。"

我深知虎妞的性格，虎妞就是典型的山东大姐性格，黑就是黑，白就是白。不但倔强，而且还生猛。可是就是这样的一个虎妞，遇到爱情，完全就像是变成了另外一个人，变得胆小、懦弱。

这一切也源于虎妞从未谈过恋爱，她根本不知道如何去谈感情。于是，只是漫长地等，就连她自己都不知道要等到

黑色多巴胺　　011

何时。

我不止一次劝过虎妞，让她去找李锐把话说明白，不管结局如何，总之要表达自己的心意，奈何虎妞死活不肯，就这么看着小舅舅每天拉着李锐出去撒欢儿。

露露没跑几天就后悔了，跑回来死活缠着李锐要和好。李锐心里厌烦，躲着不见，露露就一次一次地跑到家门口去堵，整夜整夜地坐在李锐家门口。

李锐本来很爱露露，之所以下定了决心要跟她分手是因为她实在是太"作"了，"作"到自己无法忍受，"作"到李锐的心彻底地冷了。

露露这次下定了决心要把李锐追回来，各种示弱。整夜坐在门口，没多久，李锐终究是心软了，开门把睡在门口的露露抱了进来。

李锐打算跟露露好好谈一谈，如果露露真的能改变自己，那就可以重新开始。而露露看到李锐态度缓和，心里高兴不已，以着凉了为由，转身就去了卫生间洗澡，把手机放在了桌上。手机一直在响，都是微信，李锐盯着不停跳出来的微信，突然就有了看看的想法，于是拿起了手机。

露露洗完了澡裹着浴巾出来，看着李锐冷着脸坐在那，上前一下子坐在了李锐身上，没想到被李锐一把推开，厉声让露露穿好衣服。露露看着如此严肃的李锐，以为他还没缓过劲儿来，露露赶紧穿好了衣服，轻声问："怎么了？"

李锐问露露为何要回来找他，露露用委屈的眼神看着李锐连声说："我错了，真的错了，以后绝对会改，我是真心的。

李锐，我们能不能重新开始？"

看着露露如此可怜巴巴地说出这些话，要是李锐没有看见手机里的那些微信，还真就相信了露露的话，以为她是回来跟自己重新开始的。

李锐把手机放在了露露面前，打开了手机，露露看到了微信，连忙慌乱地解释。李锐深深地看了露露一眼："所有的事情我都知道了，你不会让我说出来吧？"

露露眼泪都出来了，站起身："别，别说，给我留最后一点面子吧。我这就走。"

露露走了，李锐拿起杯子摔在地上，这下他是彻底地死心了。

虎妞日渐憔悴，本来就不胖的身材更是瘦了一圈。虎妞在连续失眠了半个月后，顶着巨大的黑眼圈去找小舅舅。一看虎妞的状态，小舅舅就全明白了。心疼虎妞的小舅舅就打起了好兄弟的主意。于是俩人"密谋"一番。

小舅舅开始实施他的计划，有什么好玩的局都带上了虎妞，而虎妞也故作淡定，装作不理李锐。直到有一天，众人玩大冒险，让李锐挑一个姑娘热吻，喝了酒的李锐直指着虎妞，虎妞还没回过神，就在众人的嬉戏中失去了初吻。

其实李锐不是傻子，他何尝不知道虎妞对自己的心思？他知道这个在别人面前风风火火、大大咧咧的姑娘总是偷偷地看自己，躲闪着自己的眼神，傻子都能看明白。

坦白地说，李锐的心里也是喜欢虎妞的，这个眼神纯净、一笑起来就一脸灿烂的姑娘，给他充满阴霾的心里带来了大片阳光。起初，李锐不能确定自己的想法，越是接触就越喜欢这个傻乎乎的姑娘。本来碍于兄弟情面，想慢慢来，毕竟是自己兄弟的外甥女。可眼下看来，自己兄弟比他自己还着急地撮合自己和虎妞。像吃了一颗定心丸的李锐，借着酒劲和游戏就完全释放了自己的情感。

就这样，李锐和虎妞恋爱了。而小舅舅看李锐这个好兄弟的眼神，就像是看强盗一般，要不是多年的兄弟，要不是外甥女喜欢李锐喜欢得睡不着觉，茶不思饭不想，他还真有些不舍得。

可是就算小舅舅再舍不得，这长大了的姑娘也留不住，从此俩人一恋爱，虎妞就完全把小舅舅抛在了脑后，眼里心里全是李锐。每每气得小舅舅牙根直痒痒，再一想，这两个人还是他撮合的，小舅舅就后悔不已。

在一次喝了大酒后，小舅舅拍着李锐的肩膀，正色道："你要是对我外甥女不好，负了她，以后咱们俩连兄弟都做不成。"

虎妞听见小舅舅的话，哈哈大笑，笑着笑着，眼泪就掉了下来，心里莫名地一酸。

而两个人的恋爱进程如柏拉图一般，发乎情止于礼，最亲密的交流就是接吻。恋爱大半年，始终没有再进一步。

然而在俩人浓情蜜意的时候，露露出现了，还挺着七个月大的肚子找上了门来，露露一口咬定自己怀的就是李锐的孩子。看着大肚子的露露出现在面前，虎妞傻眼了。

露露说："早就想告诉你，可是看你每天忙着谈恋爱，我死的心都有，要不是为了孩子，我早就不活了。"

李锐想了想说："如果我没有记错，这个孩子应该不是我的。"

露露双手叉腰："怎么不是你的？就是咱们俩试婚纱的前一晚！你休想抵赖。"

李锐后退一步，眼里泛着冷光："孩子如果是我的我认，但是咱们俩是再也不可能了。"

虎妞一脸蒙地站在旁边，不知该如何是好。

露露拉着行李箱大大咧咧地进屋里坐下："从今天起呢，我就在这住下了，我们母子俩没有地方去，只能到孩子他爹这儿住了。"

虎妞盯着李锐："你……你把话说清楚，这孩子是怎么回事？怎么会冒出一个孩子？"

李锐把目光转向露露："如果是我的孩子，为什么不早来找我？七个月了再来找我，你这是给孩子找爹吗？"

露露："我要是早告诉你，你让我打掉怎么办？这可是一条活生生的生命啊。"

虎妞一把拉过李锐："你现在就带她去医院做亲子鉴定，如果是你的，咱俩分手，我让位。"

露露："好啊，咱们这就去医院做亲子鉴定，是你的你可赖不了。"

李锐："是我的孩子我自然会认，但是话我也放在这，就算是我的孩子，我只认孩子，跟你没有半毛钱关系。"

露露嗤笑："话别说得太满，我肚子里怀的是你的骨肉，这可是咱们俩的爱情结晶,想不认我,孩子都不会答应。"

虎妞盯着露露:"你可真够不要脸的。"

露露冷笑道:"是谁不要脸?不要脸的是你吧?一直对李锐打着歪心眼,现在终于到手了,没想到马上要竹篮打水一场空了吧?"

虎妞反击:"一场空这句话说早了吧?到时候谁是竹篮还不一定呢!"

露露:"孩子生下来,你就得给我们娘俩让位,我们一家三口过日子,你说谁是竹篮……"

李锐冷着脸打断:"我现在请你离开。"

露露:"离开?去哪儿?我行李都带来了,就在这住下了。我呢,正愁怀孕没人伺候我呢,让你的小女朋友伺候我刚刚好。"

李锐:"你别太过分了。"

露露:"你对我凶什么凶?有本事你就把我们娘俩扔出去。到时候孩子长大了我就告诉他,他的亲爹为了别的女人把我们娘俩扔出了门外。"

虎妞:"好,你住下吧,随便住。"

虎妞怒气冲冲地摔门而去,李锐追了出去。

而露露大大方方地在李锐家住下了。

虎妞满肚子委屈,哭哭啼啼地对小舅舅一通哭诉,怒气冲冲的小舅舅差点把追上来的李锐一脚踹倒。

虎妞哭得上气不接下气,拦着不让小舅舅动手。

好不容易把虎妞哄好,止住了眼泪,三个人冷静下来后,开始分析。

李锐坚称这个孩子根本不是她的,因为时间不对。

小舅舅让李锐发毒誓,于是李锐指天对地开始发毒誓。

虎妞冷静了下来后,让小舅舅赶紧查清楚。

小舅舅打了一番电话后,终于弄清楚了原委。原来露露怀的这个孩子根本就不是李锐的,而是另外一个男人的。只不过露露在和李锐还没分手的时候就和这个男人好上了,怀了这个孩子。而现在那个男人正在到处找露露,急得快要疯了。

这下虎妞弄明白了,原来露露孕期和那个男人吵架,一气之下拖着行李来到了李锐家,露露见不得李锐现在对虎妞好,决定来恶心一下他俩,出一口恶气。

终于清白了的李锐赶紧找到了那个男人的电话,男人接到电话如释重负,要了地址后,急匆匆地就赶往李锐家。

李锐和虎妞也赶紧往家赶,在楼下等到了那个男人,三人一起上楼。

露露此时正躺在沙发上看电视,看见推门而入的三个人,她一下子全明白了。

"真是够厉害啊你们。"露露说着就要拉开阳台门往下跳,吓得三个人赶紧上前把她拽了下来。男人百般道歉,把哭哭啼啼的露露弄走了。

露露走后,李锐和虎妞如释重负地倒在了沙发上。

虎妞:"今天一天的心情跟过山车一样,忽上忽下,得亏我没有心脏病。"

李锐:"我都快要吓死了,无缘无故冒出个孩子来。"

虎妞白了李锐一眼，故意说："你害怕什么？当爹不好吗？"

李锐："当然不好，我要我孩子的妈是你。"

虎妞："你嘴巴抹蜜了？这么甜。"

李锐："我是说真的。"

虎妞："还没找你算账呢！分手大半年了，前女友都能找上门来，人缘够好的啊你！"

李锐："你就别'岔'我了，我错了还不行吗？都是我不好。"

虎妞："这还差不多，看你认错态度良好，暂且原谅你一回。"

李锐："话说回来，以后没影儿的事可不能相信，不准怀疑我。"

虎妞："什么叫没影儿的事？物证都在，圆滚滚的大肚子，还叫没影儿？"

李锐："那就算是物证，也不是我的物证啊！这完全是诬陷。"

虎妞："诬陷？人家怎么不去诬陷别人，就来诬陷你？还是你有问题，还怪我怀疑你，不打你就不错了。"

李锐："天哪，我可比窦娥还冤，算了，我也不辩解了，总是你有理，我错了还不行吗？咱这事就算翻篇儿了，行不行？"

虎妞："你说翻篇儿就翻篇儿啊？哪有那么容易！"

李锐："听说有一家新开的火锅店还不错，要是某个人还在生气的话，那我就自己去吃喽。"

虎妞扑哧一乐："你敢，吃独食啊你？"

就这样，两人的不愉快烟消云散。

虎妞爱吃，而李锐就像活地图一样，带着虎妞到处找好吃的。对于虎妞而言，没有什么比吃好吃的更能让自己开心的事情了，虎妞犹如泡在蜜罐里，满心甜蜜。

小舅舅时刻提醒虎妞，不可过早地逾越最后一道防线，而虎妞也是乖顺，只是谈恋爱，李锐也是从未对虎妞有进一步的举动，除了拥抱、亲吻，再无其他。

然而两个人的关系在一次旅游后发生了巨大的改变，俩人逾越了雷池，像发现了新大陆一样，从此一发不可收拾。

就在两人热恋的时候，小舅舅也找到了自己的真爱，姑娘名叫妖妖，妖妖的妈妈是我们镇子上出了名的大美人。

小舅舅爱妖妖爱得痴狂，简直把妖妖宠在了心尖上。

说起来，妖妖比我和虎妞大一岁，我们三个是高中校友。

妖妖身世坎坷，自小成长于单亲家庭，被妈妈一手带大，不知道父亲是谁。

小时候，妖妖每次跟隔壁邻居小朋友吵架，都会被骂是个野孩子，妖妖回家哭闹着要爸爸，然后就会结结实实地挨一顿揍。揍几回之后，妖妖就知道，在妈妈面前，绝对不能提爸爸，提了就得挨揍。

妖妖的妈妈叫万红，年轻、漂亮、细腰长腿，是院子里出了名的大美人。背后总是会有一群长舌妇三三两两地议论她，说她一看就是不正经的女人。而后来小镇上人人皆知有一个漂亮的单亲妈妈叫红姐。在那个年代，红姐的事情被编造成各种版本，成了长舌妇们闲谈的话题。可是红姐从不理会这些流言，一个人倔强地带大了妖妖。

在妖妖的记忆里，妈妈总是穿着得体，爱干净，把家里收拾得整整齐齐，阳台上都是一盆盆的花花草草。

妖妖长大后回忆以前的事，不知道一个女人在那个年代以何种勇气未婚生子，要遭受多少白眼，面对多少压力，在那种环境下，妖妖妈妈是如何辛苦地把自己健康带大的。

妖妖妈妈非常年轻漂亮，俩人一起上街时，总有人以为俩人是姐妹俩，于是妖妖总是自豪地说："对，这就是我姐。"妖妖总是没大没小地叫妈妈"红姐"。

红姐身边不乏一些追求者献殷勤，也有执着者对妖妖百般上心。妖妖记得，那会儿所有流行的玩具，家里都有了，羡慕得院子里的小朋友们总是跟在妖妖屁股后面转。也不乏小流氓，不怀好意，企图占红姐便宜。

有一天晚上，红姐从睡梦中突然惊醒，感觉背后有人盯着自己看。红姐一个翻身坐起来，顺手抽出了挂在床头的宝剑。这把宝剑是当年母亲给自己的，家传的，是个好物件儿。

果然，借着月光，红姐看到床前站了一个陌生的男人，男人没想到红姐突然醒来，吓得倒退了一步后又强作镇定。看着一边开着的窗户，红姐知道眼前这个人一定是爬了几层楼，翻窗而入的。红姐的心脏怦怦直跳，拿着宝剑的手微微抖着，好在是晚上，屋里昏暗，男人看不见红姐发抖的双手。红姐怕吵醒隔壁屋的妖妖，但又怕激怒眼前的这个男人，于是压着嗓子沉声道："你是谁？"男人嘿嘿一笑，没吱声。红姐拿剑指着男人,再次厉声道:"赶紧滚,不然别怪我手里这剑不长眼睛。"男人盯着红姐,月光下,红姐双眼圆睁,手中的剑在月光下泛着寒光。男人下意识又退了一步。看到对方后退,红姐知道这是一个有贼心没贼胆的人。于是,红姐双手举着剑,突然站起身,吓得男人转身一下跳上窗台。红姐看着男人顺着水管爬下去了。红姐赶紧关上窗,这才感觉到双脚发软。红姐赶紧到妖妖屋里看了看,确认妖妖屋里的窗户有没有锁死。红姐坐在妖妖房门口,一夜未合眼。

第二天一早,红姐就找人把家里的窗户外面全都安上了防盗窗。

妖妖继承了妈妈所有的优点,自小肤白貌美大长腿。上小学起,就有小男生往妖妖手里塞冰棍。院子里好事的大妈们总是三三两两地在背后说妖妖妈妈的闲话。而红姐依然头昂得高高的,不理会那些闲言碎语。妖妖从小在那种环境中成长,造就了现在的性格。

红姐的追求者中不乏锲而不舍的,妖妖印象最清楚的是一个宋叔叔,宋叔叔高高的个子,每次来家里都会带一堆玩具,然后从里到外地帮红姐干活,而红姐对宋叔叔态度也没那么冷淡。妖妖记得很清楚,有一次宋叔叔刚干完活,妈妈给他递了一杯水。宋叔叔一脸爱意,红姐低头浅笑。妖妖识时务地赶紧躲回屋里。妖妖后来对虎妞小舅舅说,那可能是我记忆里我妈最美的样子。可是红姐最后还是因为种种原因没有跟宋叔叔在一起。

妖妖还记得,有一天家里来了一个面色不善的老太太,一进屋,就盯着妖妖左右看,而一向礼貌待人、端庄和善的红姐那天失手打碎了一个茶杯。

后来,妖妖知道,那个老太太是自己的亲奶奶,老太太唯一的独生子,自己从未谋面的父亲去世了。老太太遵照儿子的遗愿,来看看儿子留在这世上唯一的骨血,并把两套房子留给了妖妖,权当作这些年的补偿。

红姐没有推辞,收下了这两套房子。她收得心安理得,这些年,她心里有怨也有恨。当年自己身怀妖妖,面前这个老太太以死相逼不让她进门,愚孝的妖妖爸爸最终选择了抛弃她们娘俩,红姐就成了单亲妈妈。

在那个年代,红姐未婚生下妖妖,被人指指点点,自己父亲碍于脸面,将她赶出了家门。红姐受尽了冷眼,多少个黑夜里都是含着泪度过的,一个人拉扯妖妖长大,而妖妖爸爸从未过问。红姐心里恨,恨那个无情的男人,更恨眼前这个毁了自己一生的老太太。

老太太带了一张妖妖的照片走了,自此再也没有来过。红姐知道,老太太没有脸再来看妖妖,更没有脸来见自己。老太太余生会活在悔恨之中,自己唯一的儿子去世,唯一的孙女也是自己当年亲手推出门的。

直到有一天律师找上门,妖妖妈妈才知道老太太过世了,留给妖妖两套房子、一张存折,还有一封信。信上写:"别恨我,好好把妖妖带大。"

红姐那天送走律师,一个人在屋里痛哭不已,仿佛要把自己多年的委屈都哭出来。其实她心里还是恨着老太太,她无法原谅，更无法释怀，因为这是她不能重来的人生。

红姐带着妖妖去祭拜过，那是第一次，妖妖第一次在墓碑上见到了自己的生父和爷爷奶奶的名字。

红姐爱干净，总是把屋子收拾得一尘不染，红姐还有一手好厨艺，我总会去妖妖家蹭饭，红姐总会做一桌好吃的来填饱我们的肚子。

那会儿，妖妖最大的心愿就是想给红姐找一个能陪她度过后半生的人，免得自己将来结婚，妈妈一个人孤单。

红姐终于在妖妖大学毕业那一年，遇到了一个德国人，德国男人视妖妖妈妈为珍宝。红姐终于可以为自己而活了。

妖妖给虎姐小舅舅和我看她妈妈发的朋友圈：等花开，等风来，月入窗台，春归满怀。

小舅舅每每听到妖妖说到这些话都心疼不已，总是说："是我出现得太晚。"

妖妖的出现彻底改变了小舅舅，一个浪子自此便成了一个专情的人，这让虎姐经常偷偷地跟我吐槽。

吐槽归吐槽，虎姐还是发自内心地为小舅舅感到高兴，毕竟终于找到了生命中对的那另一半。

妖妖对虎姐特别好，甚至有时候小舅舅会吃虎姐的醋。

虎姐小舅舅给妖妖买的一堆堆的东西，很多都被妖妖送给了虎姐。小舅舅面儿上装着不高兴，其实内心开心得很。对于他来说，女朋友能对自己最宠爱的小外甥女好，没有什么比这能让他高兴的了。

以前虎姐就说过，万一小舅舅以后找一个媳妇，对她不好，时间长了，小舅舅听媳妇的自然也就对她不好了。每每说这话的时候，小舅舅都会反驳道："媳妇可以不要，虎妞不能不要。媳妇可以再找，外甥女只有一个。"

每每听到这话，虎妞都会偷着乐。

而其实小舅舅之前的好几个女朋友都是对虎妞横眉冷对的，最后也就分手了。

妖妖绝对是一个心地善良的姑娘，她真心诚意地对虎妞的好，虎妞能感觉到，小舅舅也看得到，这也就是小舅舅爱妖妖的最重要的原因之一。

虎妞总是对我说，看来我这未来的小舅妈还不错，也算是我们家的福气了。

而虎妞小舅舅看着妖妖对宝贝外甥女所做的一切，心里暗暗认定，此生就是她了。

红姐以前是一个舞蹈演员，自从生下妖妖后，红姐就再也没跳过舞，但是心里希望有一天能重返舞台。

直到有一天，红姐的闺密芝兰拉着她出门逛街，路上遇到一家商场做活动，看着台下观众上台后的拙劣表演，芝兰撇撇嘴，说这都跳的是些什么啊。芝兰知道红姐舞跳得好，怂恿红姐上台跳个舞，经不住芝兰撺掇，红姐上台跳了一曲。

不承想，这一舞得到了阵阵掌声，底下围观的人各种起哄叫好。而匆匆下台的红姐却被刚好经过的前同事佳慧认了出来。佳慧热情地上前跟红姐打招呼，红姐看到许久不见的老同事也欣喜不已。

回到家中的红姐心情久久不能平静，今天的一舞激起了自己沉睡多年的那颗舞动的心。

红姐告诉妖妖，自己要重拾舞蹈，重回舞台。而妖妖对于妈妈的想法也是举双手赞成。

原来在二十年前，红姐在参加一次舞蹈比赛的时候得知自己怀孕，就无奈地退出了比赛。而那个时候被抛弃的红姐在那个年代顶着巨大压力，失去了工作，又执意生下女儿，还被父亲逐出家门。

失去一切的红姐独自抚养妖妖长大。坎坷的生活和遭遇的磨难让红姐变得格外固执和严厉，她把自己未完成的梦想都寄托在了妖妖身上。而妖妖从小练功学跳舞，也很刻苦，一路跳进了舞蹈学院。

妖妖的大长腿也是令虎妞小舅舅最着迷的地方，每次都夸赞妖妖长了一双大长腿，让我和虎妞羡慕不已。

而想重新拾起舞蹈的红姐索性就到朋友任教的工作室练舞，刚好又碰见了佳慧。原来佳慧是来工作室选人的。

上次匆忙一见，二十年没坐下来好好说话的两人聊起了过往。红姐后悔自己放弃舞蹈，佳慧也感慨自己全身心投入舞蹈事业导致丈夫要跟自己离婚。言谈间，佳慧提起自己目前正在做一档节目叫《家有辣妈》，正好可以推荐红姐重返舞台。

佳慧也是希望红姐能重新找回当年的自己，而红姐也迫切希望圆梦，那就是重返舞台。

得知红姐即将要重返舞台，妖妖请来了自己的老师帮红姐恢复训练。虎妞小舅舅则完全充当起司机和助理，屁颠颠地跟在妖妖屁股后，忙得不亦乐乎。

黑色多巴胺

历经一个多月，红姐排练了一支舞蹈，然而到了录制节目当天，刚到演播厅的红姐接到母亲的电话，弥留之际的父亲想在临走前见自己闺女一面。

听此消息，哪还顾得上录节目，慌慌张张的红姐赶紧带着妖妖往回赶，虎妞小舅舅油门踩到底，一路狂奔到了医院。

当三个人赶到医院的时候，妖妖姥爷还是走了，没来得及看自己女儿和外孙女最后一眼。

红姐完全崩溃了，在病房里失声痛哭。妖妖全身颤抖，眼泪不停地往外涌。

那一天，虎妞小舅舅把两个崩溃的女人安顿好，再回家已是半夜。

很长一段时间，红姐都缓不过来，无暇顾及妖妖，而妖妖在那段时间也多亏了有虎妞小舅舅的陪伴，两个人的感情越发坚固。

而那时的虎妞和李锐正是你侬我侬爱得热烈的时候。

虎妞是个吃货，没有什么是不能用美食来解决的。

虎妞曾经问李锐："咱俩每次吵架，你想过分手吗？"

李锐："想过呀。"

虎妞瞪大了眼睛："你……你竟然……"

李锐："可是我一想，我走了谁给你做饭吃啊？忍忍吧，为了不让你饿死，为了祖国的花朵，我牺牲一下。"

虎妞气鼓鼓地嘟着嘴："这还差不多。"

虎妞喜欢吃小吃，总是大街小巷地拉着李锐到处转。而李锐每次都是好脾气地跟着东找西找。虎妞喜欢吃螺蛳粉、臭豆腐、榴梿、蒜肠，都是些口味重的"轻型武器"，每每吃完这些还追着李锐亲，李锐左躲右闪都逃脱不了虎妞的魔爪。那段时间，俩人的甜蜜指数无限上升。

　　虎妞也特别懂事儿，每一次吵完架，都会主动和解。

　　这个时候，李锐就会问她："是不是饿了？"

　　虎妞点头如捣蒜，李锐就一下子没了脾气。

　　李锐知道，在这个家里，只要自己还能统治煤气灶，随时大勺一挥，调动三蔬六菜，虎妞就会闻着香味做乖巧小媳妇状。因为食物可以封印住虎妞倔强的灵魂。

　　虎妞每每拜倒在李锐的围裙下，他总能变出一些好吃的让虎妞食欲大开。而虎妞则是纯正的厨房捣乱神器，只要她一进厨房，整个厨房就会翻天覆地，乱作一团。每次做饭李锐都不让虎妞进厨房，因为虎妞一进厨房，不是油瓶子倒了就是菜刀掉地上了。虎妞切个土豆丝都能把手切一个大口子，从此李锐再也不让虎妞进厨房。

　　直到有一次，李锐发烧了，只能躺在床上，虎妞悄悄地进了厨房煮面。不一会儿，虎妞端出了像一团糨糊一样的面条，什么味道都没有，然而李锐还是吃得干干净净，吃完一脸幸福的样子。

　　还有一次，两人大半夜在家聊天，虎妞无意中说了一句日出好美，好想看日出。李锐二话不说穿上了衣服，拉着虎妞就下楼开车一路奔向了海边，经过好几个小时的跋涉，终于赶在太阳升起之时，两个人到达了海边，看着太阳一点一点羞涩地从海平线升起，虎妞的心情简直无法用词语来形容，那是她第

黑色多巴胺　　027

一次看见日出。

激情可能是李锐带给虎妞最大的快乐。

后来虎妞跟我说，性在爱情中起着至关重要的作用，因为年轻的肉体相互需要，即使两人有矛盾，也会在男女之情中一一化解。

李锐是一个很专一的人，他恋爱的时候，所有的一切对异性都是屏蔽的，周围的异性也少得可怜，所以这也是虎妞极其放心的一点。

有时候不管李锐出去喝酒喝到多晚，虎妞从来都不担心，虽说有小舅舅帮自己看着，但是即使没有，虎妞也极其放心，因为李锐就是一个把"我爱不爱你"完全放在脸上的人。用虎妞的话说，在恋爱的时候，李锐是透明的，一眼就能看到底。

要说李锐的缺点，那就是逢喝酒就喝大，但是喝得再多，都要回家找虎妞，回家后还要虎妞给自己讲故事，就像一个孩子一样。虎妞但凡有一点不耐烦，李锐就吭哧吭哧地扑到虎妞怀里撒娇，一个一米八的汉子扑到一个姑娘的怀里撒娇，你说可不可怕？虎妞每次都偷乐着，不停地拍直到把这个大儿童拍睡着。

然而第二天一醒来，李锐就打死都不承认自己昨晚所做的一切。看着李锐一本正经反驳的样子，每每都把虎妞逗得直乐。

那一年，虎妞和李锐两个人一见面就无时无刻不迸发着激烈的火花。可以说，一天到晚都在一起度过。

虎妞说这些的时候被我嘲笑为没羞没臊，而虎妞则振振有词地说："就连生物学家都说过，人和动物的区别是，不渴而饮，四季性交。性是人类的本能。"

她的话让我无话可说，可我总觉得她这一切似乎都太过于疯狂。虽然说女人都是感性的，需要爱和性，因为这是两个人关系亲密的表现，可是性也不完全是感情生活里的全部表达，因为还有沟通和爱，缺一不可。

虎妞说得没错，任何没有性的爱情都不会长久，没有性的爱情不会快乐，因为当你感觉在这段关系里感到不适的时候那就说明，这段感情出现了裂痕。是该停下来反思一下究竟是什么原因导致的，还该不该继续。

虎妞把一切看得明明白白的，道理讲得清清楚楚的，却没想到她自己的感情坍塌得太快。

毫无预兆的，李锐总是以太忙了太累了来拒绝这件事情，每次虎妞兴致勃勃地想要做点什么的时候，李锐却倒头就睡。一时无法接受这巨大落差的虎妞如坠冰窖，前两天还热情似火，这一刻两人躺在一张床上，却像隔着千山万水，触不可及。

虎妞开始怀疑李锐出轨了，因为李锐三番五次地拒绝自己。即使自己再怎么撒娇再怎么尝试去沟通，李锐都以工作太累而拒绝。虎妞心慌了，她开始趁着李锐睡觉了偷翻他的手机，然而一切正常，虎妞一无所获。

某天，虎妞在书上看到了一句话，瞬间被戳中了内心：以前的人，东西坏了会修修补补；而现在的人，东西坏了只想要

黑色多巴胺　029

买新的。

想想还真是，现在大家都认为，能达到目的最重要，而身边的人是谁都无所谓。一切都是高效率和快节奏的。

虎妞隐忍着，表面上一切风平浪静，实际上内心随着性的缺失，两个人的感情基础正在迅速土崩瓦解。曾经那么热烈的耳鬓厮磨，如今同睡一张床，背对着背，各怀心思，变化来得太快。

这天虎妞翻来覆去睡不着，看着在旁边打呼噜的李锐，虎妞一股火气直冲脑门，晃醒了李锐。

虎妞冷言："你醒醒。"

李锐揉揉眼睛，睡眼惺忪："干吗啊你大半夜的？"

虎妞叹口气："我睡不着。"

李锐直打哈欠："睡不着看会儿电视，我困着呢。"

虎妞嘟囔："你陪我说说话。"

李锐拍着脑门："有什么话明天再说吧。"

虎妞晃着李锐："我就要现在说。"

李锐不耐烦道："……好好，你说，你说吧。"

虎妞盯着李锐："你为什么现在对我这么冷淡？"

李锐闭着眼睛："哪里冷淡了？"

虎妞的眼泪在眼眶里打转："就是冷淡了。"

李锐拉起虎妞的手："没有啊，你想多了。"

虎妞的手微微颤抖："你变了，你以前不是这样的。"

李锐攥紧了虎妞的手："你别大半夜的找事行不行？有什么事明天再说。"

虎妞眼泪快要下来了："以前的你绝对不是这样的，你现在是把我当空气吗？"

李锐叹口气，声音低沉："你这脑子里成天都在想什么啊？"

虎妞强忍着眼泪，声音哽咽："我想得明明白白，看得清清楚楚，你变了。"

李锐坐起身："你说，我哪里变了？"

虎妞眼泪一下子滚落下来："你现在不碰我了，这么长时间你突然就对我冷淡了。"

李锐拿起床头的纸巾给虎妞擦着眼泪："我每天有多累，你知道吗？你脑子里都在想什么？"

虎妞更加委屈："我想什么？你说我想什么？"

李锐抱住虎妞："你就不能理解我一下吗？成天脑子里只想那一件事。"

虎妞窝在李锐怀里，听着他平静的心跳："你现在知道说我了，以前你是怎么对我的？现在你又是怎么对我的？你不觉得反差太大了吗？你不觉得有问题吗？"

李锐拍拍虎妞的背："我觉得没有什么问题，我觉得日子很正常。"

虎妞一把推开李锐："你现在完全不讲理。"

"不讲理的是你不是我。"李锐说完，躺下继续睡。

看着如此冷漠的李锐，虎妞眼泪滚了下来，心里酸得厉害。

就这样虎妞继续忍着，无数个夜里含着眼泪度过，大半年，两人竟然没有一次亲密接触。虎妞曾经心存侥幸地问自己是不是以前那段时间太过于激烈，导致他身体出了什么问题却难以启齿。

  虎妞偷偷地找男性朋友询问，究竟是什么原因，而男性朋友的回答让虎妞的心凉了半截。男性朋友说，除非就是不爱了，因为当你不爱一个人的时候，真的很乏味。

  是啊，虎妞的心里直犯嘀咕，爱还是不爱，身体最诚实。

  随着两个人关系的降温，他们俩好像无形中有了隔阂，就像一页皱了的纸，怎么抚平都有褶皱，何况有一个人根本就没想去缓和关系。

  就这样，两个人日日同榻而眠，各怀心思。

  没有争吵，没有第三者，两个人就这么结束了，虎妞没有挽留，虽然她心里仍然爱着李锐。

  其实从两人出现问题的时候，虎妞心里就已经有了答案。她很明白，两人快速发展的感情到了瓶颈。其实若是感情达到一定程度，再做某些事情就会水到渠成。相反的，现在双方心里有了隔阂，曾经火热的快速的发展只会导致遗憾的结局。

  她曾在一本书上看过：你想和她在一起，她也想和你在一起，你们都知道总有一天你们会在一起，但不知道你们会在哪一天在一起，这就是最好的爱情。

  是啊，虎妞感叹，两个人曾经在那未知的最好的时光里牵手走过了一年，而现在却偏离了轨道。

  好怀念以前那种两颗心从陌生到熟悉，不断靠近，不断更深刻地认识彼此的过程，拥有一次，远抵得过一百次匆忙而短暂的恋爱。虎妞心想，如果可以，下一次恋爱要慢一点。慢慢地认识彼此，慢慢地牵着手穿过街，走过巷。如果可以，她想有足够的时间，听他讲述他曾经的喜怒悲欢，听他讲自己未曾参与的他的过去。而自己也想慢慢地告诉他，告诉他那些自己心底的小秘密。希望他也有足够的时间来包容自己的坏脾气，在争吵的时候让自己一步，然后冷静下来说说彼此的想法，让两个人在沟通中一起长大。

然后，两个人顺其自然地经历恋爱中的每一个步骤，在合适的时间做合适的事情，从此山高路远，车马迢迢，我们一起走过这漫长的一生。

这是虎妞理想中的爱情，如果能重来，她希望能这样。

然而，一腔热血，撞上南墙，一段恋情，戛然而止。

虎妞最终没有和李锐在一起，而是眼睁睁地看着他火速地娶了别的姑娘。

无比宠爱虎妞的小舅舅根本就不管他们俩究竟是为什么到了今天这个地步，怒气冲冲地上门找李锐打了一架后，两人也从此老死不相往来。

李锐最终娶了一个跟虎妞性格极像的姑娘，也许连他自己都不知道，为什么心里明明是爱虎妞的，很爱很爱，可两人最后还是分手了，再也不见。分手后有一段时间，李锐心里是后悔的，可人有时候就像是中了魔咒一样，心里越是爱这个人，嘴上越是没有任何表示，甚至看着她失望地离去，自己都没有迈开挽留她的那一步。就那么站在原地，眼睁睁地看着自己心爱的人越走越远，直到她消失在自己的视线里，才悔恨不已，想拔腿去追时，早已没了踪影。

而虎妞，一个在爱情里如此懦弱的姑娘，她把所有的情绪都放在心里一个人消化,她曾经鼓起勇气尝试去沟通,尝试去修复两个人冷淡的关系,可是,她的努力无济于事,她仿佛觉得自己到了一个瓶颈,甚至说,自己走进了一个死胡同,她翻不过眼前的这堵墙,也不想走回头路。可是她又没有能力打个地洞钻过去。她只能放弃,因为她尝试做过所有的努力,最后不得不败给了无能为力。

李锐结婚那一天,我陪着虎妞在小舅舅家喝得烂醉,醉得趴在桌子上:"求而不得,不过是不喜欢失望罢了。我是不是个傻子?"虎妞即使眼泪在眼眶里直打转,她也不哭。

这个傻妞,傻得让人心疼,我知道那些她憋在心里没流出的眼泪,每一滴都让她肝肠寸断。

虎妞,没有人是因为偶然而进入我们的生命,如果遇到那个能为你放弃一切、能视你如生命的男人,不要错过,你要知道,并不是所有的人都会遇到你爱的而刚好又爱你的人的。

因为没有什么东西是不能放手的,时日渐久,当你回望过去时,你会发现,你曾经以为不可能放手的人和爱情,都只是你生命中的过往而已。

虎妞,我最最亲爱的朋友,今后的日子,愿你能早日遇到你的真命天子。因为老天有时候让你结束一段关系,并不是要没收你的幸福,而是心疼你,所以才让你解脱。

愿如你所愿,有人陪你喝最烈的酒,有人陪你风风火火骑马仗剑走天涯,勇往直前,无所畏惧。

胖姑娘的摇滚情人

两个自由的灵魂热烈地去碰撞,
至于是欣喜欢愉还是焦躁不安,
是一脚踏入光明还是坠入黑暗,
人人都有着不同的答案。

胖姑娘是我的发小,名唤阮小小。天生一副娇小的骨架却因一张贪吃的嘴,生生地把自己吃成了胖姑娘,圆滚滚的胳膊,圆滚滚的小腿,好在有一张明艳动人的脸和吹弹可破的肌肤,总是让人忍不住多看两眼。白白净净、圆滚滚的小小身边不乏追求者,但小小的感情经历一直是空白的,只是有过一段暗恋史,无果。

小小内心十分向往爱情,用她自己的话说,虽然自己很"玛丽苏",幻想种种不切实际的爱情,什么书上的霸道总裁、电视上的外星球的都教授，还有动不动就穿越到古代爱上皇上的种种情节。小小说，自己对这些通通来者不拒，只要自己心动就好，就想在二十岁的年纪好好地谈一场恋爱，管它是什么结果。

十几岁时，我们抓住了一只蝉，就以为抓住了整个夏天，就像遇见那个人，就以为遇见了爱情。这句话用在小小身上刚好合适。

小小的暗恋，发生在十七岁，那个占据了小小整个高中时代的男生，在高考前夕，全家移民去了狮城。小小两眼哭成了桃子。高中时代，我和小小同桌，男生是我们班的一个酷酷的不爱搭理女生的男生，经常被老师揪着罚站。不穿校服，罚站；染头发，罚站；上课捣乱，罚站。总之那会儿的印象里，那个男生总是被罚站。总之就是，这场只有我俩知道的暗恋占据了小小的整个高中时代。

后来我俩同时考入帝都，不过不在同一个学校。小小在大西边，我在大东边。我俩每次都会约在那条被我们从头吃到尾的小吃街碰头。

小小的恋爱初体验始于两张免费赠票，一群不知名的地下摇滚乐队的演唱会。

小小乐颠颠地拉着同寝室的姑娘去看，那一看便误终身。只是那一眼，小小说仿佛周围的世界一切都静止了，只有台上的那个声音直接穿透到心里，重捶着小小的胸腔。小小的脸颊像着火了一样，整个人温度升高，头脑发热，两个眼睛追随着台上那个自带光芒、桀骜不羁的男子，他周身散发着浓烈的雄性荷尔蒙气息。在一群挥舞着手臂尖声呐喊的小姑娘中，小小的所有热情都凝聚在了她那双眼睛上面，炽热狂烈地锁定着。她根本就看不见周遭的身影，大脑中只有台上那个抱着贝斯的男生。看着周围又蹦又跳的挥着双手的姑娘，她突然像傻子一样乐了。

小小后来说，那一刻她才知道，原来她喜欢的就是这种类型的男生，内心潜在的意识就是抗拒不了这种男生。可能她自己也想做那种女生，叛逆、有个性，可是她从小就被教育要做一个乖乖女。但是骨子里，小小还是有放飞自我的那一面。小小说，她觉得他的出现就像是一把钥匙，打开了她禁锢多年的潘多拉魔盒，心里那个叛逆的小小觉醒了。

小小鼓足勇气跑到后台要了电话，在一片起哄声中，小小落荒而逃。

回到寝室，小小左思右想，终于忍不住给摇滚男发了个信息。摇滚男回得很快，两人有来有往地聊了起来。聊了几天后，小小终于鼓起勇气直接表达了爱意。

摇滚男很直接："你喜欢我，那今晚过来找我吧。"

小小："吃饭吗？"

摇滚男："吃你。"

小小："你平常都是这么跟别人聊天的吗？"

摇滚男："对啊，简洁明了，谁也不要浪费时间。"

小小："我不是那种女生。"

摇滚男："女生嘴上都这么说。"

小小不依不饶："我就是单纯地喜欢你。"

摇滚男:"我也是单纯地想睡你。"

小小放下手机,半天没回,而摇滚男也没有再说什么。

想了半天,小小鼓足勇气,豁出去了,先得到你的人再说,我不信得不到你的心。那一夜,小小不顾同寝室姑娘的劝阻,直奔到摇滚男那儿。

奇怪的是,摇滚男直愣愣地盯着小小,看得小小心里直发毛。

小小:"你看什么?我不漂亮吗?没见过漂亮姑娘?"

摇滚男掐灭烟头:"我给你唱个歌吧!你想听什么?"

小小:"我大老远跑过来可不是听你唱歌的,说吧,是你扑倒我还是我扑倒你?"

摇滚男扑哧一下乐了:"你怎么比我还着急?看你还是个小姑娘,不早了,快回去吧,别在这捣乱。"

小小:"不行,我喜欢你,我要做你女朋友。"

"我女朋友一大堆,不缺你一个。你还是小朋友吧?"摇滚男笑着上下打量着小小。

"我不是小朋友。"小小叉腰,挺起自己的胸脯。

"看不出来还挺有料。"摇滚男撇着嘴角说。

"我不管,我要做你女朋友。"小小固执地站着不走。

那一晚,两人唇枪舌剑,小小咄咄逼人,摇滚男毫无招架之力。据说,最后小小动用武力,把摇滚男睡了。没错,小小把摇滚男睡了,而且还成了摇滚男的女朋友。

我只记得那天一大早,还在美梦中的我被小小的电话"炸"醒。在小小略带兴奋的尖叫声中,我得知小小恋爱了。

之后的事情不难想象，小小像块膏药一样粘在摇滚男身上，起初摇滚男很是享受。时间长了，摇滚男心里开始起腻，总觉得自己人身自由受到限制。

摇滚男身边最不缺的就是女人，花蝴蝶一样直往身上扑的多了去了。每每这时候，小小也不说话，就拿眼睛瞪着，一眨不眨，碰到脸皮薄的，白小小一眼就扭头走了；碰到脸皮厚的，直接无视小小的存在，小小气得转身离去。摇滚男巴巴地跟在小小屁股后面解释，好话说了一箩筐，也免不了被小小一顿生掐。

小小掐人颇有技巧，软乎乎的小手看似娇弱无力，实则强劲老辣，掐哪儿哪儿疼，掐哪儿哪儿青，一招制敌。小小这一手的优势在于，她能让摇滚男在一瞬间体会疼和生疼之间的奇妙感觉。小小对生疼的理解就是活生生的那种疼。

周围的朋友皆纳闷，这么个小丫头片子怎么就把摇滚男治得服服帖帖，让浪荡子安下心来？每天看着摇滚男扮演"二十四孝"好男友，圆滚滚的小小叉着腰宛若孙二娘，摇滚男赔着笑脸，乐在其中，众人皆是心生不解。唯一的解释就是，摇滚男爱上了小小，审美一下穿越到唐代。无论面对怎样的追问和置疑，摇滚男皆是笑笑不吱声，只是越发地对小小百依百顺。无论身边朋友怎么合起伙来起哄架秧子，摇滚男只是笑笑不吱声。小小身边的朋友也从刚开始坚决不同意，到现在觉得一切还是往好的方向发展。朋友们的支持，让小小更加坚定自己的行为是正确的。

摇滚男其实特享受跟小小在一起的每一天，小小是一个能把每一天都过成诗的姑娘，即使两人穷得只能吃一碗泡面的时候，小小都能在泡面碗上放一朵从楼下采来的花。而屋子里，小小收拾得干干净净，床单上每每都有阳光的味道，摇滚男还发现，小小眼里的光比窗外的太阳都要明亮。

放在以前，眼前这个圆滚滚、肉乎乎的姑娘，根本就不是自己的菜。而经历了那么多的人和事情以后，不知不觉地，他觉得圆滚滚的小小就是分外可爱。

摇滚男最惨的日子正好被小小赶上了，每天除了吃饭的钱，出门只能骑自行车和徒步。有一回，俩人去大北边朋友家吃完饭回家，回来后没钱坐车，就这么在北京的寒冬，顶风冒雪，一路走了十五公里才回到家。回到家后，小小的腿都走麻木了，没有了知觉。

摇滚男平时去酒吧唱歌，工资都是一天一结，有活干就有饭吃，没活干就喝西北风。而且，摇滚男是典型的有多少花多少，一分钱存款都没有。但是小小完全不在乎，她一门心思地扑在摇滚男身上，哪怕是天天吃泡面，都胜似满汉全席。这就是小小，一个以为有爱情就有了一切的姑娘。

可就是过这样的日子，穷得叮当响的摇滚男身边还是有一群花蝴蝶一样的姑娘。

平时半夜总有一些女生打电话过来，摇滚男不接，对方就一遍遍地打。打得小小炸了毛，大半夜揪起摇滚男，开始一一盘问，然后拿起手机开始了有条不紊的清剿行动，罗列重点嫌疑对象，摇滚男只好低眉顺眼地坦白交代。而今天，花臂姑娘打电话过来，摇滚男匆匆出门，都来不及对小小说，一阵风似的出了门。

次日小小醒来，摇滚男依旧没回来。小小不停地打电话，一直打到摇滚男关机。小小疯了一样打给摇滚男的朋友，皆一推六二五，支支吾吾不肯作答。

小小见过一次花臂姑娘，用小小的话说就是一个酷毙了的姑娘，一头脏辫，一条大花臂。而在花臂姑娘的眼里，小小的出现那简直是春打六九头，纯得那叫一个荡漾。

花臂姑娘个性倔强，酷到没朋友，哦，对了，她是摇滚男的前任。曾经看似般配的俩人却如同两只刺猬，互相把对方扎得鲜血淋漓，俩人终究以分手而收场。

花臂姑娘现在每天被一个学究男围绕着，学究男是货真价实北大毕业的博士。这个从小规规矩矩，一个家长和老师眼里的好孩子，从来没谈过恋爱，被同学和朋友视为奇葩的学霸，就这么不顾一切地爱上了唱摇滚、抽烟喝酒一头脏辫、一条花臂的姑娘。

按外表来说，胖姑娘与学究男最搭，花臂姑娘与摇滚男才是天造地设的一对，可老天爷偏要他们混搭，于是就是我们现在看到的这个样子。学究男追着一头脏辫的花臂姑娘，胖姑娘一路驱逐摇滚男身边的姑娘，一幅捍卫自己的领地的景象，表面不搭，私底下却是那么和谐。

摇滚男出轨了，睡了一个姑娘，姑娘是摇滚男狂热的小粉丝。摇滚男把姑娘带回了小窝里腻歪了一礼拜，直到小小回来前几小时，摇滚男才把姑娘打发走。回来后的小小一进屋就觉得不对劲，第六感告诉她，屋里有一股陌生女人的气息。小小不动声色地四处观察着。新洗的床单被晾晒在阳台上，地面锃亮。

"宝贝回来了，你休息会儿，我玩会儿游戏。"

摇滚男盯着电脑屏幕，说这话时头都没抬。

小小应着，不动声色地开始检查，一圈下来，倒也没什么异常。小小来到卫生间，看到牙膏换了，垃圾桶里是新换过的垃圾袋，本能地感觉有问题。小小不是第一次离开小窝，以往每次回来都是垃圾堆积如山，所以不存在摇滚男为迎接小小的到来而收拾的情况。摇滚男从未打扫过卫生，更别说换垃圾袋了，小小脑袋嗡地一下，下楼直奔垃圾桶，一眼就看见了最上面那个粉色的带印花的垃圾袋。没错，垃圾袋是喜欢粉色的小小买的。小小打开袋子，看见一小团黄头发缠绕在用完的牙膏壳上面。

那一刻，小小好似掉进了冰窖，全身发抖，她站不住，瘫软在地上。她知道摇滚男有过很多女人，在心里早就预演过很多遍这一天的情景，可当这一切真实地发生在眼前的时候，小小还是无法接受。

小小拿着袋子回到屋子里，把袋子扔到摇滚男头上，怒吼道："她是谁？"

摇滚男回过头："你吃错药了？神经病。"

看着转过头继续玩游戏的摇滚男，小小扯着嗓子喊："我再问你一遍，她是谁？"

摇滚男点燃一根烟，眯着眼看了小小一眼。

小小眼尖地看到，摇滚男抽的是一种细细的薄荷味女士香烟。

小小一把上前抓起烟盒,扔到摇滚男脸上。

摇滚男一把将小小推倒在地:"你还没完没了了是吧?"

小小眼泪喷涌而出:"你是不是从来都没在乎过我?我是不是可有可无的人?"

摇滚男掐灭烟头,吐出一口烟,小小看着此刻的摇滚男:"我问你,她是谁?"

"没谁,你不需要知道。"摇滚男烦躁地又点上烟。

"那我又是谁?"小小气急。

"你觉得你是谁?"摇滚男反问。

"你从来都没在乎过我,对吗?"小小眼泪汪汪。

"你非要纠结这个,当初你该知道我是一个什么样的人。"摇滚男抓抓头发。

"我以为在你这我是不一样的。"小小声音发抖。

摇滚男嗤笑:"女人在我这都一样,你该懂。"

小小声音悲恸:"所以,我也一样对吧?可有可无?"

摇滚男头都没抬,继续玩游戏。

小小回到卧室,放声痛哭。摇滚男充耳不闻。

小小哭累了,睡了过去。不知道过了多久,摇滚男过来开始对小小上下其手。小小醒来,一巴掌扇了过去。摇滚男愣了一秒,反手就是一巴掌。那一刻,小小感到天旋地转。

小小脚踹摇滚男,他拎起小小,扔到了客厅。小小发蒙的时候,摇滚男已经把小小东西收拾好,连人带包扔出了门外,然后砰地关了门。万分悲凉的小小提着包,跌跌撞撞地下

胖姑娘的摇滚情人　　043

了楼。

外面下着大雨,小小掏出手机,凌晨三点,手机电量只剩下百分之二十。拿着手机的小小不知道该打给谁。雨越下越大,小小蹲在楼道口,也不知道该去哪里。没有怨恨,没有失望,一切仿佛都在预料中。也许,这段恋爱本来就是错误的,从头到尾都只是自己一厢情愿而已。

其实摇滚男也不是天生花心,他也曾踏踏实实在一个姑娘身上付出过真心,整整五年。姑娘吸毒,摇滚男想尽一切办法给她戒毒。姑娘抑郁轻生,摇滚男放下一切陪在姑娘身边,悉心照料,带姑娘出去旅行。整整两年,摇滚男花完全部积蓄,还倒欠一屁股债。姑娘恢复正常了,在一次旅行中,她爱上了一个男孩。摇滚男没有言语,甚至都没有挽回,在亲眼看到两人手拉手出现在自己面前时,摇滚男转身离开,再也没有回头,从此再也没有问过这个姑娘的任何消息。只是后来听说,姑娘嫁人了,生了个孩子,日子过得很幸福。

从此摇滚男再也没有把心思放在一个姑娘身上,开始了万花丛中过,片叶不沾身的浪荡日子。而小小的出现,确实让摇滚男想就此收心,可还是没忍住。

鬼使神差,小小拨通了花臂姑娘的电话。半个小时后,花臂姑娘匆匆赶来,把蹲在地上冻得直打哆嗦的小小带回了家。花臂姑娘什么都没说,只是给小小放好水,让小小泡个澡。那晚两人心照不宣各自睡下。

夜里小小发起了烧,全身滚烫,心里又像掉进了冰窖。迷糊中,小小觉得额头上多了个冰凉的毛巾,她想睁眼却睁不开,最后昏睡过去。次日,小小醒来,感觉身上轻松了很多,花臂姑娘和衣躺在旁边,打着呼噜。

小小起身想上厕所,花臂姑娘醒来,第一反应是摸摸小小的额头:"好点了没?嗯,不烧了。我给你熬了小米粥,快,先喝点去。"

那一刻,小小眼眶泛酸,握紧了花臂姑娘的手。小小从未想过,自己在最痛苦的时候,是花臂姑娘给予了她温暖。

"安心住,正好跟我做个伴。"花臂姑娘淡淡地说。

"我们分手了。"

"离了他那棵歪脖树,你还不活了?踏踏实实地开始自己的新生活。别总以为男人是你的全部,你是一个独立的个体。"花臂姑娘边说边端过来一碗粥。

小小接过粥,眼泪不听话地掉下来。

"你可别哭,我最烦姑娘哭。"花臂姑娘扔过来纸巾。

"他出轨了。"

"我不想知道你俩发生了啥,但我用脚指头都能想到他干了啥。"

"为什么?"小小带着哭腔。

花臂姑娘叹口气:"你也别觉得自己没错,你上赶着往上扑的时候就该想到会有今天的局面,你俩也不是一类人。除非玩玩,过日子你就别想了。他总是觉得处处都是风景,而且下一处风景更美。"

小小:"我知道,只是当他占满我的心的时候,我没想太多,觉得就算是杯毒酒,我也要喝了它,明知道会有今天的结果,可还是希望来得晚一点。我总以为,我真心待他,他会改变,我想过会有这一天,却没想到会来得这么快。"

花臂姑娘盯着小小:"你想知道我俩过去的事吗?"

小小点点头。

花臂姑娘喝了口水,道:"当年遇见他那会儿我刚十七,他组了个乐队。而我又是一个叛逆的姑娘,遇见他以后,一心就扑在了他身上。那会儿我俩的日子过的就是一个馒头吃一天的日子,住地下室,被房东赶;没地方住,住朋友家,后来被朋友的男朋友赶了出来。没地方住,没饭吃,一包方便面谁都舍不得吃,一人一口,剩的汤都再兑水喝了个水饱,再清苦的日子都没分开。后来他演出多了,挣钱多了,日子好起来了,他能给我好吃的好喝的,可是话少了,他会常常呼朋唤友出去喝酒,每次都喝到凌晨,醉醺醺地回家。虽然他经常出轨,无关乎不爱,虽然我还是很爱。只是,当时处于膨胀期的他的那一副嘴脸,让我一天都不能再容忍。"

小小:"原来你曾经那么爱他。"

花臂姑娘点上一根烟,接着说:"爱管个屁用,在他又一次醉酒后,我俩大吵一架分了手。分手后,我俩依然在一个乐队,一起演出,一起赚钱,一起吃饭。我见证了他不断地更换女朋友,我不知道他怎么想的,是示威还是确实把我当空气,完全无视我的存在。后来,我离开了乐队,去了一直想挖我的另外一个乐队。分开后,他还是照常会联系我,说他的近况,问我的近况。这种奇怪又微妙的关系就持续到你出现。"

"那你还爱他吗?"小小问道。

"不爱了,刚分手时,看见她和别的姑娘在一起,心里会有落差,但后来就麻木了。而现在,就像一个老朋友一样。只是曾经生命里很重要的一个人而已,各自安好,各自生活而已。我们曾经爱过,这样就够了。虽然最后我们没有在一起,但在那几年的青春里,我们彼此拥有过。"花臂姑娘摇头笑道。

见小小没说话,花臂姑娘掐了烟头:"说实话,见了他那么多女朋友,你确实不一样,不抽烟不喝酒不文身不泡吧,像一朵白莲花。可是,你要知道,你俩不是一路人。"

小小小声道:"我知道。"

花臂姑娘吐出一口烟圈,微眯着双眼:"你今天所经历的一切,我都经历过。"

小小:"我知道,爱一个人就要付出代价。"

花臂姑娘:"这么多年,我算是活明白了,什么代价不代价的,都是自找的。"

"你喜欢那个戴眼镜的男生吗?他看上去斯斯文文的,你俩也不是一路人。"小小说道。

花臂姑娘用力地掐灭烟,仿佛要让之前所经历的一切都消失一样,仰着头回答:"谈不上喜欢,只是觉得跟他在一起,我又是另外一个我。"

"你俩是怎么认识的?"小小裹了裹被子。

"酒吧里,当时我在酒吧唱歌。"

花臂姑娘在一个小酒吧唱歌时,遇上了第一次去酒吧的学究男。老实巴交的学究男从小就被父母教育要好好学习,天天向上，从不叛逆，直到这天，学究男因为工作上的一点不顺心，偶然路过一条街，偶然走进这家店，偶然地看见了花臂姑娘。就这一眼，黑白世界的学究男看见花臂姑娘的这一瞬间，像一道光一样照进了他的世界。

台上的花臂姑娘唱着歌，歌词直击学究男的心灵。

"愿漂泊的人有酒喝，愿孤独的人都会唱歌。"

那一天，学究男鼓足了积攒近三十年的勇气，上去跟花臂姑娘要了联系方式，这是学究男第一次主动跟姑娘搭讪。原本面对这种搭讪，花臂姑娘都是一概置之不理的，而那天，看着满脸通红、戴着眼镜、老实巴交的学究男，花臂姑娘突然产生了好奇心，就答应了学究男。

此后，花臂姑娘每晚驻唱都会看见台下的学究男坐在一个角落里，一坐就是一晚上。每天花臂姑娘唱完，学究男都跟在后面，跟着她穿过街走过巷，直到走到花臂姑娘楼前。看着楼上的灯亮起，学究男才转头回家。

学究男后来说，遇见花臂姑娘，自己的脑袋像放空一般，这个姑娘，身上自带光芒，照耀了自己的世界。学究男觉得她就是他要找的人。

后来，学究男鼓足了勇气，买了鲜花等在了花臂姑娘楼下。这个曾经是大学里的辩论赛冠军，面对花臂姑娘，却啜嚅着一个字也说不出来。而花臂姑娘在发现学究男护送自己回家又不说话的举动，早就对他产生了好奇。看着眼前的学究男，花臂姑娘扑哧就笑了出来。

迈出第一步的学究男自此一发不可收，爆发了他近三十年的热情，每天花臂姑娘醒来，就能在手机上看到一堆情诗。学究男送的鲜花、玩偶塞满了花臂姑娘的房间。

当花臂姑娘说了无数次咱俩不合适的话时，学究男突然崩溃到大哭。这一下把花臂姑娘吓得手足无措。用花臂姑娘的话说，这真是个奇怪的人。然而就是这样的一个学究男让花臂姑娘动了心。

花臂姑娘试着接纳了学究男，其实花臂姑娘不是矜持的姑娘，她心里清楚地知道自己跟他不是一类人，她只是怕伤害他。毕竟，他是自己这么多年来遇见的唯一的一个不一样的男人。

而摇滚男再也没联系过小小，小小彻底失恋了。

小小开始给自己找怀念摇滚男的理由。比如排除摇滚男乱搞男女关系这一项，其他的项在小小这儿看来都是满分。

说完这句话的小小，惨遭我的痛骂，被我骂完的小小此刻正不停地刷着手机，看他的动态，隔着屏幕，小小仿佛看到那张熟悉的脸在舞台上疯狂地嘶吼，一切一如自己当初爱他的模样。

我曾认真给小小分析过，失恋分三个阶段，第一阶段是丧失自尊，痛不欲生，不能听到他的名字。第二阶段就是故作忘记，避而不谈，可是内心翻江倒海。而第三阶段就是再见就像路人。

小小冷静下来后对我说，她现在正处于第二阶段，也许第三阶段会很快来临。

小小开始了新的生活，健身加学习，经过半年的时间，成功减到九十斤,胖姑娘摇身一变成了窈窕姑娘,脸上也扬满了自信。正当小小觉得自己已经忘记摇滚男的时候,上天跟她开了个玩笑,两个人再次相遇了。

再次相遇的两人,与半年前相比都发生了大变化,小小成功瘦身三十斤,而摇滚男在圈子里已是小有名气。再次相遇的两人没有提及过去,甚至都不知道该如何开口。小小淡淡地打了个招呼,就此离去。

后来小小说,当时就是感觉仿佛两人中间隔了万水千山,说不清什么感觉,就是已经成为过往。

而花臂姑娘也和学究男热热闹闹地谈起了恋爱。学究男无比黏人,每天早请示晚汇报,一下班就奔到花臂姑娘家楼下,准时接上心爱的姑娘吃饭,再送到酒吧上班。日复一日,学究男乐此不疲。

花臂姑娘曾经问过学究男:"你为什么从来都不介意我的工作?我们两个就像是两个世界的人。"学究男每次都摸摸花臂姑娘的脑袋,一脸宠溺地说:"因为在我眼里,你就是你,只要你开心,我不需要你为我改变,即使你说我们是两个世界的人,可在此刻,你是属于我的。"

看似老实巴交、一脸木讷的学究男一旦坠入情网,嘴巴甜得都不能用"抹了蜜"来形容,那情商简直就跟他的智商一样一下子飙到了最高点,而且水平稳定,一路居高不下。

学究男带着花臂姑娘参加自己朋友的聚会,花臂姑娘的出场总会引来一阵惊愕的目光,但随后大家就会故作平静。是啊,谁都想不到一个学霸竟然爱上一个一头脏辫、一条大花臂、烟不离手的姑娘。估计在学究男的朋友圈子里，从未出现过这种姑娘，花臂姑娘无疑是一个异类，如晴天炸雷一般出现在他们面前。

学究男无论在什么场合都毫不掩饰对花臂姑娘的疼爱，眼神温柔得仿佛能将花臂姑娘融化成水。

自从花臂姑娘出现后，学究男耳边总会出现一些反对的声音，这些发出反对声音的人劝学究男不要图一时新鲜，凡事还是要往长远了看。一开始，学究男置之不理，装作没听见，时间长了，这些反对的声音不断地在学究男耳朵边重复再重复，一向温和的学究男终于爆发了，怒撑了这些人。于是这些所谓的好心人只能摇摇头，暗地里议论学究男被爱情冲昏头脑。

看到学究男如此维护自己的爱情，大家也都闭口不谈了。

而花臂姑娘也想到过这种场面，好几次想开口问，却又忍住没再问。

直到有一天，学究男要带花臂姑娘回家看看，老两口一大早就出门买菜收拾屋子，翘首期待，儿子究竟会带一个什么样的女朋友回家。对于即将登门拜访学究男家，花臂姑娘心里也有些忐忑，担心自己这个形象会吓着老两口，所以一大早就去做了头发，把留了多年的小脏辫换成了一头大卷发。常年朋克装扮的衣服也临时换成了长衣长裤。夸张的美甲也都一一卸掉。经过这么一收拾，花臂姑娘简直就跟换了一个人一样。

到了下午，学究男准时来接花臂姑娘，一开门，学究男差点没认出来。学究男进门又退了出来看了看门牌号，然后盯着花臂姑娘说不出话。花臂姑娘扑哧一下就乐了，一把就把学究男拽进了屋里。

学究男惊喜地上下打量着花臂姑娘,连连夸赞:"真漂亮,你怎么看都好看。"花臂姑娘转了个圈:"怎么样?是不是更喜欢我这个样子?"学究男握着花臂姑娘的手都快要哭了出来:"我知道你是为了我而改变,不用的,你什么样子我都喜欢。"

花臂姑娘抽回手:"少来,自作多情,我才没有为你改变呢!我只是怕我之前的形象吓着你爸妈,你不是之前跟我说你爸身体不太好?"

学究男:"我知道,谢谢你。"

那个花臂姑娘为学究男而改变形象的那个下午,花臂姑娘嫣然浅笑的样子深深地刻进了学究男的心里。

花臂姑娘顺利登门,老两口看着乖巧的花臂姑娘,丝毫不掩饰对未来儿媳妇的喜爱。一晚上,花臂姑娘都在陪老两口说话。临出门前,老两口塞给花臂姑娘一个大红包。花臂姑娘不好推辞,只能接下。

下楼后,花臂姑娘迫不及待地点上一根烟,没想到被楼下邻居看见了。邻居第二天就告诉了学究男的妈妈,你儿子的女朋友抽烟。学究男妈妈第一时间打电话询问儿子,学究男如实告知,并说现在抽烟的姑娘多了去了,并不是抽烟的姑娘就不是好姑娘。

但是思想保守的老两口根本无法接受。

老两口左思右想,决定打电话询问一下儿子的朋友。老两口又知道了一个爆炸性的消息:这个姑娘是无业游民,在酒吧驻唱暂且不说，不但抽烟、喝酒、文身，而且还影响自己儿子跟朋友的关系。

得知这个爆炸性的消息后，气得老爷子当场血压飙升至一百八。

急匆匆接到电话赶回家的学究男被劈头盖脸地一通骂。老两口明确表示自己的家门不可能接受这样的儿媳妇，必须马上分手。学究男没有说什么，老两口看儿子不说话，以为儿子默认了。

学究男被迫在家待了三天，全程被不停地洗脑再洗脑。手机也被没收，花臂姑娘打不通学究男的电话，以为学究男就此抛弃了自己。

当晚，小小接到了花臂姑娘的电话，电话那头，花臂姑娘哭着让小小过来。小小赶到时，花臂姑娘已经微醺，不停地絮絮叨叨，又哭又笑像个孩子。

花臂姑娘："谁当年不是好姑娘？当年我从家里跑出来，执意玩音乐，我那从小疼爱我的父亲扇了我一巴掌，但那一巴掌没有扇醒我，却让我恨了他三年。三年中我没有回过家。再次回家那年，一开门，是我爸，你都想不到，四十多岁的人头发全白了。我不知道在那三年里，我爸是如何一点一点日思夜想，想白了头发。那一天，我跪在我爸面前，我爸什么都没说，把我扶了起来。那个倔强的男人一点都不会表达自己的情绪。我不知道父母为我承受多少嘲笑，背了多少压力。我只知道，他们爱我的心从未变过。我今年二十八岁，十一年，人生有几个十一年？可现在我看开了，我谨小慎微，卑微地爱着，

胖姑娘的摇滚情人　053

我自己都不知道我自己是谁。谁都没错，错就错在当年的我根本就不知道自己想要什么。"

小小抱了抱花臂姑娘，知道花臂姑娘还有这一面，小小心里竟有些酸楚。

花臂姑娘擦擦眼泪："我就是一只想飞的鸟，可能没有枝头可栖，但是我知道飞出去我就再也飞不回来了。"昏黄的灯光下，花臂姑娘吐着烟圈，眼神游离。

小小不敢多问，也不敢多说，她能做的就是听花臂姑娘倾诉，然后安静地陪着她。

送完花臂姑娘回家，小小一个人想了好久，看着窗外一盏盏熄灭的灯，心里也慢慢静了下来。

有时候，人真的是一种奇怪的生物，年轻的时候恨不得自己马上长出翅膀，能飞上蓝天，可长大了，就开始想自己究竟从哪儿来要到哪儿去。年轻的时候做事不考虑后果，长大了又害怕承担后果。

小小迷迷糊糊地在沙发上睡去。

次日，回到自己家的小小在楼下撞见了摇滚男。原来摇滚男自从上次遇见小小，就铁了心要让小小回到自己的身边，于是终于忍不住来找小小。

面对小小的冷漠和置之不理，摇滚男仿佛早有预料，于是他每天上班路上堵，下班门口拦，发挥了从未有过的黏人攻势。

摇滚男还给小小创作了一首歌，抱着吉他就在小小家楼下唱。

爱生气的眼睛挂着笑

爱吵闹的嘴巴不求饶

天天都忘不掉你的好

摇滚男厚着脸皮在楼下扯着嗓子唱歌，楼下的大爷大妈围着听着来劲，楼上还有好事者起哄吹口哨。摇滚男一直弹唱着。一个热心肠的大妈也扯着嗓子喊："姑娘你就下来吧，原谅他吧。"一个大妈开劝，周围的几个大妈纷纷都热心肠地喊了起来。

小小躲在屋里，听着外面闹哄哄的，终于坐不住了，冲下了楼。

看着小小出来，摇滚男不由分说，单膝跪地，请求小小原谅。小小冷漠着，没有说话，围观的众人纷纷开劝："姑娘，原谅他吧，多好的小伙子啊。"

感觉想找个地缝钻进去的小小拉着摇滚男匆匆回家。

一进屋，摇滚男就眼巴巴地承认错误，央求小小原谅自己。小小叉着腰对刚才的口水歌讥讽了一番，让自己在大庭广众之下丢人现眼。小小无视摇滚男的示好，坚决表示自己不会原谅他。更何况现在自己看都不想看他一眼。说完小小进了里屋，关上了门。摇滚男在门外自说自话的非要睡沙发，小小嚷着要他赶紧走，摇滚男装作听不见，跑到沙发上睡。

后来据小小说，摇滚男乞求说自己尚处观察期，要小小亲口说出原谅他的话他再走，不然就一直住下去。而小小由一开始的视而不见,到最后看着可怜巴巴的摇滚男,看着蜷缩在沙发上的摇滚男,小小终于还是心软了,扔一床被子到沙发上。

看着小小的态度由强硬到缓和,摇滚男顺势要给小小做饭,摇滚男借着酒意,顺利留下。

第二天醒来的小小看到摇滚男睡在自己床上,悔恨不已。摇滚男赌咒发誓从此只对小小一个人好。小小对摇滚男说,这事就当没发生过。不想摇滚男撒娇打滚耍泼,嚷着要让小小负责。小小被摇滚男的样子逗乐了。看着笑了的小小,摇滚男终于达到了目的,还没反应过来的小小就这样再一次羊入虎口。

小小和摇滚男复合的消息,在朋友看来都觉得不可思议,所有人都不理解。

摇滚男厚着脸皮拿着行李住进了小小家。而两个人的相处模式也完全颠倒了过来,小小有时会对摇滚男爱搭不理的,而摇滚男像膏药一样到哪儿都粘着小小。

小小还没完全适应两人的角色变化,在某一天清晨,小小一醒来,就看见摇滚男就在床头盯着她。看着小小醒来,摇滚男拿出钻戒,央求小小嫁给他,并说他完全不能没有小小,如果小小不嫁给他,他就从六楼跳下去。

小小慢慢坐起来,揉揉睡眼蒙眬的眼睛,下床走到窗子前,一把就拉开窗子,打着哈欠:"那你就从这跳下去好了。"说完小小无视摇滚男震惊的样子,走到洗手间刷牙洗脸。

摇滚男不死心地跟到洗手间,小小刷着牙,嘴里含糊不清地说道:"你要在这儿跪吗?这地好几天没擦了。"摇滚男一脸委屈,嘟囔道:"你都不爱我了,说让我跳我就跳,我跳下去了你是不是要对我负责任，嫁给我？"

小小擦着脸："别，我可不想伺候一个瘫痪的病人，我不负责。"

摇滚男："你现在就会欺负我，太可怕了。"

小小："这就可怕了啊？那你赶紧出门，带上门，好走不送。"

摇滚男："不走，我就赖着你了。"

小小吃着摇滚男做的早饭，摇滚男眼巴巴地指望小小说句好听的，没想到小小一句话没说，收拾打扮完就出门了。

摇滚男的第一次求婚以失败而告终。

接下来摇滚男的几次求婚也都没成功。

摇滚男消失了，电话不接，短信不回。

小小联系不上摇滚男，摇摇头笑笑，她还真以为摇滚男为自己改变了，原来还是本性难移。小小暗下决心，今后再也不会相信摇滚男说的每一个字。

过了一个星期，正好赶上小小新工作入职。

那天，小小一回家，就看见摇滚男蹲在门口，小小不理，摇滚男一把抱住小小，小小用力把他推开，摇滚男单膝跪地拿出戒指。小小冷笑："又来这一套，你消失了那么久，一回来就又来这一套，你以为我这儿是旅馆？你想来就来，想走就走？招呼都不打一声，人就消失了。"

摇滚男赶紧解释，原来摇滚男在消失的这一个礼拜里，去了小小出生和长大的地方，包括小学、初中、高中、大学，把小小曾经走过，生活过的地方都去了一遍。

三个城市，摇滚男用了一个礼拜，把每个小小生活过的地方都拍了照片和视频。

小小看完，心里筑起的城墙一下子坍塌了，最柔弱的那个地方被扯得生疼。

小小冷着脸把摇滚男让进了屋里。那天，据说两个人就没分开。

就这么着，摇滚男赖在小小家，每天像一个勤劳的田螺姑娘一样，给小小做饭，收拾屋子。小小的心终究是善良的，时间一长，也就放下了心里的芥蒂，接纳了摇滚男。

小小和摇滚男和好，这一切都在我意料之中，因为我知道小小本来就很爱他，只不过小小给自己包上了一层厚厚的盔甲，可也只有她自己知道，那层厚厚的盔甲下面是她最柔软的心。

没想到，三个月后小小怀孕了。在知道小小怀孕的消息后，摇滚男快乐得像个孩子，手舞足蹈。

摇滚男在多次求婚不成功后，终于借助小小肚子里娃娃的"神助攻"，求婚成功。

在我接到小小电话，得知这个消息后，我心想：完蛋了，小小跳进火坑了。

小小听见我这头的沉默，语气轻快道："你是不是在想，完了，我跳火坑了，对不对？"

我冷言："你知道我要说什么，你还结这个婚，之前的事你都忘了？"

小小大笑："之前的事，好的我都记住了，坏的过去了就过去了。好了，祝福我吧，即使是火坑，为了爱情，我也要爱得轰轰烈烈。"

周围的亲朋好友得知小小要结婚，而且对象是摇滚男的时候，纷纷提出反对。

而花臂姑娘这边，学究男失联的这几天，花臂姑娘像丢了魂儿一样。这也是我认识花臂姑娘那么久以来，她第一次这样，原来爱情真的可以改变一个人。

而学究男在被父母放出家门的第一件事就是去找花臂姑娘，看到学究男出现在自己家门口，花臂姑娘一开门就扑了上去，一个坚硬了多年的壳，在遇到这样一个人后，开始露出自己柔软的一面。

那一晚，学究男住在了花臂姑娘家。

原来爱情真的可以改变一个人，花臂姑娘像抽风一样把她衣橱里的衣服全都换了。那天我和小小在咖啡厅里等花臂姑娘的时候，一个白衣长裙的女子优雅地坐在了我们对面，正是花臂姑娘，小小差点一口咖啡喷在花臂姑娘纯白的长裙上。

面前的花臂姑娘白衣长裙，眼神温柔。唯一不协调的是她还抽着烟。看到我俩惊讶的眼神，花臂姑娘掐灭烟："怎么，是不敢相信自己的眼睛，还是不敢相信我会这么打扮？"

"怎么，你这是彻底被你家学究男给改造了？"小小拍拍胸口说。

"我用他改造？我想做的事情谁说也没用，我不想做的事情，刀架在脖子上老娘也不干。"花臂姑娘跷起二郎腿。

"这才像你嘛，不过你这样真是挺顺眼的，毫无违和感。"

花臂姑娘白了我一眼："你以为我天生就这样啊？姑娘我自小也是文文静静，乖乖女一个，比你还淑女呢。"

"真的？不过你这为了爱情可是真够拼的。"小小揶揄她。

"那还有假？不过不单纯是为了爱情，可能是想跟我过去的生活彻底地告别吧。想想过去的那些年，什么荒唐事没干过！遇到过不少人，也遇到貌似真爱我，但一开口就是'你爱我就得为我改变'的人。老娘当时就让他有多远就滚多远。"花臂姑娘晃着手中的咖啡说。

"其实，你们俩也算是真正地爱过。"小小盯着她。

她挑挑眉毛："当然爱过。那几年，我的世界里只有他，我太清楚了，我们俩才是一类人。可是当时的我们都不知道越是相像的两个人就越无法相处，想抱得更紧的同时又把对方扎得鲜血淋漓。到了最后，终于一个人忍受不了了，结束了这一切。"

小小看着窗外，没有说话。

"你知道吗？你是唯一一个出现在他身边的，能让我不讨厌的女生，不是因为你表面上看着有多纯洁，而是冥冥之中，我知道你会是那个彻底让他收心的女生。就像我现在，我为了学究男，可以完全改变自己。因为我知道，我爱他，不单单只是想跟他在一起，他的背后还有他的父母，我想要不给他增添麻烦，我就要做到让他父母喜欢我，不能说有多喜欢吧，至少不讨厌我。所以现在我愿意改变自己。"

那天我们和花臂姑娘聊了许久，续了两杯咖啡，一直喝到店铺打烊。

原来，当你遇到真爱时，你的心甘和情愿，无一不暴露着你已经做好了为爱情肝脑涂地的准备。

就像花臂姑娘在多舛的爱情道路上历经坎坷，在遇到学究男之前，不肯为任何人改变自己，直到学究男的出现，彻底改变了她。

花臂姑娘做好了对方父母不同意或是阻拦自己的种种准备，但她还是低估了父母为了儿子可以做出任何事情的心。

为了逼儿子收心，找一个本分的姑娘恋爱，学究男被父母安排去相亲。学究男执意不去，没想到母亲在自己面前号啕大哭，父亲也是唉声叹气。从来都没见过这种阵势的学究男，被逼无奈只能妥协，赶鸭子上架一般地去挨个相亲。

为了怕花臂姑娘误会，学究男将此事一一报备，本以为花臂姑娘会生气，没想到花臂姑娘幽幽叹口气，竟然同意了。这倒是很出乎学究男的意料。

学究男出门去相亲，一路上不停地报备，不停地给花臂姑娘发照片。花臂姑娘一个都没有回。不到一个小时，学究男就坐不住了，找了个借口就离开了。因为花臂姑娘不回信息，让学究男坐立不安。

匆匆赶回家的学究男没有找到花臂姑娘，打电话不接，发短信也不回，学究男一个人提心吊胆地在家里等到了半夜。

两点钟，花臂姑娘喝得醉醺醺地回来了。花臂姑娘看见学究男嘿嘿直笑，那晚花臂姑娘撒了一晚酒疯，让学究男心疼不已。

第二天，学究男回家跟父母谈判，要么同意自己跟花臂姑娘交往，要么自己就孤独终老。

老两口深知自己儿子的脾气和性格，也怕自己儿子真的一冲动就去剃度出家了，只能妥协，虽然嘴上不说同意，但从此也不再反对了。

就这样，学究男和花臂姑娘终于可以正常交往了。

学究男的这个做法倒还是挺出乎花臂姑娘的意料，本来以为他不敢违抗父母的命令，没想到，学究男为了不让自己受委屈，竟然跟父母摊牌，并且顺利解决了这件事。

小小这边虽然受到家人、朋友的反对，小小依然顶住了这些反对的声音，面对周遭异口同声的意见，小小充耳不闻，再一次展现出自己惊人的倔强。

小小带着摇滚男回家见父母，一向疼爱女儿的父母早就对摇滚男的种种事迹有所耳闻，坚决不同意女儿嫁给摇滚男。小小只好拿出她已经怀孕这张王牌，万分震惊的小小父母哪忍心女儿跳火坑，但又心疼女儿，只好勉强同意。

小小一直以为自己会裸婚，或者是只能摆几桌简单的酒席，所以一直没跟摇滚男提一些自己关于婚礼的要求。因为在小小心里，摇滚男是"三无"人员。

这一切都在摇滚男带着小小回家的那天改观。原来摇滚男家世显赫，父母皆是商人，家境富裕，奈何从小疏于对儿子的管教，导致摇滚男叛逆，不顾家人的劝说义无反顾地出去流浪、玩音乐。

看到儿子终于收心，还领回家一个温温柔柔的姑娘，姑娘肚子里还怀着自家的下一代，摇滚男父母笑容满面，简直不能掩饰自己内心的喜悦。全家人恨不得把小小捧在手心里。那天，小小完全蒙了，她没想到摇滚男的家庭是这样的。

小小婚礼那天，花臂姑娘带着她的学究男也来了。我恰好跟花臂姑娘坐同桌，学究男温柔地给花臂姑娘夹菜，灯光打在花臂姑娘脸上，竟然有几分恬静。台上的摇滚男拥着小小，花臂姑娘一脸笑意地看着台上的摇滚男和小小，这一刻我确信，花臂姑娘的眼里都是祝福。其实在我这个局外人看来，很难想象，两个曾经相爱多年的人能够如此。

而我最佩服的是小小，她竟然可以和丈夫的前任女友成为好朋友。小小说，她和花臂姑娘会时不时地聊天约会，花臂姑娘也经常会跟小小分享她和学究男的故事。

接下来，学究男顶住家人的压力，非花臂姑娘不娶，而学究男的家人也已经同意。后来，我跟小小说，以我有限的认知，很少有真心能和丈夫的前任成为朋友这种事发生。因为好多人都会把前任当成假想敌，而且会比较前任和自己在对方心中的位置。换而言之，这是极度不自信的行为。小小说，以前我见到花臂姑娘会从心里敌视她，后来发现，是我错了，原因就是，在我的潜意识里，我害怕花臂姑娘会把摇滚男抢走，而且一开始在我的心里，不管旁人的眼光，他俩才是一对。后来，在我了解了花臂姑娘以后，我发现是我错了，真的错了。花臂姑娘的外表会给人一种轻浮、放荡的感觉，其实内心对爱情是无比坚贞的。

后来我发现，过去的就过去了，永远不需要防备前任，因为如果他们还会在一起就不会称之为前任，也不会给你和他开

胖姑娘的摇滚情人

始的机会。小小望着窗外,一脸淡然。我相信这是她爱情最好的归宿,因为她满脸都写着幸福。

我不知道小小的未来会怎样,摇滚男会不会对她一心一意,我只知道,此刻窗外的阳光都不及小小脸上的微笑来得灿烂。

小小在上大学的时候,每每我们逛街路过婚纱店,小小都会趴在人家的玻璃橱窗上看着模特身上的婚纱,看上一遍又一遍,那个时候,她就说,如果有一天,我结婚了,一定就是为了爱情嫁给我心爱的男人,这样才能不负我穿上这洁白而又神圣的婚纱。

小小最喜欢长拖尾的那一款婚纱,拖尾上星星点点地闪着光,像穿了一条银河在身上。如今,她终于如愿了。

此刻的小小一路走来,如行走在闪闪星河之上,璀璨、耀眼。小小一脸灿烂地接受来自亲朋好友的祝福。我看着他们亲吻,看着他们交换戒指,灯光打在她的脸上,满满的幸福与甜蜜。而我神情恍惚,仿佛她还是当年那个扎着小辫和我争裙子争得哭天抹泪的小姑娘。一转眼,小小已为人妇,也即将为人母。我不由得感叹,时间真快。

这一刻我笑着,心里却好酸涩,好希望小小就这样永远地幸福下去。因为只有我知道小小今天的幸福来之不易,虽然有过坎坷,可是最后还是走到了一起。现在想想过去的一切,都是值得的,就像历经艰辛取得的真经一样。

因为没有人生下来就是完美无缺的,总会有一个人改变你,并且让你心甘情愿。

萧伯纳说过:"想结婚的就去结婚,想单身的就维持单身,反正到最后,你们都会后悔。"

可小小说:"人生就像是饺子,无论你是被拖下水的,还是自己跳下水的,一生中不蹚一次浑水就不算是成熟。"

对了,忘了说了,摇滚男大名叫闻硕,婚后就准备回家跟父亲学习做生意,以后掌管家族企业。

闻硕长达七八年的摇滚生活,终于在遇到小小之后,彻底改变了。曾经让父母愁白了头发,以为自己的不孝子从此无药可救了,没想到出现了这个犹如天使一般的姑娘,把自己儿子拉回了正途。深知一物降一物的道理,闻硕父母的感激之情溢于言表。

小小在见过了公公婆婆后,闻硕全家又登门去小小家提了亲。两家父母相谈甚欢,据说公公婆婆又给了一份超大的聘礼。让本来还担心自己女儿的小小父母心里彻底踏实了,女儿至少婚后有房有车,衣食无忧。

而小小也在婚后半年生下了一个男孩,每日逗娃哄娃。

生下孩子后,小小还跟我说,一切恍如在梦里,电视剧里的情节竟然发生在了自己的身上。曾经以为自己冲动、荒诞的爱情,最后竟然开花结果了。

小小给儿子取名叫 luck,而我是 luck 不靠谱的干妈。所谓不靠谱是小小给我起的,起因是 luck 刚学会爬的时候,我送了小小一身爬爬服,就是可以边爬边擦地的那种。Luck 对毛茸茸的爬爬服喜爱不已,整日穿着在屋里爬来爬去,不让穿就嗷嗷地哭。小小买的衣服儿子都从来没有这么喜爱过,以至于小小气鼓鼓地说我从现在开始就收买她儿子。穿上爬爬服的那段时间，小小家客厅的地板每天都锃亮，全是 luck 的功劳。

而闻硕婚后也是彻底收心，一门心思扑在了家庭生活中，十分享受老婆、孩子的相伴。浪荡了多年的浪子终于收心学着去做一个好儿子、好丈夫、好父亲。

生活就是这样，原本就属于你的东西终究还是你的，而这个过程你会得到历练，会让你成长。因为，你想要的，只要你诚心、努力，时间都会给予你。

而对于小小，现在她这一切幸福生活源于她对爱情的无畏，从一开始的勇往直前，到后来无论发生了什么事情，于她而言，最重要的莫过于奋不顾身地追求爱情。而爱情就是这么奇妙，该是你的就是你的，谁都无法取代。

回头想想，人这一生其实很短，我们都会遇见自己喜爱的人和想要的东西，而我们拼尽全力所要的不过就是给自己足够的勇气和一个可以开始的理由。生活如此，爱情也是如此。

请坚信，相信爱情的姑娘就一定会收获爱情，得到幸福而又美满的结局。

七年之痒，祭酒一杯

> 我们不断地寻找着真正的爱情，
> 总以为在遇到那个相伴一生的人之前，
> 只能一个人寂寞而又孤独地老去。
> 然而真正的生活就是背后一地的鸡毛。

我们总是能从别人的故事中看到自己的影子。回望来时路，我们谁又不曾肆意挥霍青春，又或是肆意伤害对方？

有的人七年恋爱如蜜糖般如胶似漆、深入骨髓，恨不得长到彼此的身体里去；有的人七年恋爱如漫长的马拉松一般，一路呼哧带喘地跑到终点，最后总算是修成了正果；有的人七年恋爱到了最后却落得两两生厌，恨不得立刻一拍两散。而我要说的丁丁和桃子，他俩的七年之痒，结局却是天人永隔，祭酒一杯。

丁丁和桃子是一对与我相识多年的朋友。俩人都是彼此的初恋，携手相爱七年，他俩总会在外人面前秀恩爱，关上门却打得锅碗瓢盆满天飞，什么顺手就会向对方扔什么。但即使这样，仍然无法阻止俩人下一秒继续相亲相爱。

俩人在某天一早醒来就为了争谁先用厕所大吵了一架，洗手间里洗面奶、牙刷满天飞，吵完后的丁丁把桃子摁在了地上，三下五除二扒下桃子的睡衣。十分钟后，桃子满面桃花，两眼放着光去了厨房，哼着歌做起了早餐。丁丁抽着烟坐在马桶上，双腿晃着摇摇头。

吃完那顿早饭，两人竟然就去领了结婚证。不知道实在是该给对方七年一个交代，还是这场厕所之战重燃了他们许久未有过的别样激情。他们在那个清晨竟然又找到了初恋的感觉，原来有人说，高质量的性爱会决定两个人的相爱程度，这话果然不假。

没有求婚，没有钻戒，甚至两人一大清早的厕所之战，桃子刚买的充满人民币味道的巨贵的洗面奶被丁丁扔进了马桶里。桃子也毫不示弱地用丁丁的电动牙刷刷了厕所，都对对方痛下杀手，毫不手软。

后来，丁丁交代，那天桃子顶着一头乱发，眼角还有眼屎，龇牙咧嘴的样子其实一点都不美。但气势汹汹的上下起伏的 36D 的胸脯，让丁丁一下子血脉偾张，俩人随即发生了一系列不可描述的事情。

后来丁丁和桃子向我们炫耀小红本的时候，我们起哄讨要他们的恋爱秘笈，如何做到七年不痒，走进婚姻的"牢笼"。

丁丁坏笑："秘诀就是没有什么是性爱解决不了的，如果一次不行，那就两次。"众人哄笑。

团子拍拍丁丁的肩膀，咧嘴坏笑："兄弟，这么多年，辛苦了。"丁丁吐出一口烟圈："辛苦？那是你还不知道乐趣在哪儿，对吧，桃子？"

桃子白了丁丁一眼："对你个大头鬼，一会儿我掀你老底了。"

团子咧嘴："看来丁丁这是表现不好啊，桃子有意见了。"

桃子一脚踢向团子："你这是好了伤疤忘了痛。"

团子："别，你是我姐，我错了。"

桃子喝完酒，大着舌头跟我说："宝儿，我从来没想过我和丁丁会结婚，一直以来，我以为我们最终是要分开。"

没想到桃子那天的话一语成谶。

那天的聚会，我们为了庆祝他们俩领证之喜，一直喝到天亮才醉醺醺地各自离开。

大家都光顾着起哄和喝酒，感叹他们终于修成了正果，实在是不容易。谁也没想到，一个巨大的危机在等待着桃子。

那天分别后，我大概有小半个月都没见到桃子。于是一个电话拨了过去，正想质问桃子为何重色轻友、杳无音信。没想到电话通了，桃子有气无力的声音传来："他出轨了。"

原来丁丁的出轨早在两年前就开始了，这两年中，他一直在与一个老家的学妹谈恋爱。丁丁一开始觉得两全其美，两人相隔一千多公里，谁都不会知道谁，时间长了，丁丁明显觉得学妹更温柔可人，适合居家过日子，丁丁一直想找机会跟桃子说分手，可是拖了两年终究是没有开口，反而一时冲动领了结婚证。

就在丁丁领了结婚证想跟学妹彻底分手，好好跟桃子过日子的时候，一个晴天霹雳传来，学妹怀孕了，并且坚决不同意分手，就算是知道丁丁已经领了结婚证，也要把肚子里的孩子生下来，抱到丁丁家。丁丁吓坏了，把她所有的联系方式都拉黑，不再搭理这个疯狂的女人。

没想到，学妹不知道从哪儿打听到了丁丁家的住址，带着父母兄弟第二天就找到了丁丁家。

当学妹一家五六口人找上了门时，桃子的脑袋完全是一片空白，这对她来说无异于晴天霹雳。看着家里坐了满满一客厅的人，那个哭哭啼啼的怀有三个月的身孕的姑娘，倚在厨房门框边蔫头耷脑的丁丁，耳边充斥着各种哭骂声，桃子脑袋嗡嗡作响，眼前一黑，差点晕了过去。

桃子赶紧定了定神找了个椅子坐了下来，否则真怕自己下一秒晕过去。

学妹的父母大声责骂着，逼丁丁给自己女儿一个交代，不然就报警。丁丁耷拉着脑袋一声不吭，实在被骂急了就说，自己已经结婚了，至于孩子，只能打掉。丁丁话还没说完，一个黑影冲了过来，丁丁就被扇了两个耳光。

桃子冷眼看着这一切，没有出声，没有阻拦。

紧接着，两三个大汉就把丁丁摁在了地上，一通拳打脚踢之后，丁丁躺在地板上鼻青脸肿直哼哼。然而他们觉得还不解气，又扇了几个大耳光子，扇得丁丁不住地求饶，却无处躲藏。

桃子坐在椅子上，手拿着保温杯，默默地看着眼前的这一切，她觉得眼前的这一切好似幻境一般，耳边的咒骂声好像越来越远。突然，桃子眼前一黑，昏了过去。

再次醒来的桃子已在医院，屋里没有人，桃子盯着天花板看了好一会儿，只有一个护士推门进来，告诉桃子要好好保胎。原来桃子怀孕已有两个月，算一下时间，正好是领证那天有的。

桃子苦笑，心想这个孩子来得真不是时候。

正当桃子一个人对着天花板发愣的时候，丁丁进来了。桃子看见鼻青脸肿的丁丁，眼泪一下子就掉了下来。她不清楚这眼泪是看到丁丁被打成这个样子，自己心疼了，还是可怜自己遇人不淑。她只是一看到丁丁，眼泪就止不住地往外流。

看到桃子不停地哭，丁丁扑通一下子就跪在了地上，连声祈求着桃子，希望给他一次机会，原谅他这一次。

那一天，丁丁具体说了些什么，桃子没有细说，我也没再追问。我只知道，最后，桃子还是选择原谅了丁丁，两人的日子重新来过。

最终的结局是俩人拿出积蓄，赔偿了学妹一笔营养费，此事就此了结。

然而这谈判的过程是漫长的，漫长到桃子有度日如年的感觉。学妹一家住在丁丁家赖着不走，非要讨一个说法。桃子采用冷处理的办法完全把他们当空气，自己该干啥就干啥。一周过去了，对方看着这个冷静的女子每天在家吃饭做面膜、打扫卫生，还拿着平板电脑追剧，好像什么事情都没有发生过一样。学妹终于忍不住了，拦住桃子，要跟她好好谈谈。

于是，两个孕妇在丁丁家那张八人餐桌两端坐好，犹如两国元首会谈一样。

刚开始谁都不说话，就这么互相地看着。

桃子剥着手上的橘子，大口地吃着，还不忘扔给桌子那头的学妹一个。

桃子继续剥着橘子皮："吃个橘子，孕妇就得多补充维生素C。"

学妹翻着白眼："别跟我在这装什么假仁义。"

桃子冷笑道："你在这跟我讲仁义，不觉得可笑吗？"

学妹气急："你抢了我男朋友，抢了我肚子里孩子的爹。"

桃子语气平静道："小姑娘，饭可以乱吃，话可不要乱说，到底是谁抢谁，你搞清楚了吗？"

学妹语气骄傲："我们俩都恋爱两年了，不是你，我们早就结婚了。"

桃子扑哧一乐："那你还是先搞明白事情的真相再来跟我说吧。"

学妹急眼了，拍着桌子吼道："你不是他的前女友吗？是，你俩认识时间比我长，但那是好几年前的事了，既然分手了，你为什么还要回来缠着他结婚？"

桃子摇摇头："你还真是个傻姑娘，别人说什么你就信什么。第一，我不是什么前女友，我俩恋爱七年一直没分过手；第二，至于为什么你俩这两年我没有发现，是因为我对他永远都是信任的,我从来不看他的手机。当然,也会有争吵,而且是时常吵,但吵架并不会影响我们的感情,相反我们领证结婚了。"

学妹大声嚷道:"我不管你们结不结婚,他要为我肚子里的孩子负责任,我要把孩子生下来。"

桃子笑笑,语气平静地说:"那你生好了,忘了告诉你了,不光你肚子里有孩子,他还是我肚里孩子的合法父亲,是我的合法丈夫。而你,就算是生下孩子,也不过是个非婚生的私生子,你不过就是一个没有名分的未婚妈妈,你愿意承担这个风险,但你想过你的孩子吗?"

学妹小声嘀咕:"只要我生下孩子,他就会娶我的。"

桃子叹口气:"别傻了姑娘,甜言蜜语的话谁都会说,你觉得你来闹这一场,他还会跟我离婚跟你结婚吗?你还是不了解他,更不了解男人。"

学妹一下子挺直了背:"你在这口口声声跟我讲道理,他背着你跟我谈了两年的恋爱,你都不在乎?"

桃子:"我当然在乎,我想砍死他的心都有,可是我不能。不要以为我原谅了他,他日后就会感激涕零,余生会做牛做马。男人出不出轨,和爱不爱你,跟你在一起幸不幸福没有关系。有些男人你绑住他,二十四小时监控他,他还是会见缝插针,趁你打盹的时候偷个腥。而有些男人,你根本不需要管他,他的心里只有你。

学妹眼神充满了祈求:"所以,他是个不忠的男人,那你就放手吧,成全我们。"

桃子摇摇头:"成全你,那谁来成全我?你现在是跑来我的领土跟我显示主权,如果我连这点都要让你夺走,那我岂不是一败涂地?"

学妹突然哭了起来。

桃子递过纸巾:"我该说的话都说了,他不是个好男人,不仅伤害了你,也伤害了我,但你其实知道他躲着不见你的原因,你应该明白他的用意。"

学妹哭喊着:"他说过的,他爱我。"

桃子叹气:"如果他爱你,他就不会跟我结婚,而是跟你结婚。"

学妹哭着摇头:"他不会的,他说过要娶我的。"

桃子看着哭个不停的学妹,突然心生怜悯:"你应该明白,你在这儿待下去也是没有结果的,只会让局面更难看。如果你执意要生下孩子也可以,我们会定期给你抚养费,但是你别指望他会跟我离婚再去娶你。"

学妹哭得涕泗横流:"我不相信他会对我如此无情,我肚子里的孩子可是他的亲生骨肉,他不会忍心让孩子没有父亲的。"

桃子调整好情绪,硬起心肠:"如果你只是为了争一口气和一个所谓的承诺,那你就大可随着自己的心意不负责任地生下这个孩子。你有没有想过,生下这个孩子,将来你要怎么面对你的孩子?怎么面对周围的一切?你真的做好要当一个未婚妈妈的准备了吗?"

学妹啜泣着,小声嘟囔:"没有,我怕,我不要。"

桃子眼神犀利："我不是在这吓唬你,你回去好好想想我的话有没有道理。我也即将为人母,我理解你的感受,我也不会去逼迫你剥夺你做母亲的权利,不光是我,谁都没有这个权利,你要自己想明白了。"

学妹抬起头,擦着眼泪："我要见他,我要他亲口对我说。"

桃子笑了笑："你即使见到他,他也会跟我说一样的话。"

学妹一下子又号啕大哭,趴在了桌子上嚷道:"求求你了,你放手吧,你成全我俩吧。他是爱我的,只要你退出,我俩就会在一起的。"

桃子揉了揉嗡嗡作响的耳朵,继续道:"我不想伤害你,所以我没有把话说绝,你不觉得你现在很无理取闹吗?你有没有想过,我放手他就一定会跟你在一起吗?更何况,你怎么知道我一定就会放手?别傻了姑娘。"

学妹哭着说:"就算我退出,你真的就可以不计前嫌跟他过一辈子吗?"

桃子忍住自己随时要爆发的情绪,语气平静道:"不管我能不能跟他过一辈子,即使分手,那也是有一天我彻底不想要他了,而不是被人抢走。"

那一晚,俩人唇枪舌剑一番,谁都不让谁,一个时而气势汹汹时而哭哭啼啼,软硬皆施;另一个则云淡风轻地兵来将挡,水来土掩,稳坐钓鱼台。最后来犯的还是自乱了阵脚,溃不成军,就差弃甲而逃。

总之那天的结局是,丁丁回来后,三人商量好了赔偿事宜。当晚学妹一家返回了老家,自此不再出现。

我不知道桃子在面对这一切的时候,心里该有多难过、多慌乱,可她还得打起精神给自己的丈夫收拾这个烂摊子,替他把这些他不敢面对而又解决不了的事情一一解决掉。即使她再无力,可还是要打起一百二十分的精神来,去解决,去面对。

原来一个女人在坚守自己的爱情和捍卫自己的家庭上面,可以强大到如钢铁般,即使面对重压,也依然能笑着应对。

桃子可以说是我见过面对危机时,应对得最冷静和最理智的一位,她没有毅然决然地把丈夫扫地出门,没有像之前吵架一样大打出手。她理智而又冷静地面对这一切,用丁丁的话说,就是这样的桃子让他从心里感觉到了可怕。他原本以为桃子会大吵大闹,坚决跟自己离婚。毕竟他知道,桃子在感情上是有洁癖的。

谁都没想到桃子自此转了性了,以前疯疯癫癫的小丫头好像一夜之间长大了,变得沉默寡言。

一切回归于平静之后,丁丁每天在家里谨小慎微地看着桃子的脸色行事,就怕桃子突然来劲儿跟自己闹腾一番,就这样观察了几天之后,丁丁发现这样冷静的桃子更让他觉得可怕。

其实丁丁打心眼里是不想要这个孩子的,但他又不知道该怎么开口,他现在连自己都养不活,真不敢想象再来一个孩子会怎么样,他害怕了,打心底里害怕。可是他开不了口,看着桃子兴奋和憧憬的样子,他就不敢开口,生怕一开口就被桃子打入不负责任、自私自利的深渊。

丁丁感觉这个事像一个紧箍咒一样,一下子箍在了自己脑袋上。他的内心只有恐惧和对未来生活的不确定。因为他自己内心都是一个孩子，而现在，这个世界上已经有一个有自己血脉的孩子正在孕育，即将诞生。他恐惧极了，他知道自己没有能力来养活这个孩子，自己现在只是勉强活着，等到孩子来到这个世界，养孩子，教育孩子，还有一系列繁杂的事情，他想都不敢想，一想就头大。

而桃子很平静，每天该吃吃该喝喝，对丁丁，也没有不搭理，而是一切如常。桃子越是这样，丁丁心里就越是发毛，他突然发现即使认识了七年，相恋了七年，他还是不了解眼前这个女人。

此刻的桃子让丁丁猜不透也摸不清，丁丁心里慌得犹如大海中摇晃的船，漂漂荡荡，上下起伏，没有方向。

两个人看似平淡的生活，实际上已如紧绷的弦，稍微给点劲儿就会一崩两断。

桃子不再将过多的精力放在丁丁身上，以前的桃子会在丁丁临上班之前就给丁丁搭配好衣服，包里装好所需的东西，丁丁每天只需要直接穿好拿好就可以上班了。久而久之，丁丁根本就不知道自己的衣服都在哪儿放着。现在的桃子，就算看见丁丁东翻西找也不会上前帮忙，就看着丁丁着急的样子，看着他把橱柜翻得乱七八糟，胡乱地套上好不容易找到的衣服匆匆出门。而桃子就那么看着，不会开口提醒一句。

丁丁知道，桃子心里有气，可丁丁又不敢开口。他就这么看着冷静到可怕的桃子，每天战战兢兢。

丁丁每天在都小心翼翼地等，他期盼时间能将这一切抹平。期盼能有一天桃子会跟自己和好如初，而不是像现在这样冷冰冰的，虽然同处一个屋檐下，却如两个陌生人。

要说桃子真是一个有大智慧的女人，她一个字也没有告诉自己的父母。这让丁丁觉得自己最后那点遮羞布还没有丢掉，仅存的那点尊严还没有彻底坍塌。这也让丁丁觉得自己更加亏欠桃子，内疚感倍增。

桃子的公公婆婆在知道自己儿子做了如此荒唐的事情之后，第一时间赶来教训了自己的儿子。桃子看着当着自己面训斥儿子的公公婆婆，可是怎么听，心里都像是堵了一块石头。因为公公婆婆表面上是在训斥儿子，然而话里话外的意思也是在责怪桃子没有将自己的儿子看管好，才导致自己乖巧懂事的儿子犯下了大错。

心跳加速的桃子看着这一家三口在自己面前演戏，突然间感觉原来自始至终她只是一个外人而已。而公公婆婆教训完儿子，只是安抚了桃子一番就马上离开了。

她抑郁了，不再像以前一样对丁丁那么好，仿佛关于丁丁的一切在自己眼里都是空气，甚至周围的一切仿佛都与自己无关。桃子的改变丁丁全都看在了眼里，他开始察觉到了危机，他开始变着法儿地讨桃子欢心。

桃子喜欢干净，他就每天把地擦得锃亮，桌椅板凳和窗户也锃明瓦亮。桃子喜欢吃新鲜的鱼，他就每天一大早去菜市场买新鲜的鱼回来做。桃子的胃不好，他每天都熬小米粥，然后看着桃子喝下去。

对于丁丁费尽心思的讨好，桃子倒也不拒绝，全盘接受，因为她觉得这一切都是自己应得的,所有的一切都是面前这个虚伪的男人欠她的。

丁丁感觉桃子像一个越来越大的气球,随时都要爆炸,丁丁感觉到一种无形的恐惧。然而桃子表面上一切云淡风轻。丁丁明白真的是自己作死才导致今天的场面,更加的小心翼翼。

终于有一天,一件很小的事情让桃子彻底爆发了。

起因是丁丁的手机总会接到保险中介的电话,接烦了以后,陌生号码丁丁就不再接了,直接挂掉。那天,丁丁的手机放在桌上,连续来了两个陌生来电,丁丁挂掉后,桃子突然看着丁丁,阴阳怪气地说:"哪个小情人找你啊?电话都不敢接。"

丁丁连声否认:"没有没有,陌生号码,我也不认识,都是保险和中介。"

桃子嗤笑:"你急什么?被我说中了。什么保险和中介,你撒谎那还不是家常便饭?"

丁丁拿起手机塞给桃子:"你打过去问问,看看是谁你不就知道了?"

桃子接过手机,突然一下子把手机摔在了地板上,屏幕一下子裂了。

丁丁一愣,迅速拿起手机:"神经病啊你?"

桃子:"说我神经病,我看是你神经病。好好的日子你不过,天天在外面干一些鸡鸣狗盗的事情,你要不要脸?你才是神经病。"

丁丁急了:"我都认错了,这几天我像孙子一样,你高高在上像祖宗一样,我卑躬屈膝地去讨好你,可是你呢?你现在像个精神病人一样。"

桃子冷笑:"这才几天你就忍受不了了?你是不是觉得委屈你了?你是不是觉得这样你在外面做的坏事就能一笔勾销了?"

丁丁无奈地说:"我知道不能一笔勾销,我知道我接下来还得像孙子一样继续讨好你这个祖宗。"

桃子感到胸闷,站了起来:"我真是瞎了眼了,这么长时间以来,我充当你的消防员、看门狗。你呢?遇到问题的时候,你躲到哪儿去了?"

丁丁闷着头不说话。

桃子越发觉得胸口闷,想出门透透气,于是拿起手机夺门而逃。

正在气头上的丁丁没有出门去追,他不想再去听桃子的冷言冷语,此刻只想打开电脑玩游戏,杀杀怪泄泄愤。因为他实在不知道该如何平息自己心中的怒火。

而桃子等了半天,电梯都没上来,就决定走楼梯下去,没想到刚下了两级台阶,就眼前一黑滚了下去,当时就失去了意识。后来,桃子慢慢醒来,挣扎着摸出手机给丁丁打电话,而丁丁此刻还在家里打游戏,奋战在杀怪、打怪中,而在与他一墙之隔的楼梯间,不足几米的地方,桃子不知道昏迷了多久。

丁丁赶紧把桃子送到医院,然而孩子却没了,桃子流产了。

桃子没哭没闹,只是用恶毒的眼神看着丁丁,看得丁丁毛骨悚然。

回到家后,桃子把丁丁的东西全都一股脑扔出了门外,指着丁丁让他滚出自己的家。房子是桃子爸妈出钱买的,此刻的桃子气势汹汹,丁丁默默收拾着自己的东西,耷拉着脑袋去了朋友家借宿。

要说桃子和丁丁在一起的七年,丁丁的生存状态可以用"寄人篱下"来形容。不仅从来没有交过物业费、水费、电费,连每个月的信用卡都是桃子在帮丁丁还。可以看得出,桃子对丁丁是真爱,顶住父母的压力和身边朋友的冷嘲热讽,自己毅然决然跟丁丁在一起七年,可是丁丁却不止一次地出轨。

桃子不止一次对身边朋友诉苦,可到了最后,身边朋友好话说尽,恶人也当了,可桃子还是没有离开丁丁。他俩奇怪的相处模式,后来也就没有人再去说什么了,毕竟日子是他俩过,而别人不过是局外人。

桃子流产后抑郁了一段时间,性情大变,开始了她不作就不会舒坦的生活。可能是自己身上的种种不如意让她的心理开始扭曲,她开始看谁都不顺眼,谁在她眼里都不重要,她开始不停地在朋友之间挑拨是非。刚开始,大家全都中了她的计,有几个朋友之间都有了嫌隙,而她却乐此不疲,好像从中找到了快乐一般。

桃子总是喜欢把大家都叫到家里去吃饭,以前大家都是无话不谈,可慢慢地,大家发现不对劲。直到有人憋不住,互相打听后,才知道桃子在大家面前说尽了各种编排的坏话,而她却在众人面前表现出一副非常无辜的白莲花形象。

而我对桃子的印象也是如此，曾经把她当作朋友，后来发现她自从性情大变后，把嚼舌根变成了一种获得自己内心喜悦的方式。内心扭曲，简直可以用"变态"来形容。

丁丁后来还是回到了桃子家，一是他认错态度较好；二是桃子一个人在家怕寂寞，需要有个人陪她说话。于是两个人又回归了原来的生活。

对于桃子爱嚼舌根、爱瞎编排人这个事，大家本来想一笑了之，因为本来就不是多大的事，可是后来桃子的行为越发荒唐。

桃子闲来无事就准备做一点小生意，于是她代理了一个品牌。做品牌推广需要人脉，而疏通人脉就要去混酒局、喝大酒，不然怎么拿到客户？于是那一阵子，桃子拼了命地去混酒局、喝大酒，一时间，她在生意场上小有名气，人送外号"局姐"。

所谓局姐就是一天串好几个场，你在哪个局都能碰到她。桃子也喝了不少冤枉酒，也不乏被一些老男人揩油，但桃子就是桃子，她的精明之处在于永远不得罪客户，让客户这顿酒喝高兴了，还得兴高采烈地把合同签了，当然其中少不了被搂搂抱抱。

桃子能忍，她知道这些生意场上的潜规则，但也有自己的底线。她从来不把这些酒局上的事告诉丁丁，但是丁丁忍受不了桃子每天喝得醉醺醺地回家，因为桃子不是烂醉如泥，就是发酒疯。

丁丁实在受不了了，决定跟桃子谈一次，丁丁少有的严肃,让桃子心慌了起来,心里打起了小鼓,瞬间觉得自己好像要失去眼前这个男人。那一日,丁丁严令禁止桃子以后喝酒。

然而,为了业务,桃子又不能不喝酒,而这边,丁丁又管得紧。不过桃子的脑子还是很灵活,她想出了一个好办法,招了几个代理,美其名曰带着她们去拓展客户,其实就是要她们挡酒,桃子为自己的聪明而沾沾自喜。

自从带着小代理们去混酒局,桃子的酒就少喝了很多,甚至这些年轻漂亮又会说话会来事儿的小代理都会主动为桃子挡酒。而那些客户的眼里都是这些年轻的新鲜面孔,也就不再理会桃子,桃子爱喝就喝,不爱喝也不会被人灌酒。

就这样,桃子过了一段舒心的日子。小代理们天天跟客户喝得昏天暗地的,签的合同,桃子除了从中拿了大头,还不忘拿话点她们:"我可是为了你们好,我把手里所有的资源都给了你们。"小代理们自然是不敢怠慢这个姐姐,在她们眼里,这个姐姐一身名牌,开着豪车,住着豪宅,有着广阔的人脉关系,她们自然把桃子视为贵人。

其实做生意赚钱、拉人脉、招代理并没有错,而桃子却做了一件让自己惹祸上身的事。桃子生意做大后,货源跟不上了,就动起了歪脑筋,盯上了假货。假货利润大,而且量大,想要多少就有多少,桃子就这样走上了歪路。

桃子进假货这事,是被一个朋友大石发现的,大石也代理这个品牌,这个品牌货源紧俏,常常断货,遭到客户抱怨。大石手头先是压了一批等货的客户。没想到后来客户都退了单,这种情况让大石纳闷不已,搁以前客户顶多也就是抱怨抱怨,到时候多送点赠品也就没事了,因为东西好,客户都愿意等,而眼下,怎么都退单了呢?最后还是一个关系不错的客户跟大石说,桃子那儿有大量的货源,客户都跑到桃子那儿去拿货了。

大石心里纳闷,总公司货源都是一样的,我这没有货,桃子那儿怎么会有货?合作了这么长时间,公司不可能有货压着不发的情况。深知不对劲的大石悄悄地开始暗中调查。果然,桃子根本就不是从总公司拿的货,而是不知道从哪儿弄的假货。大石思来想去,要不要把此事告诉总公司。

与此同时,桃子这边也出事了。桃子手下的一个代理小姑娘,经桃子介绍认识了一个大客户后,两人就对上了眼,谈起了恋爱,本来这也没什么,谈恋爱是好事,可是这个客户有老婆孩子,老婆此时还怀着二胎在家养胎呢。

桃子知道了这件事非但没有反对,还帮两人打起了掩护,因为她怕失去这个大客户,毕竟因为这个代理小姑娘的关系,这个大客户签了好几单,这几单桃子进的都是假货,大赚了一笔。桃子有私心,一个是我卖给你的是假货,即使你知道了,又能怎么样?你有婚外情的把柄在我手里,谅你也不敢怎样,只能暗暗地吃个哑巴亏算了。桃子想好了最坏的情况就是一锤子买卖,这几个大单也够自己大赚一笔了。

就在桃子为自己的聪明机智暗暗偷笑的时候,事情还是败露了,没想到大客户打电话要求换货。桃子把这事交给小代理去处理,没想到小代理辞职不干了,反而转过头跟桃子要货,不然就把桃子卖假货的事捅出去。

眼见自己一手培养的人威胁自己，桃子不干了，心想：我还能让你来威胁我？桃子拿出撒手锏，把拍的视频和照片寄到了大客户家，客户的媳妇坐不住了，在家大闹了一场之后，又去公司把还没来得及离职的小姑娘打了出去。

怕老婆的客户这下后院着了火，哪还顾得上商品是真是假，一门心思全放在安抚老婆身上了。

桃子自以为危机就这么顺利地度过了，没想到小姑娘亲自拿着证据去总公司举报了桃子，证据确凿，总公司经过调查取证后，取消了桃子的代理权。桃子红火了一阵子的事业戛然而止。

哪想到这只是开始，之前在桃子这里拿过假货的客户们纷纷来退单，总公司扣了桃子的货款当作罚金，用来补偿之前拿过假货的客户们。而桃子不仅要挨个给客户们退钱，最后还落得如过街老鼠一样，人人喊打，一时间声名狼藉。

受了挫败的桃子把感情重新转移回丁丁身上，而此时，丁丁已有了离婚的念头。这段时间，桃子的变化，丁丁都看在了眼里，他觉得桃子陌生得可怕。

然而，丁丁还是心软，桃子稍微对他好一点，他就马上打消了心中的念头，觉得桃子在心中还是七年前他认识的那个眼神干净、心地善良的姑娘。

可是桃子已经不是以前的桃子了，这几年来，她一直压抑着自己，是因为她爱丁丁太深。七年，一个姑娘最美好的青春，桃子把未来全都押在了丁丁身上，她的爱情、她的青春，坚决不可以被别人抢走。所谓的不舍得，更准确地来说是舍不得，在这段爱情里，她付出得太多，精神上、物质上，能付出的她全部都对丁丁付出了。

人前，她是感情专一、被丁丁无数次伤害的弱者；人后，在只有她和丁丁两个人的时候，她就会展露出内心最变态的那一面，当心里的怨恨实在压抑得没地方发泄的时候，她暗暗地想了一个报复的招儿。在一个丁丁喝得酩酊大醉的晚上，桃子拿出早就准备好的绳子把丁丁绑了起来，把嘴巴拿胶带粘上，拿出皮带抽打丁丁，疯狂地抽，抽到丁丁从毫无意识的醉酒状态生生疼醒了过来。看着丁丁恢复了清醒，却被绑着动不了，只能双眼充满恐惧地看着桃子。桃子一边哭着一边狠狠地抽着，仿佛在发泄自己内心的怨恨和委屈。

桃子是委屈的，在我和豆儿跟她关系还不错的时候，我们听了不少她声泪俱下的控诉，整整七年来，桃子一门心思地扑在了丁丁身上。而丁丁呢？毕业以后，工作是桃子给找的，房子住着桃子的，车开着桃子的，就连后来失业后没有工作，欠的信用卡都是桃子给还的。桃子在这段感情里毫无保留，可是也心甘情愿。但是，桃子最不能忍的是丁丁的习惯性出轨，严格来说丁丁是身体习惯性出轨，他不止一次地被桃子抓到他跟各种姑娘的暧昧信息，甚至于发展到后来的学妹怀孕来家里"逼宫"示威。

桃子爱丁丁，很爱很爱，她可以容忍丁丁一次又一次地出轨，因为她不可能拱手把这个自己付出了七年身心的男人让给别人。而桃子一次又一次地委曲求全，也为自己后来的悲剧埋下了祸根。

桃子如愿嫁给了丁丁后，还是过了一段风平浪静的日子，长达七年的恋爱长跑，突然一下子转换了性质，受到了法律的保护，丁丁也变得成熟了起来。

　　而他的每一点改变，在桃子看来都是莫大的安慰，直到后来桃子流产，一切都变了。

　　桃子性情大变，负能量满身，看谁都是坏人，就算是朋友，也总觉得对方要图自己点什么。自从代理假货事件发生后，桃子声名狼藉，她就整日待在家里不出门，心里的怨恨和不满一点点堆积，她开始对丁丁又打又骂。

　　又一次，一个很小的事情，丁丁把冰箱里放了很久且快要烂掉的东西收拾了一下，把坏的全都扔了。桃子再打开冰箱时，看着空空的冰箱，一下子火冒三丈，大声指责丁丁浪费。丁丁辩解说自己扔的都是过期的和坏了的东西。桃子冷笑着说道："冰箱里哪一样不是我花钱买的？你要扔就扔你自己买的啊！一天到晚，一毛钱不挣，就会浪费东西。"看着尖酸刻薄的桃子，实在受不了的丁丁摔门而去。在网吧里打了一夜游戏的丁丁，第二天一早就在路上买了桃子爱吃的小笼包，回家的路上还想着这过了一夜了，桃子也该平静了。没想到一回家，丁丁的东西全都被扔到了门口，根本不听丁丁解释的桃子把丁丁彻底轰出了家门。

　　丁丁无话可说，看着桃子冷得结冰的脸，丁丁转身离开了。这已经不是他第一次被赶出家门了，在这个房子里，丁丁始终就像是一个借住者，随时都会被扫地出门。这次拖着行李箱没有地方可以去的他只好去朋友家暂时借住。

桃子和丁丁就这样，无数次丁丁都耐着性子主动上门求和，却都被桃子拒之门外。桃子拒绝见丁丁，拒绝沟通，随后，丁丁的电话和微信全部被拉黑。

　　看来这次桃子是下定了决心要跟丁丁冷战下去，不给丁丁丝毫回旋的余地。

　　丁丁整日愁眉不展，冷静下来想的都是桃子的好，他突然感觉这次好像真的要失去桃子了。抓心挠肝却又无力改变现状的丁丁只能日日借酒消愁。

　　又一次，丁丁把自己喝大了后，借着酒劲又去了桃子家敲门，敲了半天门没开，丁丁想今天一定要见到桃子。于是丁丁去了地下车库，发现桃子的车果然不在。丁丁就蹲在车位上等。没多一会儿，远远地看着桃子的车开了过来，丁丁躲了起来，想吓桃子一下。没想到下车的桃子旁边还有一个男人，男人亲密地搂着桃子的腰，两人十分亲昵。丁丁内心的火腾一下子直冲脑门，冲上前一拳就照着搂着桃子的男人挥了过去，没想到男人轻松地迅速回首一拳，把丁丁打得一个趔趄。桃子尖叫着拦在两个人中间。丁丁质问桃子这个男人是谁，桃子还没回答，那个男人轻蔑地一笑："原来你就是那个吃软饭的，兄弟，从今儿起，你没饭吃了，桃子马上就会和你离婚。"还未说完，桃子说道："我俩的事我俩自己解决，你先回去吧。"男人抱了抱桃子："好，我先走了，你快点把这个软饭男解决了。"

　　桃子和丁丁回到了家中，一路上谁都没开口，进了屋，丁丁环顾四周，一点自己的痕迹都没有了，照片都不在了，拖鞋也没了，取而代之的是一双新的男式拖鞋。丁丁没脱鞋径直进了屋，桃子看了他两眼，啥也没说，这要是放在以前，桃子早就开骂了。桃子对她的木地板非常珍惜，定期养护，定期打蜡，绝不允许有人糟蹋她的木地板。

丁丁明白，桃子心里没有他了，确实，桃子接受了别人，是之前就一直喜欢她的一个男人。桃子这段时间很矛盾，一直不知道该如何跟丁丁开口说，直到今天被丁丁在地下车库撞见了这一幕。

两个人面对面坐在沙发上，谁都没有说话，空气像凝固了一样，夜一般地沉寂。丁丁干咳了一声，先开口了。

"你俩什么时候的事？"丁丁直愣愣地盯着桃子。

"没多久。"桃子躲避着丁丁的眼睛。

"你俩睡了吗？"这话一出口，丁丁自己都愣了。

"你这不是明知故问？在一起了，男欢女爱这是很自然的事。"桃子轻笑。

"咱俩还没离婚呢！你这么快就找好下家了？"丁丁声音颤抖。

"怎么了？难受了？知道被戴绿帽子的滋味了吧？不好受吧？你背叛了我多少次？我这才一次，你就受不了了？"桃子嗤笑道。

"不一样，我爱你，我对你的心从来没有变过。"丁丁双手捂脸痛苦地说。

"哪儿不一样？就因为你是男人，出轨理所当然，我是女人就不一样？把你这套说辞放一放吧，多少次了？咱俩在一起七年，我忍了你多少次了？你知道多少个夜里你不在家的时候，我是怎么过的吗？那时候我傻，我满心满脑子都是你，我爱你，我觉得你什么都没有无所谓，你出轨无所谓，反正你还是会回到这个家里的，你还是爱我的。可是现在，我终于看明白了，全都是假的，是我这些年一直活在自己的世界里不愿意走出来，我一直都在自己骗自己，不愿意面对你的真面目。"桃子语气平静，仿佛在说着别人的故事。

丁丁终于受不了了，双手捂着脸半天没说话。

桃子冷笑："怎么，没话说了？你不是最能言善辩的吗？我不一直都是活在你这张花言巧语的嘴里吗？你伤害我，我原谅你，一次又一次。我的孩子是怎么没的？但凡你关心我一点，会是今天这个结果吗？"

原来在任何一段感情里，相恋时的俩人总是掏心掏肺，恨不得为对方付出一切来证明自己的热烈，而感情破碎时，总是恨不得分分钟捅死对方。

丁丁被桃子说得无话可说。但是桃子还是高估了自己，她最后还是被丁丁跪在地上抱着她的腿，声泪俱下地哭软了心，桃子把丁丁留宿在了家里。那一晚，两人睡在了一起。

第二天一早，丁丁早早地走了。桃子醒来，摸了摸还温热的枕头，一个人蒙着被子哭了起来。

丁丁后来还是搬回了桃子家，因为丁丁借住的朋友搬家了，丁丁也就不好意思再继续跟着去蹭住了。

两个人过起了同在一个屋檐下，却各自过各自生活的日子。两个人互相把对方当空气，吃饭也各吃各的。有时候，丁丁会做好了饭叫桃子吃，桃子也不吃，而是自己一个人点外卖，几次三番下来，两人倒也默契。

而这段时间中，两个人在外面完全恢复了单身状态，各自对外宣称单身，两个人谁都没闲着，丁丁又遇见了一个让他动心的女孩，两个人就这么好了起来。这些年来，丁丁也没少明着暗着地找，只不过一直都没有找到合适的，而桃子对于他而言，就是最大的备胎和最后的避风港。

而桃子完全像变了一个人一样，她也在找，并且一心想找个有钱人，嫁入豪门，因为她终于想通了，反正到最后都没有爱情，还不如嫁给一个有钱人，到最后即使爱情没有了，也有金钱。

桃子有一个特别有钱的同学，当年她俩一个寝室，关系非常好，人家一毕业就嫁入了豪门，如今的生活，总是让桃子感觉自己在地下，人家在天上。桃子挖空心思地混入了她们阔太太的圈子，也认识了不少有钱人，其中一个叫冲哥的男人，年轻、多金、幽默，有学识，符合桃子所有的择偶标准，两人交往了一个月，桃子认定了这就是自己下半生要依靠的人，于是打定了主意，回家跟丁丁离婚。

而丁丁这边也跟自己的小女朋友打得火热，丁丁也暗下决心，找机会跟桃子坦白，然后离婚。

就在他们都想好了跟对方坦白，准备离婚的时候，桃子意外地发现自己又怀孕了。

这个孩子的到来，彻底揉碎了桃子的心。她冷静下来仔细想了想，决定跟丁丁重新来过，再给彼此一个机会。

桃子跟那个冲哥彻底断了联系，决心回家跟丁丁重新来过。而这边的丁丁在得知了桃子怀孕后，也许是出于对桃子的亏欠心，丁丁还是希望能跟桃子生一个孩子，来弥补桃子心里的缺憾。

丁丁和桃子和好了，两人经过了两个月的冷战、思考，就在双方都下定了决心要离婚的时候，这个孩子的意外到来彻底地把两个人绑在了一块。丁丁搬回了桃子家，桃子开始安心养胎，丁丁事无巨细地精心照顾，两个人一心期待这个孩子平安地降临。

当了准妈妈的桃子，脾气柔和了许多，很多事情也就选择了原谅。看着每日安心养胎、憧憬着未来的桃子，丁丁总感觉自己是恍惚的，总觉得一切都来得不真实。两个月前，两个人还在闹离婚，自己被"扔"出了这个房子，而现在自己又莫名其妙地回来了，而且还升级为准爸爸。

丁丁下决心好好干事业，期待有一天自己能有钱买一套房子，这样不至于有一天又无家可归。于是丁丁开始早出晚归天天出去跑客户，他宁愿挤地铁，也不开桃子的车。而丁丁的早出晚归，在桃子眼里又是一条罪状，加上孕期孕妇的情绪不稳，桃子怀疑丁丁又出轨了。

桃子开始偷偷摸摸地跟踪丁丁，在跟踪了一段时间后，发现丁丁确实是在见客户，勤勤恳恳地工作，桃子当下欣慰了很多，感叹丁丁终于肯努力好好工作了。不料丁丁发现了跟踪自己的桃子，丁丁没说，可是心里有了疙瘩。

其实，丁丁后来跟我们讲，如果不是因为孩子，自己可能就会和桃子离婚，给她自由，让她去追求自己的幸福，因为她给不了桃子好的物质生活。自己现在是没有能力的，现在的一切都是依附于桃子的，桃子一把他赶出去，他就像一条流浪狗一样，无家可归。

孩子的到来，加上桃子这些年来对丁丁的感情，两个人算是彻底地又回到了过去。然而就像破碎的镜子一样，再怎么修复，都是有裂痕的，丁丁心里有了隔阂。但他瞒着，一直不肯说，只是每日忙于工作，回家还要照顾时常情绪不稳定的桃子。

其实在我们这些外人看来，丁丁和桃子都处于一种委曲求全的关系里，安全、友善但并不幸福，俩人虽然各怀心思，但终究是不舍得分开。

然而桃子日日在家，闲得无聊，沉迷于游戏的桃子天天拿着手机打游戏，天天让队友带自己升级打怪，完全无心和丁丁交流。

丁丁之前的学妹来北京出差，找到了丁丁，并约着吃了顿饭。学妹发了微博，拍了照片，照片没有露脸，只拍了饭菜，但是却拍到了丁丁摆在桌子上的手机。

桃子之前就关注了学妹的微博，这天桃子一人在家无聊，队友也不在线，没法带自己升级打怪，于是桃子躺在沙发上刷起了微博，刷到了学妹的微博，看到了丁丁的手机，再一看定位，桃子气得一下子坐了起来。

丁丁刚一开门，一个拖鞋就飞了过来，桃子一手叉着腰，一手拿着手机，举到丁丁面前，问丁丁不是在加班吗，这是跟谁吃饭去了。丁丁没有辩解，说自己只是请学妹吃了个饭而已，其他的什么都没有。

桃子气得直捶打丁丁，丁丁赶紧把桃子抱到沙发上安抚，对天发誓自己真的只是出于礼貌请一顿饭而已，其他的什么都没有。丁丁再三发誓，桃子这才消了气。

丁丁的努力没有白费，短短几个月，工作业绩提升了一大截，还手握了几个大客户，薪水翻了一番，这更激励了丁丁的斗志。

桃子怀孕已有四个月了，她在家闲得无聊，非要出去旅行。丁丁工作请不了假，就说等周末了再带她去郊区转转。

一直闷在家里待了大半年的桃子这天实在憋不住了，就一个人开着车偷偷地跑了出去，出去偷玩了一天的桃子心情好得不得了，怕丁丁骂自己到处乱跑，桃子没敢告诉丁丁。

而丁丁一直忙于工作，拼命地想多赚钱，就这么忽视了桃子。而桃子也看到了丁丁的努力工作有了好的结果，就不想拖丁丁后腿，尽量一个人消化所有的情绪。

桃子总是一个人在家待得十分烦闷，丁丁一回家，桃子就开始全面盘问，像审问犯人一样，丁丁每每心里压着火气，脸上却赔着笑脸。久而久之，丁丁开始厌恶回家。每次回家之前，都在楼下抽一会儿烟，盯着楼上的灯光，直到桃子的夺命连环 call 一个接一个打来，丁丁才开始晃悠悠往家走。一回家，两个耳朵自动屏蔽桃子的碎碎念，桃子一整天一个人在家，好不容易盼了一天，盼到丁丁回家，哪知看到丁丁一副魂不守舍的样子，桃子就气不打一处来。

两个人心里的嫌隙越来越大，都在为着桃子肚子里的孩子而彼此忍着，一切都貌合神离。

一转眼，桃子都怀孕七个月了，桃子越来越心浮气躁，脾气也跟着大了起来。而丁丁的工作越来越忙，忙得分身乏术，常常也就忽视了桃子，总觉得桃子一个人在家养胎没什么不好的。

这天，桃子在家烦闷不安，约了朋友喝咖啡，竟然被放了鸽子。一心想出去玩的桃子刷朋友圈看到朋友在野外郊游，于是就想出门找朋友玩去。她谁也没告诉，因为肚子太大了，丁丁不让她老出门，更不让她开车，怕不安全。桃子心想她悄悄地出门转一圈，赶在丁丁下班之前回家，不被发现就好了。没想到，桃子的这次任性妄为竟然把自己送上了绝路。

桃子出车祸了，她被一辆失控的大货车迎面撞上，当场殒命。

在得知这个消息的时候，丁丁整个人蒙了，他一滴眼泪都没掉，整个人木呆呆地完成了桃子的所有善后事宜。有人说他心狠，有人说他根本就不爱桃子，其实只有我们几个朋友知道，丁丁根本无法接受这个现实。

桃子的突然离去，让丁丁在很长的一段时间里都无法走出来，他把自己关在家里，谁也不见。后来，据说丁丁把车和房子都还给了桃子爸妈，然后一个人消失了。

后来听说，丁丁在一个像世外桃源的地方开了一个客栈，客栈的名字叫"桃之夭夭"。

还记得以前桃子说过，如果有一天年纪大了，就去一个像世外桃源的地方隐居，种种花，种种菜，门口再栽两棵桃树，就那样数着日子一天一天地过。然而桃子虽然没能等来这一天。但她的这个愿望，丁丁现在帮她实现了。

丁丁的客栈门口栽了两棵桃树，前院种满了花，后院种满了菜，就这么一个人守着客栈，有客人了就招呼，没客人了就自己待着，看着日升日落，一天又一天。丁丁什么都不说，他不在乎世人怎样骂他薄情寡义，他用他自己的方式来爱着桃子。此后几年，丁丁身边再无一个女人。

桃子永远都不会知道，她在丁丁的心里有多么重要。也许在她濒临死亡、生命垂危的时候还在怨恨着丁丁，但是现在，丁丁所能为她做的一切就是好好地活着，好好地用桃子生前所喜欢的生活方式来过此余生。

后来，有朋友去过那个客栈看望丁丁，两个人喝得大醉，丁丁更加消瘦了，两腮凹陷，一米八几的个子，像竹竿一样瘦。

丁丁喝醉了就哭，哭得涕泗横流，哭桃子把自己一个人丢下，哭得另一个朋友也跟着流泪。两个一米八几的大老爷们在那个微凉的夜里一起号啕大哭。

丁丁后来说，桃子原先就像是心里的玫瑰，带刺、扎心。而现在，人没了，却变成了野草，在心里肆意地生长着，烧不尽，吹又生。

朋友回来后说，不知道丁丁何时才能走出来，但是真的从未知道原来丁丁爱桃子如此之深。

只可惜一切都来得太晚。如果桃子泉下有知，也算是一点安慰了吧。想伊归去后,应似我情怀。我想这可能就是丁丁觉得他还和桃子有着最后关联的方式吧。

丁丁和桃子,相恋七年,纠缠了七年,最后却这样结束。

我爱你七年如一日,分离却是天人永隔。

七年之痒,祭酒一杯。

泡　沫

听闻爱情，十有九悲，
何不两清，做回甲乙丙丁？

碰见元元，是在我们另一位老同学高达的葬礼上。高达走了，年仅三十岁。

高达是我们班的班长，年长我们几岁，复读了两年才考上大学。一进学校，他就成了我们的班长。他成绩好，乐于助人，人缘也极好。看起来憨憨的他跟班里其他男生一样，都喜欢我们班最漂亮的姑娘——元元。元元大大的眼睛，白白的皮肤，长长的头发，不仅人长得漂亮，而且会打扮，性格也极好，算是男生眼里标准的女神。

元元家境富裕，在那个我们每个月只有少得可怜的生活费的时候，元元一条裙子就抵得上我们几个月的生活费。那四年的大学时光，元元简直是我们校园里最美的一道风景线，每天的衣服都不重样，是我们学校的时尚潮流引领者。假如元元今天穿了一条漂亮的裙子，没几天，校园里就会出现一些相似的款式。

元元是个眼高于顶的女生，从来看不上学校里这些同龄的小男生，总觉得他们太过孩子气，所以遇到再狂热的表白和追求元元都会选择无视。

元元有个未婚夫叫罗杉，人在国外，大她五岁，是个长得帅气又有才华的商人，同时也是我们的师哥。

作为元元的室友，我们没少跟着元元沾光，各种零食、稀罕的小玩意，寝室里总是堆得满满的，而这些都是罗杉寄来的。

罗杉很爱元元，等元元一毕业就会娶她回家。元元很享受罗杉的宠爱，更加无视身边的追求者。元元也在等，等罗杉从异国归来，娶她回家。这是漫长的两年，再甜蜜的爱情也有时差，两个人只能等待彼此。

而就在元元笃定地认为自己这辈子只会爱罗杉一个人的时候，意外还是出现了。

元元有低血糖，平时包里和口袋里总会装着几块糖。这让平时默默喜欢元元的高达牢牢地记在了心里。所以高达的口袋里也总会装上一块糖，仿佛这样，他就离心爱的女孩近了许多。

高达上课的时候总是会坐在元元的后面，元元却从来没有注意过高达。直到有一天，元元又是一阵眩晕，把口袋挨个掏了一遍，包里也翻了一遍，还是没找到一块糖。正在她懊恼之际，高达从后面递来了一块糖。

元元回身接过糖，高达一脸腼腆，没来由地，元元心里一暖。

自那天起，元元不知为何开始留心起了高达。她发现高达上课的时候总是会坐在自己的后面，在食堂吃饭的时候总是在旁边的桌子落座，就连去图书馆都能在隔壁书架偶遇。元元知道，这是高达在刻意跟自己"偶遇"。

因为那块糖，再上课的时候，元元给高达带了一瓶饮料作为感谢。高达隔三岔五会给元元塞糖，不管元元口袋里有没有糖，元元都会拿着。两个人一来一往，于是熟悉了起来。

高达喜欢打篮球，球场上总会有一群小姑娘围着加油助威。直到有一天，元元也悄悄地躲在了角落里看高达打球。旁边一群呐喊的小姑娘里有一个喜欢了高达好久的，那姑娘是我们隔壁班的，隔三岔五就各种围堵截高达想表白，高达每每都落荒而逃。

元元躲在球场角落看球，以为自己不会被发现，谁知高达早就发现了元元的存在。隐隐约约地，高达也感觉到了什么。

漂亮的姑娘故事多，绯闻也多，这些又是男生寝室里必聊的话题。高达也知道了关于元元的各种版本的故事和流言。看似不在意的高达，却把这些话都记在了心里，听着元元男朋友的种种事迹——也就是我们师哥罗杉，不光在校时是学校里的风云人物，而且家世好，现在生意做得也很大，总之就是一个近乎完美的人。

每每一比较，高达心里就更加自卑，他想，"我爱你"这三个字，可能这辈子都要藏在心里了。

每年元元生日，高达都会塞给元元一盒糖。元元每次都嘻嘻哈哈地接着，然后回请吃他一碗面。没错，元元每年生日都要吃一碗长寿面，这是她从小养成的习惯，每年都吃。

元元喜欢猫，她对学校里的流浪猫格外友好，总是在固定的时间带一点食物去喂猫。而高达就是在一次无意中看见了笑得像个孩子一样的元元。元元一手摸着猫，一脸灿烂，那个笑容一下子就种在了他的心里。这个心地善良的姑娘的一举一动在他的眼里是那么美好。

元元心里知道，高达总是在悄悄地关注着她，她也知道每次她喂猫的时候，高达都会装作不经意地路过。而到了冬天的时候，高达把用纸壳做的简陋的猫窝悄悄地放在那里，以为没人知道，可是这一切也被悄悄关注他的元元看在了眼里。

爱护小动物的男人心地应该都会很善良。如此种种堆积在一起，元元的心也一点一点地开始动摇了。长久的异地恋，让元元心里那个自己很爱很爱的罗杉的样子有点模糊了，而高达在自己心里却是越来越清晰。元元自己都不想承认，自己可能真的爱上了高达。

高达在学校里给大家的一直是乐于助人、稳重的形象，从来没有跟同学红过脸，总是会帮助有困难的同学。而他唯一一次打架也是因为元元。

男生寝室里总是会聊有关女生的各种话题，而元元就是他们说得最多的女生，平时高达都会装作听不见，任由他们去说。直到有一次隔壁寝室的人又在那儿高谈阔论,其中一个人对元元各种评价,满嘴的污言秽语,高达实在听不下去了。看着那张一开一合不停歇的嘴和一脸猥琐的笑容,他的血一下子冲到了脑门上,一拳挥了上去。那是高达唯一一次打架,两个人从寝室打到走廊,周围的人拉都拉不开。

高达就这么在众人面前暴露了他喜欢元元的事。

记得那个时候元元问过我,如果她爱上了别人,可是又不确定,该怎么办。那个时候我不记得我是怎样回答的了,以为她只是随口一说,并没有在意。因为大学四年,追她的人实在太多了,虽然平时在寝室里经常会对各种追她的男生评论一番,但元元从来也没动过心思,这只不过是我们女生之间的谈资而已。

直到毕业前,元元和高达都没有任何异样,仅仅是课堂里闲聊几句,食堂里偶尔打个招呼,偶尔路上碰见了聊一会儿天,就是再普通不过的同学关系。只是他们心里都装着彼此,但谁都没有说出口。

直到毕业,元元本该飞到加拿大去找罗杉完婚,可是罗杉生意上出了大问题,无暇顾及婚事,元元只能延后了去的日期。一天,闲来无聊的元元正好在大街上碰见了高达,原来高达搬到了元元隔壁的小区。

再次相遇的两个人看着对方的眼神仿佛都要穿透对方,可是他们谁都不知道该怎样开口。

其实高达并不知道元元住这附近,只是机缘巧合,两个人就这么遇见了。

有时候缘分就是这样，让两个本不该在一起的人相遇，然后携手走一段人生路，最后分开，好像只有这样，才能让人体会什么叫撕心裂肺的爱情。

而在此时，元元接到了罗杉的电话，三个月后元元就要飞到枫叶国去完婚。元元心有不甘，因为她知道此时自己心里又有了别人的位置，可是她不确定高达的想法，元元不敢为这份多出来的情感去争取。她害怕，她害怕一说出来，就不是她想的那样了。

还有三个月离开，元元也想做一次真正的自己。可是她又是自私的，她想瞒过罗杉，因为罗杉是她最后的退路。

元元开始隔三岔五地掐着高达下班的时间在小区门口晃悠，三晃两晃地又把高达强忍的内心晃乱了。在连续吃了好多天的偶遇晚饭之后，两个人心照不宣地开始了约会，像约好了似的，每天高达一下班，两人就一起吃饭，只是谁都没有提罗杉的事儿。

这天元元跟罗杉打电话吵了一架，起因是罗杉打了三个电话，元元一个也没有接到，罗杉不停的质问气得元元直哭。没错，这么多年，元元一直生活在罗杉的掌控之中，一举一动都要汇报，虽然罗杉表面上给元元充分的自由，不管她，让她爱去哪儿就去哪儿，但是罗杉要知道元元的一切行踪。在罗杉的眼里，他做的这一切都是爱和关心，可是在元元眼里，这是无形的束缚，在捆绑着她，让她时常想要挣脱出来，可是最终又妥协。

元元之所以喜欢上高达也是因为他和罗杉是完全不同类型

泡沫　103

的人，罗杉的爱是霸道而热烈的，而高达的爱则是含蓄又隐忍的。连元元自己都不知道她自己心里究竟爱谁，她不知道自己只是把与高达约会作为她内心深处反抗罗杉的办法而已，还是真正地发自内心地喜欢上了他，她不敢想。

气呼呼的元元等着高达吃晚饭，晚饭后非要拉着高达去酒吧喝上两杯。看着元元今天情绪不高，高达什么都不说，就看着元元一杯一杯地喝，没有阻拦。因为元元的酒量在上学的时候就很出名，他丝毫不担心她会喝醉。

喝了酒的元元话多了起来，拉着高达开始絮絮叨叨以前上学时候的事儿。看着元元微醉的样子，高达好想把眼前这个唠叨不停的姑娘拥在怀里。

把元元送回家后，高达在楼下站了好久，一直到看着元元房间的灯亮了又熄灭，高达才心里美滋滋地回家了。每次和元元在一起，时间都过得太快，高达真想让时间停住，停在只属于他们两个人的这一刻。

到了周末，元元提议去蹦极，于是两人去了郊外蹦极。元元其实一直都很喜欢这类刺激的运动，以前就想让罗杉陪她蹦极，可是罗杉总是以不安全为由严词拒绝，因此一直没去成。这个念头也就一直在元元的心里蠢蠢欲动。

站上蹦极台的那一刻，高达才发现自己恐高，往下一看，心里就直打哆嗦。可是看着旁边元元热切的眼神，高达定了定神，管他三七二十一，一闭眼就跳了下去。跳下去的那一瞬间，高达像失去意识了一样，等他被放下来的时候，两脚发软，坐在了地上。

接着，高达就这么两脚发软地被元元拉去爬山，一路上高达像踩在棉花上一样，好不容易跟着元元爬到了山顶。到了山顶那一刻才发现，原来景色如此之好。那一刻高达觉得这天地间，只有他和元元。

这时晴朗的天儿突然下起了雨，等跑到山脚下的时候两个人已经淋得像落汤鸡一样，只好狼狈地跑到了宾馆，谁知宾馆只剩一间房了，而且更尴尬的是只剩下一间大床房。

别无选择的两人只好入住了这最后一间大床房。

进了屋的高达就坐在了椅子上："今晚我睡沙发。"

元元拿起了毛巾："那怎么行？"

高达看着眼前全身湿透的元元："你先去冲个热水澡，别感冒了。"

元元去洗澡了，听着屋里哗啦啦的水声，高达心都要从嗓子眼里跳出来了。四年来，这个一直占据着自己内心的姑娘，一直那么遥远的姑娘，这几天像仙女一样飘进了他的生活，他的人都要融化在这个仙女的微笑里了。他从未想过两个人会共处一室，更未想过他们只隔着一堵墙，心爱的姑娘竟然在洗澡。

其实元元在浴室里洗着澡，心里也如小鹿乱撞一般，今天的突发情况是超出她的预料的，她有点期待今天能发生些什么，可是又害怕今天会发生什么，毕竟她是一个有婚约在身的人。可是她却发现，在她的心里，感情的天平已经倾向了高达。

高达努力抑制着扑通乱跳的心，手微微抖着点上了一根烟,正抽着,元元裹着浴巾走了出来。高达赶紧别过脸,掐灭了手里的烟。

元元赶紧钻进被窝:"我洗完了,你要不要也洗一个?"

"我就不洗了,你赶紧睡吧。"

"不洗怎么行?会着凉感冒的。"元元擦着头发。

高达始终坚持不洗,固执地披着一条浴巾坐在椅子上。刚开始元元还跟高达聊着天,不知道什么时候就睡了过去。高达就在椅子上坐了一夜,看了元元一夜。

次日,俩人回程。路上,不知怎么的,两个人牵起了手,牵了一路。谁都没有多说什么,只是彼此的心走得更近了一步。

后来,有一次我无意中在大街上撞见了他们,元元慌乱的样子让我一下子察觉到了不对劲。在我的追问下,元元最终交代了他们的一切,我听出了元元的言外之意,那就是如果那天晚上他们发生了什么,元元很有可能会真的跟高达在一起。

可是高达没有乘人之危,他们什么都没有发生,这却让元元更加喜欢他了。

回去的路上,元元突然开始肚子痛,应该是淋雨受凉让她的生理期提前了。元元痛得脸色苍白,却什么都没说,高达也什么都没说,只是脱下了他的外套披在了元元身上,这样可以让元元暖和一点。因为他什么都做不了,只能默默地陪着元元。

高达的爱是含蓄的,他怎么会不知道元元的心思?也知道他根本就给不了元元未来。在这个偌大的城市,房子是租的,一个月的工资都不够给元元买一条裙子。他们在一起吃饭大多都是元元抢着埋单，高达知道，他跟这个他爱的姑娘根本就不在同一个世界。可是他又抗拒不了他的内心，他满心都是元元，他不是傻子，怎么会不知道元元也喜欢自己？可是他更知道，元元有未婚夫，而且她过段时间就会出国离开这儿。她终究会有自己的生活，而他不过就是她生命中的一个过客而已，高达很清楚自己的位置。

高达爱看书，元元也爱看书，两个人经常讨论文学。元元惊讶地发现，她喜欢的书高达都看过，只是她不知道的是，上学的时候，只要元元从图书馆借过的书，高达都会等元元还完书以后去借来看一遍。这个属于他的小秘密整整藏了四年，谁也不知道。

突然有一天，一向疼爱高达的爷爷病危，要他马上赶回老家，他去求元元假装一下他的女朋友，好让爷爷高兴一下。元元没有犹豫，跟高达去了医院。高达爷爷躺在床上，听见孙子回来了，努力睁开了眼睛，看见孙子是带着"女朋友"回来的，爷爷的眼神明亮了起来。幸运的是，爷爷的病很快好转，没多久就出院了。高达高兴地把这一切都归功于元元。其实元元内心挺希望自己能成为他真正的女朋友。

两个人就这样各怀心思，却谁都没有捅破。

高达开始攒钱，他知道元元喜欢漂亮鞋子，因为每次见面，元元都会穿不同的鞋子，仿佛有无数双鞋子。他想在元元走之前，送她一双鞋子。

罗杉依旧会不时地打电话过来，有时高达也在，元元就会挂断电话，然后找个借口糊弄过去，这让高达心里难受不已。

一天晚上，高达喝了点酒，借着酒劲来到了元元家楼下。元元接到电话下楼的时候，高达正愣愣地看着天发呆。元元什么话都没说，就这么陪他站着。不一会儿，元元电话响起，是罗杉的电话，元元挂断，电话又响起。元元还是不接，电话一遍一遍地响起。高达转身就走，元元上前一把拉住高达。

"我们以后不要再见面了。"高达说。

"我不。"元元拉着高达不松手。

"我喜欢了你四年，我知道我跟你不是一个世界的人，可我还是喜欢你。我控制不了我自己，就算你有男朋友，可我还是喜欢你。"高达红着眼眶说。

"所以呢？"

"所以我们就到此为止，不要再见了。"高达后退一步。

"我不要，这不是你的理由。你说的不见，我不接受。"元元上前一步。

"你不接受，那你说，我算什么？我知道我没有资格来追你，我什么都没有，可我还是做梦这辈子能把你追上。可是你什么都不说，这算什么？"高达提高了声音，大声说道。

"我从那块糖开始就喜欢上了你，直到今天，你仍然在我心里。"

"喜欢有用吗？你能离开他跟我在一起吗？"

"喜欢就一定要在一起吗？庸俗。"元元瞪着高达说道。

"好，可以不在一起，那我告诉你，从今天起，我们不要再见面了。"高达转身大步离开。

元元看着高达离开的背影，她知道已经触碰到他的底线了。高达像弹簧一样，这段时间，罗杉的一个又一个的电话一点一点地往下压着他，直到今天，他忍不了了，承受不住压力了。

借着酒劲，愤怒的高达只想把他心里的不痛快全都发泄出来。他清楚地知道元元对他的情感，他又知道元元永远不会选择他，所以他害怕，他的内心有一种说不清道不明的恐惧。明知道不可能，他却越陷越深，看着元元一边跟自己暧昧不清，一边对电话那头的未婚夫轻声细语，他的心里如炸了一般，终于疯狂地吼出了这些憋在他心里许久的话。

高达知道这是自己过度紧张导致行为失控，他突然好讨厌现在的自己，为了一个女人，他完全失去了自我，明知道这是一碗毒药，他还心甘情愿地喝下去。

元元知道这是高达在逼自己做选择。她最不想面对的这一天终于还是来了。

一边是谈了五年恋爱而且还有婚约的未婚夫，一边是这个突然闯入心里的人。两者不可兼得，她只能割舍一边。

那几天，元元陷入了纠结之中。

而高达在酒醒之后就后悔了，他后悔自己冲动之下说出的那些话，可是他又不敢去找元元，他几次远远地躲在一边看着元元下楼，却不敢上前，只能转身离去。

见元元这几天没有再联系自己，失落之余，高达内心竟然有一些轻松。他仿佛心里一颗大石头落下了一样，以这种方式结束，元元也能早日回归到她的生活中去。

泡沫

而高达不知道的是,在几天的未合眼之后,元元给罗杉打电话提出了分手。只不过元元隐瞒了她爱上了别人这一点,只是说异地恋这几年把感情都磨没了。

但是元元低估了罗杉对她的爱,这个深爱她的男人在接到她要分手的电话之后,放下了手头所有的工作,第二天就飞到了她的身边。

第二天一早,元元还在蒙头睡大觉的时候,罗杉就回来了。罗杉一脸憔悴,双眼都是血丝地站在元元家门口。一开门,元元看到两年未见的罗杉,眼泪一下子掉了下来,所有积压在心里的情感一下子迸发了出来,元元上前紧紧地抱住了罗杉。

罗杉第一时间赶了回来,出现在元元面前,彻底把元元心里封存的情感都激发了出来。元元看着又黑又瘦又憔悴的罗杉,眼泪不受控制地直往外涌。

回来后的罗杉没有提分手的事,元元也没有提。只是又发生了一件在元元意料之外的事情——罗杉向元元求婚了,虽然两人早有婚约,可是今天,罗杉突然拿出了钻戒对着元元求婚了。

在那一瞬间,元元脑子里闪现出高达,可是眼前这个男人却让她眼泪止不住地流,她顺从地让罗杉给自己戴上了戒指。

她的心里五味杂陈,这些年,她想要的一切,罗杉都变着法儿地满足她。罗杉在全情付出的同时,更肆意释放着自己的控制欲,将元元牢牢地攥在掌心里。元元一有挣脱的想法,负罪感就先将她打败了。这是一种情感绑架,因为罗杉是在真真切切、全心全意地对她好，对她的家人好。但凡她脑子里一有逃离的念头，她就会感到自责。所以，她离不开，也做不到。

  日子像回到了以前一样，元元的心随着这枚戴上的戒指也安定了下来。只是她以为高达的事情会就此翻篇，罗杉不会知道这件事。但是她估算错了。罗杉知道，元元在这儿的一切他几乎都知道，他知道有个叫高达的男生在追元元，也知道两人没捅破这层窗户纸，所以罗杉就大度地装作不知道。只是他不知道那晚郊游两人共住一屋的事情，否则，以罗杉的脾气，早就飞回来了。

  罗杉这次回来，彻底把元元拉回了他的身边。连元元都不知道，一见到罗杉，她的大脑、心和身体就完全不受控制，这个五年前吸引她的男人，现在一如既往地吸引着她。

  高达几次躲在元元楼下都没见到元元，却无意中在街上看见了元元，元元拉着罗杉的手，笑得一脸灿烂，完全没有看见街对面站着的他。高达看着两人离去的背影，失魂落魄地走回了家。

  那一晚，高达彻底放弃了，这一段突然闯进他生命的感情就这么仓促地结束了，这个他爱了四年的姑娘就像她当初仓促地闯入他的世界一样又仓促地离开了。两个世界的人终究是两条平行线。

  罗杉决定提前带元元回加拿大了，他怕元元再待下去会再有别的事情发生，毕竟从元元提分手那天起，他才发现，在他心里，元元比什么都重要，他爱元元，他愿意把这世间最好的一切都给她。元元的家人都特别喜欢罗杉，在他们看来，罗杉

泡沫　111

既孝顺又懂事，最重要的是对元元特别好。所以，在家人的不断"助攻"下，元元也彻底地收心，开始做跟罗杉出国的准备。

即将跟着罗杉定居海外，元元免不了见见昔日的老同学，于是，高达就从别的同学口中得知了元元马上要出国结婚的消息。当天，高达去商场把看了很久的一双高跟鞋给元元买了下来，就当是送给她的新婚礼物。

第二天，高达在楼下等了许久后，终于见到了下楼的元元和罗杉。见到高达，元元仿佛在意料之中，平静地给两人互相介绍了一下。

"这是我同学高达。

"这是我未婚夫罗杉。"

元元说的每一个字都像刀一样扎在了高达的心上，高达递过礼物，赶紧找借口离开。

元元接过礼物，看着高达的背影，手微微发抖。罗杉看着元元，心里一下子就明白了。

回到家，元元打开盒子，是一双漂亮的镶满水钻的高跟鞋。盒子里有一张纸条：祝新婚快乐。简短的五个字，却让元元眼泪快要掉出来了。

回到家的高达喝得烂醉，仿佛只有烂醉才能忘却清醒时的烦恼。

然而罗杉找人查到了高达的住址，他决定去找高达谈一谈。

第二天，一开门就见到了罗杉的高达并没有表现出惊讶，因为通过昨天的见面,凭着男人的直觉,高达已经预感到了两人还会再见。

一进屋,罗杉就环顾了一下屋里,发现桌子上摆了一张元元的照片,看角度像是偷拍。罗杉拿起照片看了看又放下。

"如果你是要来跟我谈元元的事情,那我们没什么好说的。"高达抽着烟。

"没什么好说的,那你是否认你在追元元了?"罗杉挑了挑眉。

"我不否认,喜欢她是我的事情,只不过元元不知道,一切都是我单方面的。"高达狠抽着烟。

"我可以理解,元元身边有几个追求者并不奇怪。"

"既然不奇怪,你来又是何意?"

"我只是想看看元元是为了一个什么样的人才对我提出了分手。这些年我在国外,元元身边有大把的追求者,她从来都是视而不见,而你却让她对我提出了分手。"罗杉站起了身。

"所以,你想知道我是一个什么样的人?"

"无论你是一个什么样的人,元元最终都会跟我在一起,因为只有我才能给她想要的一切。这个世界不是只有爱情就能活得下去,你要有赚钱的能力、应有的社会地位,能满足你爱的女人的一切需求,你才会活得有尊严,那才叫生活,不然你拿什么说爱她?"罗杉冷冷道。

"我知道我给不了她想要的一切,所以我从来没有去争取过,我和元元什么都没有。你走吧,善待元元,如果有一天你辜负了她,我随时都会把她追回来。"

"你放心好了,我是绝对不会给你这个机会的,你就死了这份心吧。"

罗杉走了,高达的心却久久不能平静。

是啊,罗杉的话也正是高达内心的症结所在,他给不了元元想要的一切,他能给的只有四年前的一块糖而已。

元元临走前一礼拜,跟我见了一面,她的神色明显憔悴了许多,眼底也明显多了些忧郁,整个人看着干巴巴的,有点像脱水的蔬菜,整个人的状态跟之前截然相反。

那一天我们聊了许多,我记得最清楚的一句她说的话就是:"以前总以为爱情就是那个走过了春夏秋冬,我依然愿意和他看同一片天空的人,可是最终在一起的往往不是那个人,我败给了自己。"

还有两天,元元就要走了,她一点一点地归置行李。她有自己的习惯,日常用惯了的东西,很多国外没有的东西,她都塞进了行李箱里。虽然罗杉总是说什么也不需要带,他都准备好了,可元元还是塞了满满一堆东西,大大小小的东西塞满了两个箱子。以前的衣物和鞋子一件都没带。最后拉上拉链的那一刻,元元抬头盯着那双被她拿出来又放下的鞋子,叹了口气,最后她还是把这双鞋塞进了行李箱里。这双鞋也算是高达给她的唯一念想了,至少在异国他乡的时候,还能穿着他送的鞋子走着他没走过的路,也算是替他看了风景。

罗杉坐在沙发上喝着茶,看着元元蹲在那里收拾,看着她把那双鞋子拿出来又放下,看着她最终叹口气把鞋子塞进了行李箱里。他转过头,心里有点堵,窗外的阳光有点刺眼,他心烦地转过头,一口吞下了杯子里的茶,热茶烫得他坐立不安。他恼火地往后靠在了沙发上,闭上了眼睛,感受着那一股热流从喉咙滑进了肚子里。

走之前元元还想再见高达一面,其实也没有什么话想说,她只是不甘心,想再见他一眼。

再次相见的两个人,就这么面对面坐在桌子两端,仅仅一只手的距离,却像隔了遥远的星河。两人谁也没开口,对坐着,默默无言。

高达笑着看着元元,他看着这个根植在他心里,曾经带给他短暂快乐时光的女孩,这张脸,恐怕这辈子他都不会忘记。而元元,她的心里矛盾不已,她觉得自己是一个坏女人,她甚至不知道她爱的究竟是谁,可是她不敢开口,她怕再一次伤害他。

元元心想,哪怕他开口说一句"别走,留下来",她就真的不走了,抛下一切留下来。可是她又明明知道高达不会说出这句话。

两个人对坐了大半天,谁都没说话,却胜似说了千言万语。

那天晚上回到家,元元对着镜子洗脸的时候看着镜子里的自己,她仿佛不认识镜子里的这个女人。元元盯着镜子,自己的脸还是那张脸,可是心已经不是从前的心了。她突然发了狂似的拼命往下撸手上的戒指,撸了半天,戒指仿佛像长在了手上一样,手指红肿着,她不停地用洗手液来润滑,试图撸下来,可是戒指卡在红肿的手指上,怎么也撸不下来。

泡沫

她突然懊恼地一屁股坐在了地上,号啕大哭起来。

罗杉推门进来,把坐在地上号啕大哭的元元抱了起来,元元像个小孩子一样,让罗杉看着心疼不已。

第二天一早,两人坐上了飞往加拿大的飞机。到了加拿大没多久,两人就结婚了。

初到异国的元元一开始不适应,后来完全融入,并习惯了这里的生活。日子也就一天天地过去了。元元也进了罗杉的公司上班,每天两人一起上下班,回家后罗杉就开始洗菜做饭,而元元就坐在沙发上看着电视等着吃饭,日日如此,罗杉从来没有让元元做过一次家务。元元的内衣不能用洗衣机洗,从来都是罗杉用手洗的。元元从来不进厨房,甚至她连家里厨房有什么都不知道,吃个水果都要罗杉递到手里,用元元父母的话说就是罗杉把元元宠坏了。

罗杉心甘情愿对元元好,谁能想到这个平时在公司里管着一百多号人的老板,回家后乐颠颠地伺候媳妇,围着媳妇团团转。

元元觉得自己还小,不想太早要孩子,罗杉就不要,等着元元什么时候想要了再要。可结婚三四年后,罗杉的家里人坐不住了,公公婆婆旁敲侧击地询问元元怎么还没怀上孩子,而每每此时,罗杉就全都揽在了自己身上,公公婆婆每次只好作罢。

罗杉不仅对元元好,对岳父岳母更加好,逢年过节,往元元家里送各种东西。就连每年岳父岳母的生日,罗杉都记得清清楚楚的,有时候元元不小心忘了,还是罗杉提醒了才想起来。元元父母对这个女婿简直是百分百地满意,时常笑着说女婿比儿子还亲。

一晃五年过去了,这五年中,每年元元生日,高达都会吃一碗面,买一盒糖,放在家里。这几年,他拼命赚钱,他心里还是抱着一丝幻想,幻想有一天他有钱有能力,给元元一个舒适的生活。所以,这些年他不结婚不恋爱,他把对元元的所有思念都化作拼命赚钱的动力,日夜不休,只为了能早日成为一个有钱人。

而元元五年间从未回国,她的父母也跟着她移居到了加拿大。她本不打算再回国,因为她怕碰见那个给了她糖的人,怕她的心再次被搅乱。

然而,一个意想不到的噩耗传来了,同学群里炸了锅,是高达,高达突发疾病去世了,同学们惊愕万分,都不敢相信,群里像炸了锅一样,大家都忆起了大学时光。于是大家约好了去高达的老家黑龙江参加葬礼。

元元看着群里大家你一言我一语,心脏像停止了跳动一般,尘封了多年的内心一下子被敲得粉碎。她攥着手机一下子两腿瘫软坐在地板上,眼泪噼里啪啦地掉。

罗杉赶紧把元元从地板上抱起来,看着元元眼泪像泉涌一样,一个劲地往外冒。无论怎么问,元元都不说,只是把手机递给了罗杉让他自己看。罗杉打开微信,一下子全都明白了。他什么都没再说,也没再问。他先给元元擦了眼泪,哄她去睡一会儿,然后迅速给元元订了最早的回国机票。

这么多年,虽然两个人的磕磕绊绊有很多,当然大多源于罗杉对元元强烈的控制欲。虽然元元时常都会想起那个有着腼腆笑容的高达。可是眼前的这个男人，这么多年了，他不是不知道她内心的想法，虽然嘴上不说，但是他一直尽可能地去为她做一切，宠着她，顺着她，这也是元元一直离不开他的原因。

以前每次吵完架，元元都觉得罗杉是一个控制欲极其强，自私而又从不为别人考虑的人。元元总会自动无限放大他的所有缺点，一个人生闷气。而现在，罗杉明明知道他要去参加她心里曾经惦念的男人的葬礼，可还是什么都不说就给她订票，订酒店，给她收拾行李。知道东北冷，罗杉给她在行李箱里放上厚厚的棉服，甚至细心到内衣和袜子都分别整齐地放好。

罗杉在没遇到元元的时候，也是被全家宠爱的孩子，连苹果都是削好了塞到手里的。可是自从遇到元元，罗杉就开始学着尽可能地去对她好。结婚五年来，元元没有做过一顿饭，洗过一件衣服。罗杉工作再忙也会把家里的一切收拾好，五年来日日如此。

罗杉就是这样一个人，他有着他的怪癖和霸道的坏脾气，可纵使这样，他也有一万种对元元的好，因为一切都源于他爱元元爱到骨子里，他可以为元元付出一切。

元元沉浸于罗杉对自己的无尽宠爱，尽管这个男人有时候是霸道的，让她窒息，可更多时候，她心里清楚而又明白，她离不开罗杉，这些年相处下来，她跟罗杉已经不可分离。

元元如期赶了回来，她不知道的是罗杉随后坐了下一班飞机也赶了过来。

葬礼上,大雪纷飞。北方的冬天很冷,黑龙江的冬天更是格外地冷。人人都裹得严严实实地站在大雪天里,天气冷得直让人跺脚,只有元元在飘飞的雪花里光着腿穿着连衣裙和高跟鞋静静地站在那儿。

那天,有不少同学在高达的墓碑前抹着眼泪,而元元一滴眼泪都没掉。墓碑前堆满了鲜花和酒,只有元元什么都没带。

她愣愣地盯着墓碑,墓碑上,高达的脸既熟悉又陌生,那个曾经活生生的人此刻就这么躺在了冰冷的墓碑下。此刻元元的心比这飘雪的天还冷,她拒绝了怕她冻坏,好心脱下外套给她穿的同学,就那么静静地站着,完全无视周围诧异的目光。

元元记得,高达说她穿裙子最漂亮,她穿上了他送她的鞋子,她知道,高达一定看得见,看得见此刻漂漂亮亮的她。

元元的脑袋里像过电影一样,一幕幕地闪现起以前的种种。元元的心里冰冷又酸涩,却一滴眼泪都掉不出来。

> 我曾经真心实意地喜欢过你,
> 一起去分享生活的喜悲苦乐,
> 想跟你春看繁花,夏听雨落,
> 想跟你秋赏红叶,冬踏积雪。
> 想跟你白发苍苍垂垂老矣,
> 然而到最后这些都不是你。

就像有句话说的一样:"你是我的心头热火,也是我的不动声色。"

人生就是这样，有时候许多的情感总是有着许许多多的遗憾，有时一擦肩而过就是一辈子，想要回头却发现无路可走，那条来时路，再无回头路。

那一天，元元是最后一个离开的，她轻轻地在高达的墓碑前放了一块糖，转身离开。自此，元元再也没有吃过糖。

后来元元跟我说这一切的时候，没有悲伤，也没有哭，她像在说着别人的故事一样，说出了这些。她说她自己要好好地活着，只有这样，等到哪天去了另一个世界，在那边遇见的时候，才能给他讲讲这些他没来得及看过的精彩世界。

提笔写这个故事的时候，我刚跟远在加拿大的元元视频完，听着她的近况，看着她悠闲地躺在沙发上，端着罗杉给她洗的水果，水果被切成了一小块一小块的。元元一口一口吃得眼睛都眯了起来。元元说她是幸福的，因为一直有人深爱着她、宠着她。

成长就是让你两难，元元就是这样，她曾经妥协于现实生活，又坚持着她内心深处的小秘密。直到今天，她愿意把她这个从来都不想言说的属于她的小秘密告诉我，让我付诸笔下，记录下来。

现在的元元正在和罗杉积极备孕，在享受了几年的二人世界后，她终于做好了迎接一个新生命到来的准备。罗杉带着元元边旅行边备孕，微信里会时不时传来元元走到世界各地的照片。照片里，元元一脸笑容。

时间永远是时间，地点始终是地点，你在什么样的时间和地点遇见什么样的人才是最真实的，否则，这不真实的一切都没有意义。

有缘则为，无缘则罢，为则了之，不再牵挂。

还好遇见你

在这个被钢筋混凝土所禁锢的世界里，雾霾漫天，连阳光都成了奢侈品。

直到那个人，周身带着光，猝不及防地出现在你的世界。

你暗自庆幸，还好遇见你，带给我光亮。

帝都就是一个优胜劣汰、胜者为王的地方，它让你为了生存，不得不变得足智多谋、三头六臂，练就百般本领，好让你能在这个竞争激烈、资源有限的环境中生存下来。

而我，就见证过一个柔弱的姑娘在这种环境中，用了十年时间，变成一个刀枪不入、穿着金钟罩铁布衫一般的"女魔头"，横冲直撞，勇往直前。接下来我要说的这个"女魔头"就是豆儿，听名字软萌软萌的，实际上两年前，她就是一个柔柔弱弱的爱哭少女,而我也见证了她一路跌跌撞撞地走到今天。

我俩大学同寝室,床挨着,头对头,大学四年,关系好到走到哪儿都形影不离。我们都见证了彼此青春的成长,从懵懂无知到还是一团糨糊。就这样,别的姑娘四年间都经历了少女战士般的蜕变,而我俩,临到了踏出校门,才发现并没什么改变。最后我俩总结,可能是反射弧变得更长了一些。

我们毕业的那个夏天,持续高温,连树上的蝉都懒得出声,不知道是热得晕了过去,还是躲在阴凉地儿睡大觉。树叶都是静止的,纹丝不动,路边的草丛仿佛都要燃烧起来,空气中的热浪,让人喘不过气。那个夏天我们卷了铺盖卷儿,挥手道别,各奔东西。

而豆儿正经历她踏上社会挨的第一个"闷棍"。相恋四年的男朋友回了上海,连句告别都没有,从此音信全无。豆儿每天顶着哭肿得像桃子一样的眼睛,到处看房找房。也不知道是那会儿运气太背,还是豆儿确实长了一副好欺负的样子,豆儿找到房子交完中介费和房租后,一个人回学校搬行李,哪知道豆儿费尽千辛万苦,倒了几趟公交车,拖着两个大行李箱来到租的房子处,却发现钥匙根本打不开房门。着急忙慌的豆儿给中介打电话,却发现已经被对方拉黑。豆儿坐在房门前正不知所措时,来了两个人,原来是真正的房主来了。有不少跟豆儿有同样被骗遭遇的人报了警。这样一个晴天霹雳,让豆儿彻底蒙了。

做完笔录,豆儿从派出所出来,拖着两个大行李箱边哭边走。实在走不动了,她蹲在马路牙子上号啕大哭。此刻心情跌落到谷底的豆儿跑了一天,水米未进,兜里只剩两百块钱。大马路上人来人往,却没有人停下脚步问一句这个蹲在地上痛哭不止的姑娘怎么了。豆儿的心在那个炎热的夏天如入冰窖,全身冒冷汗,一边哭一边发抖。

豆儿哭够了拿出手机,给我打电话。后来她说,那一刻,她觉得唯一能收留她的人就是我。而我在接到豆儿的电话后,火急火燎地开着我的小破车,急吼吼地往天通苑跑。一路上,我手心直冒汗。我是一个新手女司机,刚拿到驾照没几天,车还没摸热乎,就这么心提到嗓子眼,哆哆嗦嗦地一路开到了天通苑。那时候手机还没有可供导航的软件,在我一路看着路标,拐错了两个路口,终于找到她的时候,天已快黑。一下车就看见她两个眼睛红肿得像桃儿一样,手里正捧着一个煎饼果子蹲在马路牙子上。看见我过来,豆儿起来晃着蹲麻的脚,递过一个煎饼果子,闷声道:"给你加了两个鸡蛋。"

这是我和豆儿大学四年来的习惯,煎饼果子永远加两个鸡蛋,加辣,加葱。我俩爱吃煎饼果子的习惯让我俩不知不觉就混成了西街门口煎饼摊的常客。大爷每次一看我俩过去,都笑眯眯地招呼:"来了啊,还是老样啊?"后来我俩在毕业多年后又去学校门口找那个煎饼摊,可是别说煎饼摊了,学校西门那条街我们都不认识了。

那天回到我家,全身像被抽了筋一样的豆儿澡都没洗就一头扎在床上睡了过去。一直到第二天中午,豆儿才醒了过来,顶着一头乱糟糟的头发像梦游一样晃晃悠悠地走了出来。于是我开启了和豆儿长达半年的"同居"生活。

豆儿一直在不停地投简历,关注各种招聘信息,认认真真地找工作。可是在偌大的帝都,对于应届生来说,要想找工作太难了,有合适的工作,人家优先录取有工作经验的,好工作被一窝蜂抢了,就连一个普通前台的工作都抢不到。豆儿东奔西跑地面试,在碰了无数次壁后,她好不容易找到了一份工作,是一家传媒公司的助理岗位。

结果兴冲冲、斗志昂扬的豆儿很快就如泄了气的皮球,还没过实习期她就辞了职。不是豆儿不好好工作、挑三拣四,而是碰到了一些尖酸刻薄的同事和一个只会压榨员工的老板,豆儿还没摸清职场套路,一不留神就成了别人工作失职的替死鬼。那个时候还没摸清职场套路,又有些心高气傲的她愤然辞职。

半个月后,豆儿又入职了一家新公司。头一个月很轻松舒服,老板很和善,同事也很友好,工作强度也不大。可是在一次豆儿单独去老板办公室时,老板竟然摸了豆儿屁股。被吓到了的豆儿一脸错愕,老板却若无其事地跟她继续聊着工作,豆儿心想老板可能不是故意的。没想到豆儿的忍气吞声,竟被对方当成了一种默许。接下来的日子,没事就被拍拍肩膀、摸摸手,豆儿都忍了,直到有一次,她被老板拍完屁股还捏了捏,忍无可忍的豆儿直接把文件扔到老板脸上,愤然辞职。

那时的她完全是一个职场菜鸟,她不知道步入职场就像一只小白兔进了大森林,有不少食肉猛兽在虎视眈眈地看着她,而这职场法则就是弱肉强食。

豆儿在换了两个工作之后，还没有找到职场的丛林法则的窍门。

豆儿回家躺了一天，化悲愤为食欲，进了厨房折腾半天，端出一桌子菜，我俩面对着一桌子八个菜，吃到捧着肚子打着饱嗝瘫坐在沙发上。

到处递简历面试的豆儿好不容易找了家正常的公司，却碰到了更年期女同事——胡姐。胡姐事事看豆儿不顺眼，工作中又常常抢功，有失误的地方就全部推给豆儿，让豆儿当人肉靶子。豆儿忍气吞声，想想前两家更不靠谱的公司，权衡一下利弊也就忍了。而这更加助长了胡姐的气焰，她明目张胆地给豆儿小鞋穿。老板面对这样典型的欺负新人的行为，也装作没看见。而其他同事也都纷纷避之不及，生怕牵连自己。

胡姐总是给豆儿使绊子，这让认真工作的豆儿为此没少挨领导批评。开始的时候豆儿云里雾里地不知该如何招架，来来回回几个回合后，豆儿就学乖了，她学会做好自己分内的事情，让胡姐挑不出自己的刺儿。她每天对待工作的小心谨慎，终于有了回报，她的业绩突飞猛进，半年后就能独当一面。

在胡姐又一次因为工作失误想拉豆儿当挡箭牌时，豆儿却轻轻松松地找到胡姐的把柄，她将胡姐踢出自己的项目组，并在老板面前一一列出项目的问题所在，并收集了一系列直指胡姐的证据。鉴于胡姐是公司多年的老人，老板没有对她进行处罚，而是将她放到一个闲职岗位。豆儿一个漂亮的反杀从此让胡姐在公司成了边缘人，而对于胡姐来说这比受处罚还令她难受。完全没料到事情会是这个结果的胡姐，暗暗地恨上了豆儿。

事后豆儿总结，职场不是白待的，宫斗剧也不是白看的，想要活下去，先得学会保命，遇到危险时，才能化险为夷。

说实话，豆儿的成长确实是在我意料之中的，因为我也是经历了一些事情后，才明白社会的险恶，跌跌撞撞地成长。

话说豆儿的危机并没有解除。在公司混了多年的胡姐毕竟也不是吃白饭的，也有一定的资源和客户群。胡姐心有不甘，视豆儿为眼中钉，每天都盯着豆儿，处心积虑地想抓住她的小辫子。

而豆儿勤勤恳恳认真做事的态度也让她得到了老板的重视，老板把一个大单子交到了她的手上，而恰巧这个大单子的客户是之前胡姐跟过的客户。这个客户和胡姐是老乡，除了工作，私下的关系也比较好。

以往这个客户的公司都是交给胡姐去维护，而在豆儿代表公司去谈业务时，客户第一时间给胡姐打了电话。于是胡姐添油加醋地说了豆儿是怎样抢自己的业绩，并仗着年轻貌美勾引老板将自己边缘化。

胡姐声泪俱下的控诉，让客户认定豆儿是个心机女。于是无论豆儿怎样诚挚、认真地去沟通双方的合作细节，客户都表现出不满意，几次三番地挑刺找碴儿，让豆儿来来回回地请示老板，但客户转头就提新的方案。眼看豆儿来回折腾就是搞不定客户，老板很头疼，这时候客户也适时地在老板面前说闲话鼓，置疑豆儿的沟通能力。

豆儿被这个客户反复刁难，始终没能拿下这个客户的业务,这个时候胡姐主动请缨,面对公司利益,老板自然是同意。没有意外地,胡姐顺利拿下这个客户的合同,给公司签了一笔大单。

签了大单的胡姐自然是扬扬得意,觉得自己功不可没,于是跟老板请功要求官复原职。基于胡姐签回客户,带给公司利益,再加上客户在老板这边敲着边鼓,想到以后要跟客户维护关系,老板自然也就同意了。

回到原先岗位的胡姐更加处处与豆儿作对,但豆儿吃了不少亏以后,也不是吃素的,她不但认真仔细地做好自己手头的工作,还能巧妙地避开胡姐给自己设下的陷阱。可是胡姐依然斗志昂扬。

直到一次,胡姐真的因为自己的失误把事情搞砸了,而与之对接工作的正是豆儿。豆儿在第一时间发现这个错误的时候,并没有抓着这个错误向老板告状,而是帮助胡姐在最短的时间内挽回了损失。

胡姐虽然嘴上没有表示,但是自此以后再也不跟豆儿过不去了。而豆儿在公司的地位直线上升。豆儿又搞定了几个难缠的客户,完成了几个项目后,豆儿的工资打着滚儿地往上涨。

豆儿最常说的一句话就是:"活着真不容易,削尖了脑袋冲到前线,头破血流倒是常事,能生存下来就烧了高香了。"而每每这时,豆儿都能面不改色地跟我说着发生在她身上的事,一脸云淡风轻得好似是在说着别人的事情。

豆儿没有那么幸运,有的人进入职场的时候,会遇到一个能帮助她,或是提点她的领路人。而她完全是靠着一步一步跌跌撞撞才走到了今天，能修炼到现在这种练就一身金钟罩铁布衫的本领，一部分来源于生活的磨砺，因为之前经历过的那些像刀子扎心般的事情对豆儿来说就像是家常便饭。对于别人来说，成长可能是一件再正常不过的事儿，可是对于豆儿来说，这过程太漫长了。

因为对于一个爱哭的双鱼座而言，理性对待感情是一件多么艰难的事情。豆儿是个水做的双鱼座，跟我一样，不同的是我有理性的一面，因为我是上升双子座，可能还有理性的那一面。而豆儿是上升双鱼座。虽然星座也不一定准确，但是豆儿真的就是一个典型的双鱼座，一个爱哭也爱幻想的小姑娘。所以在成长的过程中，豆儿迈出的每一步，背后都不知道流了多少眼泪。

有一阵子，我特别痴迷于研究星座，十二星座、土象、火象、水象、风象，研究得门儿清。从心理学的角度来说，不同的星座有着不同的性格，而有时，相同星座的人却也有不同的性格，却有着相同的气质。从科普的角度来说，这是一种规律。

而那一阵子，我逢人就喜欢解析星座，试图在不同的朋友身上验证我的研究究竟正不正确。于是豆儿就特喜欢听我给她解析。她是很典型的双鱼座，喜欢浪漫，一生为爱而活。豆儿还有一项奇特的本领就是，一个小时内给你呈现出一桌色香味俱全，绝不亚于古代御厨的饭菜。按现在话说，那厨艺就是米其林好几星的。

豆儿搬到我家后的那半年，我过上了睁眼就有早餐吃，一日三餐荤素搭配从不重样的日子，我沉醉在豆儿的好厨艺不能自拔，整个人胖了五斤，小脸都圆了一圈。

这个爱哭的姑娘在遇到自己的真命天子之前，曾经经历过几段让她抓狂的爱情，其中一段是在大学时跟同班同学大林一段长达四年的恋爱，两人直到毕业才分手。

四年间，豆儿的恋爱谈得认认真真，用豆儿自己的话说就是俩人好得跟连体婴儿一样，一起上课吃饭压马路。除了到点回寝室，两人天天腻歪在一起。但豆儿有时候又是一个特能作的人，任性，会随时随地发脾气。前两年豆儿的这种任性在大林眼里就是可爱，大林各种哄，总能让豆儿破涕为笑，然后两人继续如胶似漆。

直到大四临近毕业，大林开始不再像以前一样对豆儿唯命是从。豆儿任性，那就随便；豆儿冷战，那就冷着。没两回，豆儿就察觉出大林的不对劲。豆儿第一反应是大林不爱自己了，或者出轨了，因为他现在对自己完全不上心。这就是一个典型的双鱼座女生的脑回路。

于是，豆儿买通了大林同寝室的一个哥们儿，以给他介绍女朋友为诱饵，拜托他盯着大林。可得到的答案却是，大林每天除了吃饭、玩游戏就是睡觉，手机根本就没响过，没有任何异常。

豆儿坐不住了，难道这是大林蓄谋要跟自己分手？

于是豆儿在食堂堵住大林，大林看见豆儿，依然如往常一样地跟豆儿说话。豆儿盯着他的眼睛，试图从他的眼睛里读出点什么，结果发现，大林目光平静，声音平和，让豆儿坐下吃饭。

豆儿只好默默坐下吃饭,两人谁也不说话,气氛异常冰冷,连旁边坐着一块吃饭的同学,都被他俩这种异常的气氛影响,纷纷端盘子走人。

吃完饭,豆儿终于忍不住开口质问大林究竟什么意思,为什么现在毫不在乎自己的感受。大林放下筷子,眼神平静地盯着两眼冒火的豆儿,擦了一下嘴巴,语气平和地说:"现在不是刚入学的时候,我们没有任何压力,我可以将所有注意力都放在你身上。可是现在不行。至于为什么,你自己好好想想。"大林没停顿地一气说完,端着盘子起身走人,留下呆愣的豆儿大脑一片空白。

自那一天后,豆儿和大林经常冷战。两人不说话,可是也会一起吃饭。气氛异常诡异,谁也不主动开口,每天如此。

所以,毕业前的那半年,他俩的相处模式就是冷战。而周围的人深受其害,当然也包括我。那段时间,我仿佛成了豆儿的垃圾桶,豆儿的倾诉、抱怨、苦恼都随之而来。

而豆儿在面对大林的时候,依然非常冷静。

直到在一次聚会后,豆儿喝醉了,拉着大林絮絮叨叨得哭个不停。大林对豆儿的态度又回到了从前,甚至更胜于从前。不知道这是一段关系坍塌前的回光返照,还是大林又重新找回了状态,总之,豆儿说那一个月他俩格外甜蜜。

大林决定不回上海了,留在北京跟豆儿一起当北漂。不料临近毕业,大林接到了家中爷爷病重的消息,大林决定带豆儿回上海。可没想到这次上海之行却是压死他俩感情的最后一根

还好遇见你

稻草。

一切都蒙在鼓里的豆儿，对于大林带自己回家见父母，既高兴又忐忑。而一路上，大林温柔地宽慰豆儿，说自己父母很和善，一定会喜欢她的。豆儿一路上忐忑不已，大林说想带她在上海转转，这样她就会喜欢上上海。豆儿忐忑的心情在大林的宽慰下好了很多。

见了面后，大林母亲的态度冷冰冰的，倒是大林父亲热情地招呼豆儿。寒暄客套几句后，大林母亲不耐烦地直接质问豆儿为什么要阻挡大林回上海工作，自己花费了不少钱，托人找关系才为大林找到了现在的工作。豆儿连连否认，而饭桌上大林母亲的咄咄逼人让豆儿无法接受，忍不住顶了几句嘴。大林母亲气得摔了筷子愤然离席。不欢而散后，豆儿连夜回了北京，而大林只是不断地责备豆儿为什么这么不懂事，对长辈如此不礼貌。

豆儿哭了一路，无法想象，自己今后会面对怎样的一家人。

大林在一个礼拜后回京，回京后，大林对豆儿不冷不热的态度让豆儿彻底寒心。豆儿试图去找大林沟通，可是大林拒绝沟通，只是冷冰冰地撂下一句话，跟他回上海，他是不会接受异地恋的。

豆儿听完了，冷笑道："也就是说，你这是在委婉地跟我提分手？"

大林叹口气："我妈不同意我再继续跟你交往下去，那天我妈都被你气病了。"

于是两个人继续冷战，谁都不愿意理谁。

毕业聚会的前一晚，大林跟豆儿摊牌，至于具体说了什么，豆儿没说，我也不想问。豆儿说现在只想记得他的好，不想记那些最后两个人撕破脸皮说的话。

其实当时他俩最大的问题，用现在的话说就是三观不合。

比如豆儿喜欢去电影院、剧场看电影、话剧，而大林只喜欢从网上下载电影。大林的借口就是没钱。

可能会有人说不舍得为你花钱，总用没钱当借口的人一定不爱你。可是那会儿他们确实没钱，恋爱四年，两人只进过一次电影院，还是豆儿提前买的票，然后整个过程中大林心不甘情不愿，一直在说浪费钱，还不如去吃顿好吃的。

看到这，你也许会说大林抠，可是大林会去兼职打工一个月只为在豆儿生日时给她买裙子当礼物。那条裙子，豆儿喜欢了很久，可是价签上的价格让她每次只能是看看而已。后来大林还是用打工的钱给豆儿买了回来。要说抠，对豆儿，大林一点都不抠。他绝对不舍得给自己买那么贵的衣服。一年到头就几件衣服，而豆儿总是会给大林买各种衣服，每每大林都说豆儿浪费钱，却都美滋滋地穿在身上。

豆儿爱吃的水果，大林隔三岔五就会买了送到寝室楼下。生活费本来就不多的大林，为了豆儿，经常会去兼职打工。

这都是后来豆儿谈论大林时总结出来的优点，也是大林让她念念不忘的原因。

因为在那段纯真的爱情里，总有一个人真心诚意地是为了你去爱去付出，不管后来结果是什么样子，但在那段时光里，那个人是真的爱你。

后来大林坚决地斩断跟豆儿的联系,拉黑豆儿的一切联系方式。对找到上海的豆儿避而不见。那时候豆儿终于知道,俩人彻底地完蛋了。四年的感情终究敌不过现实,大林选择了回到父母的羽翼下享受安逸的生活。他所理解的就是,豆儿没有爱自己爱到愿意跟随自己,不离不弃,所以他残忍地选择一刀两断。

这就是从学校踏入社会后,当爱情面对现实时的无力。

豆儿根本接受不了这种硬生生的离别方式,于是,那段时间我就见到了一个水做的豆儿,走到哪儿都能触景生情哭一鼻子。有时她突然不说话了,再看她已经在默默掉泪。

而我,从一开始的哄她到后来蛮横地把她拽回家,再到陪着她一起哭,如此循环往复几次后,豆儿开始拽着我给我讲道理。然后絮絮叨叨地说,自己的脑子里所记得的都是大林的好,即使自己觉得他不够成熟,还不适合毕业就结婚,去承担家庭的责任。可是自己更没有勇气去为了追随他跑到一个完全陌生的地方开始新生活。

说罢,像兔子一样红着双眼的豆儿直愣愣地盯着我。而我则被她盯得心里直发毛。

豆儿后来说,自己最不想做的就是主动与世隔绝,制造孤独氛围。豆儿害怕孤独,最怕一个人独处,那段时间,豆儿像一个影子,我走到哪儿她就跟到哪儿。

为了能让豆儿快速从这种悲伤的状态中走出来。我和小小绞尽脑汁想了各种办法。后来从同学那听说,大林回家,家里给他找好了工作,迅速相亲找了个门当户对的姑娘订了婚。一切快得迅雷不及掩耳。

在我们得知这个消息的时候,豆儿还没有走出来。我们本想瞒着豆儿,不让她知道。然而豆儿还是从别人的口中知道了这一切,也看到了大林发给同学的请帖和婚纱照,照片上大林拥着一脸幸福的新娘。

豆儿的微信不断收到昔日同学的信息,有关心,有询问,有打抱不平。

接到这些微信时,我俩正窝在沙发上吃比萨。豆儿把最后一口塞进嘴巴,两腮鼓鼓,瞪大着眼睛。摸起了手机开始回复。一转眼,豆儿豆大的眼泪如珍珠般噼里啪啦往下掉。

豆儿大哭了一夜,但她决定要去参加大林的婚礼。

婚礼那天,我陪她去了,一路上,豆儿再三向我保证,绝对不会情绪失控。而我也做好了一旦豆儿控制不住自己,就把她拖走的准备。一到婚礼现场,豆儿就直勾勾地盯着大林的背影。

像有感应一样的,大林猛地回头,正对上豆儿直勾勾的眼神。大林转头对身边的新娘低语了几声,然后朝我们走了过来。

豆儿走回门口,大林跟了上来。我站在离出口最近的地方,距离豆儿一臂远,心想万一豆儿失控,我还能拽着豆儿好及时脱身。

大林先开口:"你来了?"

豆儿递上红包:"恭喜你。"

大林眼神有些恍惚，眼前的豆儿清瘦了许多，那个有着婴儿肥、爱笑的姑娘，此刻面颊凹陷，衣服也松松垮垮，只是眼神里多了几分倔强和从容。

大林没有伸手接红包："对不起，我没想到你会来。"

豆儿向前一步："说对不起有用吗？说对不起今天站在我面前的这个人就不会娶别人了吗？"

大林笑了笑："你还是这么直接，你想没想过我们为什么会走到今天这一步？"

豆儿冷笑："这我还真没想过！你的意思是我的错？就因为我不愿你跟你来上海，你就断然跟我分手，迅速娶了别人？"

大林瞪着豆儿："事到如今，我是有错，可是四年了，你有没有想过，为什么会是今天这样的结果？"

豆儿又冷冷地说："今天这样不是你所盼望的吗？你马上就可以拉着别人的手走进婚姻的殿堂。"

大林声音低了下来，手颤抖着点上一根烟说："没错，我只想安安稳稳成家立业生子，我无法像你一样有勇气漂在北京，拼一个我们根本无法预知的未来，我做不到。"

豆儿声音发抖："好一个你做不到，一句你做不到就可以抹杀我们四年的感情？"

大林吐出一口烟："我没有忘记我们的感情，我是真的爱你。"

豆儿盯着大林冷笑："你爱我？那里面即将要跟你结婚的新娘算什么？别告诉我只是因为你们适合。"

大林神色平淡："没错，就是适合，我可能不爱她，但是也不讨厌她。至少她愿意和我过我想过的安稳日子。"

豆儿后退一步，说道："我以前怎么没发现你还有这副嘴脸？一张让我恶心的脸，还说着让我不齿的话。"

大林摇摇头，猛吸一口烟："豆儿，四年了，你一直在践踏着我的自尊。每次咱俩吵架，我就像狗一样摇尾乞怜，恨不得趴到地上求你原谅我，你每一次都高高在上地俯视我，践踏完我的自尊再向卑微到尘埃的我伸出你高贵的双手，每一次都这样！你乐此不疲，愈演愈烈，而我，我爱着你，所以我任由你这样做。"

豆儿皱眉："我践踏你的自尊？"

大林呼出一口气："没错，过去的你一直在践踏着我的自尊，直到有一天我不想再继续这种生活了。无论我有多么爱你，我选择带着我可怜的自尊心离开，我不再摇尾乞怜，不再渴求你的原谅，我现在只想过我的新生活，哪怕我心里还爱着你。"

豆儿眼泪在眼眶里打转："你终于说出了你的心里话。"

大林抬起手腕看了下时间："进去吧，既然来了，就进去喝一杯。"

豆儿强笑道："不了，该说的都说完了，我今天来不是喝酒的。好了，现在如你所愿，我心死了，你也可以开心快乐地开始你的新生活了。"

大林沉默片刻："豆儿，对不起。我知道一切都是我的错，我不该轻易地放开拉着你的手。可是……算了，不说了。"

豆儿盯着大林的眼睛:"你不必对我说抱歉,我们互不亏欠,至少我们都曾经认认真真地爱过,保重。"

豆儿转身拉着我,往外走去。

大林一把拽住豆儿:"你以后一定要幸福。"

豆儿推开大林的手:"我们不用假装大度祝彼此幸福,你今天结婚,我不会祝福你,因为我爱过你。而我,以后的生活也无须你的祝福,因为你我从此就是陌生人。"

豆儿拉着我急匆匆跑出大门,我回头看了一眼,大林落寞地站在原地。

回去的路上,豆儿目光怔怔地看着窗外,一滴眼泪都没掉。

我没敢说话,只是默默地给她递水、剥橘子。豆儿面无表情,给她水就喝,给她东西就吃,就是不说话。

临下车时,豆儿突然说了一句:"他穿西服的样子跟我想象中一模一样。"

豆儿转过头,冲我笑着,眼泪却掉了下来。阳光照在她的脸上,泪珠晶莹剔透。

回京后,豆儿抑郁了半年,每日郁郁寡欢,犹如行尸走肉。

我想尽了办法想带她出去散心,而她却终日在家待着日夜不停地追剧,情绪上来时又哭又笑,像个傻子。

有天我醒来,发现豆儿不见了踪影,打电话不接,发微信不回,正当我急得团团转的时候,收到了豆儿的微信,是一张照片，照片上大林一手拉着挺着大肚子的妻子，一手提着袋子，两人一脸笑容。豆儿发了一句："我没忍住，坐了最早的一班高铁去上海到他家楼下，正好看见他俩买菜回家。我想我应该放下了。"

晚上，豆儿回来了，一脸倦容。

而我在过去的这段时间，说了太多重复和安慰的话，此时此刻我竟然不知道该对豆儿说些什么。

第二天一大早，豆儿就把我从被窝里拽了起来，兴奋地说要去逛街。

我睡眼惺忪地看着一脸笑意的豆儿，悬了半年的心终于放下来了，我确定，豆儿彻底放下了。

经历了浑浑噩噩的这大半年时光，豆儿终于有勇气开始了她的新生活。她每日早出晚归，忙着递简历、面试、逛街、认识新朋友，好像有使不完的劲儿。

恢复满血状态的豆儿很快迎来了她的"桃花运"，在一次画展上，豆儿认识了一个充满艺术气息的画家，两人迅速陷入热恋。刚走出失恋期的豆儿，完全抵挡不住画家热烈又浪漫的攻势，心中熄灭已久的小火苗被点燃，两人形影不离，如胶似漆。

画家说豆儿点燃了自己的创作欲望，是自己灵感的来源。为此，一幅幅天马行空的画作，从画家的笔下源源不断地面世。而豆儿在这过程中彻底沦陷在画家的情网里。画家浪漫多情，满足了豆儿对爱情的所有幻想。

画家会在突然醒来的某个大清早，开车带着豆儿，随着性子，开到哪儿算哪儿。在一片山清水秀的地方停下，拉着豆儿恣意奔跑。画家就是这样，像个顽皮的孩子，自由奔放。

　　沉浸在惊喜和欢乐中的豆儿没有想到，常见的影视剧中狗血的一幕，她很快会亲身经历。

　　这天，豆儿如往常一样，一大早做好了早餐，画家在屋子里创作，豆儿心情美美地哼着小曲，看着窗外的阳光，心情舒畅地伸了个懒腰。突然门被敲得砰砰响，豆儿不由得紧张起来。

　　透过猫眼，豆儿看到一个女人站在门前，她以为是邻居，刚打开门，迎面一个耳光就扇过来，力道狠到豆儿耳朵嗡嗡响，还没缓过神儿的豆儿又被连扇好几个耳光。豆儿尖叫，女人不吱声，把豆儿摁在地上，左右开弓，狂扇耳光。

　　画家听见豆儿的尖叫声冲出来，映入眼帘的是一幕让他血压升高的画面。他急忙拉开这个疯狂的女人，豆儿的脸上被挠出血来，尖叫着要报警，女人撸着袖子，冷笑道："你还要报警?！我才要报警呢，让警察把你这个不要脸的抓进去。"

　　豆儿被打得鼻青脸肿，狼狈不堪，画家龟缩在一边没了脾气。豆儿擦拭脸上的血迹，狠狠地盯着女人："我必须要报警，你这个疯子，看警察来了抓谁。"豆儿起身找手机，却被画家拦住。

　　女人大摇大摆地坐到了沙发上，指着画家说："你来告诉她我是谁。"画家没有说话，只是沉默地站着。女人跷着二郎腿说道："既然你不说，那我说。我是他的老婆，你面前的这个男人是我的老公，是我孩子的爹，而你，就是个不要脸的

××。"

豆儿一下子慌乱了，上前伸手拉女人："你胡说。你走，你这个疯子。"女人冷着脸反手就是一个耳光，豆儿一下子被打得跌坐在地上，号啕大哭。

"你过分了！"画家咬着牙，扇了女人一个耳光。

"究竟是谁过分，你自己心里清楚。"女人神情自若地理着鬓角的头发，语气平静，"你要出轨，我睁一只眼闭一只眼，至少我的孩子还有个爸爸。但你要离婚，门儿都没有，你让我的孩子没有爹，我也就跟你撕破脸皮。"

平日里风趣健谈的画家此刻耷拉着脑袋，一声不吭。

女人瞪着豆儿，刚刚还强势如猛兽一般的女人，此刻突然眼泪在眼眶里直打转，却又拼命忍着不让它流出来："小姑娘，不要被所谓的爱情蒙了眼睛，总有一天，你也会到我这个年纪，上有老下有小，你就会知道一个女人在一个家庭里有多艰难。男人都是一样的，年轻的时候需要垫脚石，努力地往上爬，到了中年就需要强心剂，而你年轻的肉体和新鲜的感觉，就是你眼前的这个男人所要寻找的灵感与刺激。你以为你得到的是爱情，可你眼前的这个男人，你问问他，他只是受不了家庭生活日复一日的平淡。我早就知道他外面有人，可是我要给我的孩子一个完整的家，我不能让我年迈的父母为我操心。我就算是心里滴血也要忍着来维持家庭，可就算是这样，我也不允许任何人来破坏我的家庭。"

豆儿哑口无言，她坐在冰凉的地上，全身好像掉进了冰窟窿。她此刻只想找个地缝钻进去，立刻消失。

还好遇见你

那一天，豆儿知道，自己成了插足别人婚姻的第三者。原来画家有家室，只是和妻子一直感情不睦，但是碍于家里的老人和孩子，谁都没有提离婚，两人心照不宣地维持着名存实亡的婚姻。而画家自从遇上豆儿就动了离婚的心思，这一年多，更加坚定了他离婚的心思。于是给孩子过生日那天，画家跟妻子提出了离婚，表明自己愿意净身出户，只求离婚。妻子坚决不同意，大闹一场，画家却铁了心要离婚。妻子不忍自己苦心维持的家庭就这么破裂，暗中跟踪调查后，一路找到了豆儿家。

于是，豆儿和画家这一年多的感情画上了句号。

画家就那样垂头丧气地被妻子拽回了家。

豆儿边哭边收拾东西，看着这个满是两个人生活气息的屋子，呆呆地坐在沙发上，她自己都不知道，此刻自己是不是内心还有一丝希望，希望画家还能回来找她。

那个画家我只见过两次，一次是在他的画展上，另一次是在豆儿家匆匆打了个照面，没有过多地了解。直到从豆儿口中得知这次的事情。

那一天，豆儿睡在我家，又像之前一样，眼泪如河水般泛滥的豆儿用光了我家里所有纸巾。天亮了，我送豆儿回去收拾东西。

一推开门，画家头发凌乱，一脸疲惫地坐在沙发上，看见豆儿，站起身又坐下。豆儿坐下，准备跟画家好聚好散，画家手足无措得像个孩子。豆儿盯着画家，眼前这个浪漫多情又有才华的男人，曾经让豆儿以为找到了这个世界上自己一直在等的那个人。豆儿欣喜过、雀跃过，甚至在心里都勾勒好了将来生活的画卷，以为这就是那个要陪自己走一辈子的人。

画家突然哭了起来，哭得像个孩子。豆儿异常冷静地看着他，不发一言。画家上前抱住豆儿，乞求豆儿不要离开自己，自己是真的爱豆儿。豆儿看着这个在自己怀中像个孩子一样痛哭不止的人，又想起自己昨天被他老婆摁在地上扇耳光，惊慌不已的狼狈样子，狠心推开了画家。

豆儿进屋收拾完衣服，拉着行李箱出来。

画家挡在门口，用哀求的眼神，却一个字也说不出来。

豆儿按捺住内心的情绪，长舒一口气，语气平静地说："我们爱过，我不会原谅你，也不会恨你，因为从此以后，你我就是路人。转告你的妻子，我伤害了她，我罪有应得，虽然是无意，都是女人，帮我说声对不起，你回家好好过日子吧。"

画家嗫嚅："我不想为自己辩解什么，我现在的状态就是想扔的不敢扔，想要的不敢要。"

豆儿拉着行李箱往门口走，画家一下子就跪倒在地上，祈求豆儿不要离开，原谅他这一回，他是真的爱豆儿，痛哭流涕地乞求豆儿给他一点时间。

豆儿一晚上建立的坚实的堡垒就这么被画家哭塌了，豆儿知道，自己又心软了，可是她又清楚地知道自己一心软就会拆散一个家庭，一个可怜的女人没有了丈夫，一个可怜的孩子没有了父亲。而自己就是制造这一切的罪魁祸首。

后来豆儿自己说，从未想过自己会在那种状态下还能保持理性的头脑，因为她真是感性至上的人，大脑一发热就不知道自己在做什么的人。能在那个时候看着她曾经爱的人哭得一塌糊涂，感觉心都要碎了，大脑还能理性地分析问题，对于豆儿来说，已经是跨越了一大步。

豆儿终于还是硬着心肠，拉开门走了出去。跟画家一刀两断，把他所有的联系方式全部删除。

一出楼道门口，豆儿眼泪再也止不住，奔涌而出。她拖着行李箱急急地往大门走去，她快步离开这个曾经让自己对未来充满幻想的地方，一步都不愿停留。

豆儿做过的最疯狂的事，是画家给她画过一幅人体画，俩人在一个浪漫的午后效仿电影《泰坦尼克号》里的桥段。豆儿赤身裸体地躺在沙发上，细嫩的肌肤沐浴在阳光下，画家画得很细致，画家说豆儿又重新点燃了自己内心的激情。

画家说过，把爱人的影子画成画，等到老了，拿来回忆青春。

那幅画被豆儿视作珍宝。她说这幅画记录了自己和画家的爱情，无论自己在那段爱情中扮演什么角色，至少爱过，全身心地爱过。

这段感情创伤，豆儿恢复得特别快。在昏天黑地大睡了两天后，豆儿就又活蹦乱跳地哼着小曲儿做早饭了。

在敲下这段文字的时候，豆儿正在阳台上做瑜伽，我望着阳光下她的背影，美极了。

在征得她的许可后，我敲下了这些过往，只因她说："这些都在我的生命里出现过，等我老到只能躺到藤椅上晒太阳的时候,还可以用我没糊涂的脑袋读自己年轻时的故事。等到那时,所有的过往早已云淡风轻,翻看自己的过往也不过是像读着别人的故事。"

世界就是很小,一年后,豆儿在大街上,过马路的时候,迎面走来了画家,他一手拉着孩子,一手拉着妻子,而画家妻子高高隆起的肚子看起来应该是快要生第二个孩子了。这画面看起来和谐、有爱。就这样,两个曾经有交集的人在大街上擦肩而过。

豆儿对我说,这么些年,当全世界都觉得有些事我在小题大做时,只有你知道我为什么歇斯底里。

她说得没错,我们俩就像是没有血缘关系的"亲"姐妹,两个人会吵会闹,可是在最需要对方的时候,我们都在彼此的身边。豆儿常说,我俩是异姓亲姐妹。

豆儿总说,自己的感情之路如此不顺的原因就是自己没有遇到对的人,一定有一个人在前面等着自己走过去。

所以后来,豆儿遇见了乔木,一个让她爱至深又伤至深的人。

在我们都以为豆儿这次总算是遇见靠谱的人了,暗自为她高兴时,却没想到后来还是发生了让她崩溃的事情。

在一个月黑风高夜,我家门被砸得砰砰响,我从梦中惊醒,摸起手机,发现有二十多个未接电话,是豆儿。我拉开门,豆儿穿着她那套哆啦A梦的睡衣,脚上只有一只拖鞋。我赶紧把冻得直哆嗦、像根冰棍的豆儿摁到床上拿被子裹住。

"你这大半夜跑出来多危险?你早跟我说,我去接你。"

豆儿哆嗦道:"你是猪头吗?我从出门就开始给你打电话,门敲得震天响你都听不见。幸亏对门没人,不然该出来骂我了。"

那一夜,她拉着我说了很久,直到天微微亮才昏昏睡去。

豆儿和乔木的相遇是通过相亲认识的,但不是他俩相亲,而是他俩陪各自的朋友去相亲,结果那两人互相没看上,乔木和豆儿倒是对上眼了,两人一见钟情,乔木开始生撩豆儿,从天文地理到雾霾空气,乔木口若悬河地讲了整整四个小时。就这四个小时,乔木彻底俘虏了豆儿。桌上的菜几乎没动,白开水倒是喝了几大杯。

乔木跟豆儿说,你的出现让我觉得这就是跟我度过余生的姑娘。简单的一句话就这么俘获了豆儿的心。豆儿答应乔木的时候,对他一无所知。但这并不影响豆儿对这段未知感情的憧憬。因为她内心是个小公主,又是双鱼座,浪漫多情。

而乔木是天蝎座,虽然暂时还没有展现出腹黑的一面,表面上只不过是个饱读万卷书的霸道总裁。没错,用"霸道总裁"这个称呼来形容乔木再合适不过。乔木是个富二代,在寸土寸金的帝都三环有套装修豪华到令人发指的公寓。豆儿后来说,第一次去他家时惊着了,是那种在电视里才能看到的房子。大到家具,小到拖鞋都是超一线大牌。而最令豆儿惊讶的是乔木的书房整面墙都是满满的书。

乔木生长于一个富有的家庭,父母皆是又有文化又有钱的人。而乔木从小在那种家庭氛围中长大,能像现在这样有才华一点都不令人意外。

乔木和豆儿在相处一礼拜后迅速确定了关系。他俩的发展速度等一切都在我们这群"吃瓜群众"的意料之中。乔木在请我们吃了一顿价格昂贵的日本料理之后，我们轻松地倒戈到乔木的阵营，就这么把豆儿拱手相送。豆儿笑嘻嘻地骂我们是叛徒。

接着豆儿就搬到了乔木家里住，两人开始了美好的小日子。乔木把信用卡给了豆儿，让豆儿随便刷，可是豆儿直到分手都没有刷过乔木给她的信用卡。

对于豆儿这种从来都是前任男朋友花自己的钱的姑娘，还从未花过男生的钱。乔木的做法，让豆儿心里生出了雀跃之情。

当然，豆儿不是贪钱的姑娘，大学的时候，不少纨绔子弟都入不了她的法眼。她从来都是随心随性，每一段感情都轰轰烈烈，每一段感情都跟金钱无关。

所以当乔木这样一个让她心动又多金，还对她好的人出现，豆儿简直觉得这就是真爱，以前所遭受的一切挫折都值了。等了这么久，乔木的出现弥补了她过去所有的不圆满。

对于乔木给豆儿营造的完美爱情，豆儿沉醉其中。

直到有一天，她看到了乔木的微信。

乔木在浴室洗澡，豆儿躺在沙发上看电视，乔木的手机微信提示音一直在响。她从来都没翻过乔木的手机，只是微信提示音不停地响，让她心里动了一下。她看了一眼浴室，拿起了乔木的手机。乔木的手机没有设密码，豆儿轻松地点开微信，突然看到了自己的名字，以及乔木的前女友冉冉。

还好遇见你

豆儿知道冉冉，乔木的电脑里有一个文件夹，里面都是冉冉的照片，豆儿翻看完照片，后来跟我说，冉冉挺漂亮的。

豆儿就是这样，其他女人对男朋友存有前任照片都介意不已，恨不能立刻删掉，然后再大吼大叫男朋友收拾一通，让男朋友心里只能有自己，眼里只能有自己，别的女人想都不能想。而她却觉得，删掉也不是抹杀过去的方法，倒不如你不说我也不问，就当没看到。

而此刻，她看着乔木跟乔木发小的对话，拿着手机的手止不住地抖。屏幕的亮光刺得她眼睛直发酸，她怔怔地看着群里的聊天记录。

涛子：我那天在街上碰见冉冉了。冉冉问起了你。

乔木没回。

涛子：冉冉要是回来找你复合，你会同意吗？
乔木：不会的，我现在跟豆儿挺好的。
涛子：你可要想好了。
乔木：感情不能拿来比。

还没看完，豆儿手就止不住地抖，心里狂乱地跳着，像怀揣赃物的窃贼，慌乱不已。她颤抖着把手机放在桌上。她回躺到沙发上，闭眼假寐。她脑子里一遍一遍回顾这大半年乔木对自己的好，怎么也不会相信自己刚刚看到的文字。她后悔了，后悔自己刚才翻看乔木的手机。

豆儿在电脑里看到过冉冉的照片，是一张在多得伦多大学校园里的毕业照。她又翻遍了冉冉其他的照片，发现她是一个学霸级的"abc"，长得要身材有身材，要样貌有样貌，这样一个才貌双全的漂亮女生，性格却出奇地强势，两人也是因为冉冉太过于"作"而分手。

两人分道扬镳后，冉冉又谈了个金发碧眼的老外，两人在经历了两国文化差异和个性差异无法妥协的问题后，两人分手，冉冉也回了国。

回来后的冉冉在朋友聚会上碰见了乔木，许久未见的两人又联系上了。乔木开始背着豆儿偷偷见冉冉，乔木不会撒谎，因为他撒谎的时候说话会结巴。所以，乔木第一次找理由出去见冉冉的时候，豆儿就察觉到了。

以前乔木出去不管是跟朋友吃饭还是唱歌都会带着豆儿，豆儿见过乔木所有的朋友。而现在乔木让豆儿一个人在家，豆儿嘴上应着，心里却明白。

回国后的冉冉再次遇见了乔木。听着乔木对新女友的种种体贴，被嫉妒冲昏了头脑的冉冉决定夺回乔木。

就这样，无比了解乔木的冉冉就从乔木的软肋出发，一步一步地让乔木回到了自己的身边。眼见乔木在两个人之间摇摆不定，冉冉思索一番后，想了个招。

冉冉约乔木去了一个之前两人约会去过的地方，这个地方还是乔木生日的时候，冉冉找了很久才找到的地方，氛围和菜品都是乔木喜欢的类型。

两杯酒下肚后，冉冉开始落泪："乔木，我回来找你，绝不是要重拾旧情，而是要重新爱上你。让我们开始一段新的感情吧，我知道你有女朋友，这两年间，我也交往过别的男朋友，可我始终无法真正地爱上他。现在我终于知道，从一开始，我的心里就只有你，容不下别人。"

乔木从来没有见过冉冉在自己面前痛哭流涕到妆都花了，睫毛膏也糊了一脸，此刻的冉冉像一个小孩子，看见这样的冉冉，乔木心里痛得厉害，冉冉击中了乔木心中最柔软的地方，让乔木想要去呵护她保护她。而乔木发现，自己的心中自始至终都有着冉冉的一席之地。

在冉冉痛哭流涕的那一夜，乔木和冉冉重新在一起了。

不得不说，冉冉是一个段位高又极其有心机的女人，而乔木也是渣男，忘不了前女友，又抛下豆儿回到冉冉的身边。

那一晚，豆儿在沙发上瞪着眼等了一夜，这是她和乔木同住后乔木第一次夜不归宿。以前不论多晚，乔木都会回家。而今天，根据之前乔木的一系列反常行为，她仿佛早就知道这一天会到来，她没有打电话，也没有发微信。她在等着乔木回来跟自己说出那句话。

等到第二天中午，乔木也没回来。豆儿摸起手机一遍遍打着乔木的电话，电话那边一遍遍地传来对方无法接通的消息。

第二天，乔木还是没有回来，豆儿瞪着眼坐到天亮，又是一夜。豆儿在沙发上整整坐了两天两夜，唯一陪伴她的就是面前的电视，一遍一遍地播着催人泪下的韩剧。以前豆儿喜欢窝在沙发上看韩剧，边哭边看。直到手里的零食吃完，眼睛哭到干涩也不肯换台。而每当此时，乔木就会把豆儿搂在怀里，轻抚豆儿的头发，用宠溺的眼神看着豆儿。

清晨，豆儿的手机叮咚一声响，一个短信发了过来，一个陌生的号码，只有短短几个字："我们见个面吧。"

豆儿怔怔地盯着手机，起床收拾，她认认真真地化妆，把自己的黑眼圈完美遮盖住。收拾一番后，豆儿出门了。

到了地点，豆儿一眼就认出了自己看过了无数次照片的冉冉本人，豆儿一屁股坐在了冉冉对面。

冉冉上下打量着豆儿，嘴角上扬："你好啊，豆儿。"

豆儿往背椅上一靠："我们好像没这么熟吧？"

冉冉笑着端起面前的茶壶，给豆儿倒着茶："天热，喝杯茶去去火。"

豆儿端起茶闻了下又放下："茶不错，可惜了是去年的陈茶，这龙井可不像是普洱，普洱越陈了越好，龙井陈了可就变味儿了。"

冉冉端起自己的茶杯："我倒是觉得陈茶才够有味道，能够让时间沉淀下来的才是好的。"

豆儿起身："得嘞，您慢慢品你的陈茶，没什么事我就走了。"

冉冉："别啊，咱俩也别就这茶上一来一回了，放在明面上说吧。"

豆儿咧嘴轻笑："好啊，那你说。"

冉冉："要说呢，咱俩爱上了同一个男人，虽说我是他的前女友，你是他的现女友，可你统共才跟他待了多长时间？你又怎么知道我俩的过去有多少故事?"

豆儿端详着茶杯,透明的茶杯盛着淡绿色的茶在阳光下莫名地好看。

豆儿笑笑:"你俩有多少过去跟我没关系,有多少故事我也不想听。"

冉冉探身向前:"过去发生的当然跟你没有关系,可是现在发生的跟你有关系。我这么说吧,我俩和好了,请你离开。"

豆儿盯着冉冉:"你这话应该让他来跟我说,你没有资格。"

冉冉躲避着豆儿的眼神:"他不敢说,这话只好我来替他说。"

豆儿冷笑:"那你转告他,我要听他亲口告诉我。"

说着豆儿拿起包起身走了。

回到家后的豆儿吃了一份外卖,一个人窝在偌大的沙发上发呆,后来她跟我说,那一夜,她冷静得可怕。她一整夜回忆了下自己跟乔木的点滴,以前总觉得乔木比自己想象中还要爱自己,因为乔木的手机壁纸都是自己的照片,乔木的信用卡在自己手上,每天清晨醒来都会给自己一个吻,这都让豆儿陶醉在乔木给自己编织的爱情里。可是现在,豆儿看着窗外即将拂晓的天,心如死灰。

此刻的豆儿头脑异常清醒,她清楚地知道,乔木两头遮掩了几个月,今天做出了最后的决定,这两年,看似两人风平浪静,情比金坚的背后,实际则是脆弱得不堪一击。

冷静地想完这些的豆儿突然崩溃大哭,仿佛自己内心的压抑终于得到了释放。豆儿止不住地哭泣，仿佛自己流的不是眼泪而是自己无尽的委屈。哭着哭着就给自己哭进了死胡同，好几天没睡的豆儿吞了一大把安眠药，好让自己能睡着。

豆儿悠悠醒来后，已经是在医院。看见乔木一张憔悴的脸，双眼全是血丝，豆儿别过脸。

乔木凑上前，声音嘶哑："醒了？"

豆儿看着窗外，乔木欲言又止，终于像下定决心似的拉住豆儿的手："别再吓我了，是我错了，我保证以后咱俩好好的。"

豆儿闭上眼："你走吧。"

豆儿知道，以乔木的性格，豆儿但凡示弱，号啕大哭一番，乔木绝对会心软地回到自己身边。乔木就是一个见不得女人流眼泪、心软至极的男人。同样的，豆儿心里也明白，就算自己今天把乔木哭了回来，让他心软，让他有负罪感，可是时间长了，他还是会忘，这种性格，保不准还是会有别的问题发生。所以，豆儿心里跟明镜一样。

乔木的内疚完全地表现在了脸上，他坐立不安，认为豆儿完全是因为自己才会这样，看着豆儿此刻躺在病床上，乔木恨不得狠狠地抽自己两个巴掌。他最怕的就是伤害豆儿，一直以来，自己不敢跟豆儿说，就是怕豆儿接受不了，想不开，没想到还是这个结局。

乔木就是这样软弱，他见不得一个女人为了他受委屈。他的心还是完全倾斜到了弱者的一边，之前看到柔弱、无助、痛哭的冉冉，他的心就完全被哭化了。他总以为，豆儿可以坚强地面对自己的离开,他想把伤害降到最低,可是,没想到豆儿竟然会吃安眠药。

其实,豆儿没想死,只是想睡个觉而已。

看着乔木此刻担忧的眼神,豆儿心中闪过无数个念头,最终还是硬起了心肠将乔木赶走。

那天,乔木终究是被豆儿赶了出去。

闻讯赶来的我匆匆往医院跑,远远看见垂头丧气的乔木。

我没有打招呼,径直冲进医院。

第二天豆儿出院,我陪豆儿回乔木家收拾东西。

我在楼下,看着豆儿拖着行李箱出来,一路走得洒脱又轻松。

豆儿上车后,长舒一口气:"走,吃火锅去。"

豆儿对我说,她只想给自己一个体面的分手,才不辜负自己跟他在一起的这些年。

乔木回家后发现豆儿的东西都不见了踪影,看到了豆儿留下的纸条,急忙打豆儿的电话。

豆儿说自己这次恋爱,就像是一个落水的人即将溺死却又自己爬到了岸上。

饭桌上,豆儿说,曾经相爱的两个人,一个放手了,另一个没有挽留,就好像从未开始过一样。只有自己知道,这段感情里,自己爱过,深爱过。

这几年,经过这几段感情,现在的豆儿是真正活明白了,想开了。我不会多说什么,因为我知道,她在成长的过程中慢慢铸造自己的盔甲,可以抵御刀枪,不伤心也不伤身。

回家后，我俩又过回了以前的日子。我照例把衣橱给她腾出半个。豆儿边收拾东西边开玩笑："看，我真是离不开你，又回来了。"

我拆着快递，头都没抬："我家永远都是你家，你知道的，这扇门永远给你开着。"

收拾完东西，豆儿递给我一杯决明子茶，豆儿万年不变的喝法就是不停地加蜂蜜再加蜂蜜。还真别说，虽然我不爱喝，但隔三岔五就会被逼着喝两口，时间长了，竟然治好了困扰我的便秘。

这么多年，我见证了豆儿的每一段感情，每一次她都认认真真地爱着，认真付出全部的感情。

没过几天，乔木找到了我家，敲门的时候，我正和豆儿在阳台的瑜伽垫上做着瑜伽。我打开门，乔木一脸倦容地站在门口。豆儿面无表情地让乔木进门。

乔木开口了："我不奢求你的原谅，我也知道我们都回不了头了，可我还是希望你能好好地对自己。"

豆儿扑哧一下笑了："你太高估你自己了，我好得很，并不是离了你这个地球就不转了，没有你，我照样活得很好，我有爱我的家人和朋友。而你，从我们分手那一刻，便再无瓜葛。"

乔木道："你知道的，我一直都不想伤害你，可是到头来，还是深深地伤害了你。我说再多的话，现在在你看来，都是无用和虚伪的。我只想说，你要好好的。"

豆儿摇摇头："如果你非要从我的口里听到我说，我会活

还好遇见你

得好好的,你的良心才不会那么煎熬,那我成全你,你听好了,我会好好地活着,没有你,我也会活得好好的。"

乔木长舒了一口气,像是卸下了一个担子一样:"那就好,那就好。"

豆儿站起身:"这下你可以走了吧?听到了你想要的答案,以后,我再有什么问题也与你无关。这下你满意了吧?"

看着乔木涨红的脸,我拉开门:"该说的都说完了,你走吧。"

乔木低着头,临出门前停顿了一下,小声说道:"麻烦你照顾她了。"我一乐,笑道:"这就不用你操心了。"

关上门后,豆儿在沙发上乐得哈哈大笑:"这个人,我现在才发现,他是真的很谨慎,生怕我再出什么事情,让他来担责任,或者让他良心不安。"

但在我看来,豆儿只说对了一半,另一半是乔木真的是发自内心地希望豆儿能过得好好的。至少他说这句话的时候,我这个局外人能看出来他是真心的。

豆儿这段感情算是彻底地翻篇儿了。总有一天,她会遇见真正属于她的爱情,总有一个对的人在等她。就像豆儿说的,就算自己的爱情要经历九九八十一难才能取得真经,自己也要走下去。

年少的爱情,一举一动都是承诺,年少轻狂,我们被伤了多少次,又伤了多少爱我们的人。

豆儿在经历了感情的挫折后,迅速地把全部精力都投入了工作中,就这样,豆儿迅速在职场中站稳了脚跟。两年间,她从月薪四千一路冲到现在年薪七位数。她从当初那个穿着帆布鞋被老板骂的姑娘,变成了现在每天脚踩高跟鞋穿梭在写字楼里的"女魔头"。

豆儿再次遇见乔木,是两年后,豆儿去客户公司谈事,眼看就要到约定的时间,豆儿急匆匆冲进即将要关门的电梯。电梯门关上又再次打开。豆儿道谢,快步走进电梯。豆儿发现乔木就站在旁边,她只是点头示意。

豆儿就是这样爱憎分明,她爱过乔木,但是不会原谅乔木带给她的伤害。以至于在很长一段时间里,豆儿都不能接受别人的追求,不敢开始一段新的感情。这一切,她都记在心里。

不知道再次遇见豆儿,乔木心里会怎么想,但我知道豆儿,她爱得卑微也爱得骄傲,每一次恋爱都会全身心付出,而每次恋爱只要转身就再也不会回头,她就是这么决绝。豆儿说,真正相爱过的两个人做不了朋友。

豆儿说,让她成长的除了爱情还有她想要在这个城市生活下去的勇气。因为在北京这个城市,是一个隔夜饭都能卖到精光的地方,想要有口饭吃,就要打起两百分的精神,你才能生存下去。

所以豆儿现在游刃有余地生活在这个城市,是她经历了脱胎换骨般的历练得来的。

而此刻我在敲下这些文字时,豆儿在美丽的苏州安然地焚香品茶。周围所有的人都没想到,豆儿毅然放弃自己年薪七位数的工作,一路追着爱情到苏州去守着那个人过此余生。在我们接到通知的时候,豆儿已经答应了那个才相识半年的男人的求婚。

我在豆儿辞职前见过那个男人一次,他儒雅稳重,眼神温柔,视豆儿为珍宝。

所以接到请柬的时候,我并没有惊讶,因为我知道,这就是豆儿等待已久的真命天子,这个男人出现在对的时间,一切都刚刚好。而豆儿这几年,在经历这一切后,她还是随心而活。无论受过什么样的伤,爱情在她的生活里依然占着大部分的比重,这就是我认识的豆儿,不管是生活还是爱情,她的热情一如最初。

下个月我要去参加豆儿的婚礼,顺便参观她的新家,听说她在家里种了不少花花草草,我甚至都能想象到豆儿光着脚丫在泥土里蹦跳的高兴模样。

我记得豆儿跟我说过:"随着年龄的增长,岁月会给我更多我想要的东西。而我想要的不过是一双任何时候都能牵着我的不放开的双手。"

豆儿的先生——陈先生还是一个极其擅长烹饪的美食家,我想此刻豆儿的胃和人整个地都沉浸在爱和幸福当中。想起豆儿的至理名言:美味当前百忧解,没有什么是一顿饭解决不了的,如果不行,那就两顿。

豆儿对陈先生的心动始于一杯白开水,是他们第一次见面时,豆儿正处于生理期,看着眼前的冰镇冷饮,豆儿一口未动,细心的陈先生马上叫了一杯温水放在豆儿的面前。

而陈先生走进豆儿心里,是有一次豆儿得了急性阑尾炎,深夜被送去急诊的时候。陈先生闻讯而来,急匆匆地跑上跑下忙着拿单子交费，而豆儿那个时候看着陈先生焦急的眼神和额头上细密的汗珠，心里仿佛开出了一朵花，生出了欢喜。也就是那一天，豆儿爱上了陈先生。

经过后来的相处和深入了解以后，两人更加坚定了在一起的决心。

两人住在一起后，陈先生总是每天早早地起床，去买新鲜的水果和蔬菜，让豆儿一醒来就能吃到热气腾腾且从不重样的早饭，陈先生彻底地征服了豆儿挑剔的味蕾。豆儿喜欢吃甜点，于是陈先生一有时间就系着围裙待在厨房里研究各种甜品，每日下午茶甜品都不一样。突然有一天，豆儿在一个小点心里吃到了一枚钻戒。

豆儿看着突然一下子跪在自己眼前的系着围裙一脸笑意的陈先生，眼睛里闪烁着温暖的光芒，这一刻，豆儿的心都要化了。豆儿拼命点头，泪水喷涌而出，伸出了手。

豆儿终于如愿了，在经历了兵荒马乱的青春之后，经历过那几段失败的感情之后，她终于学会了分辨和接纳，现在她终于如愿地等到了这双一直牵着她的手，她知道这双踏实而又安稳的手会一路牵着她走向幸福。

唯愿她良缘永结，匹配同称。

世间一切美好，都是源于遇见你。

左手爱情，右手枷锁

　　我们在这世上，一路走，一路看遍世间繁华，
　　然后昂首阔步一步一步走进自己选择的死胡同。
　　无处逃离，
　　却又在心底生出了缝隙，生出了欢喜，
　　因为，
　　总会有人陪你度过那段最难熬的时光。

　　雷子和梅子相恋十年，却在即将踏入婚姻时出了意外。
　　十年爱情，虽然没有那一纸契约，但两人早已成为彼此生命中不可分割的一部分。谁知到了最后，两人却因为雷子父母的反对，十年情断，从此陌路。
　　雷子到现在都记得，高中开学第一天，一头长发一身白裙的梅子出现在教室门口，惊艳无比。校花的名号就被对梅子日

思夜想的男生们渐渐传开。梅子生性孤僻，却是标准的学霸，而雷子却是抽烟、打架、烫头，一星期被老师叫好几次家长的浑小子。而就是这样看似毫无交集的两个人，命运却使他们纠缠在了一起。

梅子个性孤傲，总是独来独往，同班的女生有时也会故意孤立她，那个年龄的孩子就是这样，对颜值高，学习又好，又受男生欢迎的梅子总是心生嫉妒，于是不少八卦和绯闻就此产生。

隔壁班的男生每天托人给梅子递纸条。青春期的女孩都有嫉妒心，于是她们抱成一个小团体刻意孤立梅子。梅子毫不在乎，因为她本就一个人独来独往，每天一个人上课，一个人打水，一个人吃饭。有一天不知道是谁在梅子的书桌抽屉里放了一条蛇，梅子一打开抽屉，当即被吓昏了过去。

这时班里乱成一团，雷子却很清醒，从后排一个箭步冲到梅子跟前，抱起梅子就往医务室跑。后来梅子说，自己像做梦一样听见雷子一路喃喃自语地说"你可别吓我"，梅子昏沉中刚要睁开眼，雷子的眼泪滴在梅子脸上。梅子感受着雷子一路气喘吁吁和猛烈的心跳，那一刻，梅子心里无比温暖，内心的小情愫随着心脏的跳动回到了那个汗津津的午后。

自此以后，梅子总会不由自主地在人群中寻找雷子，而雷子总是偷偷地看梅子，两个人各自怀揣着小心思，谁也没有说破。

后来，雷子在一堆人的起哄中鼓足勇气去找梅子表白。梅子面无表情地瞪着结结巴巴、一脸通红的雷子，一米八的雷子此刻在一米六的梅子面前像个慌乱的孩子。雷子结结巴巴地说完，看着没有任何反应的梅子，其实梅子内心早已狂跳不已。

以为遭到拒绝的雷子失落地转身要走，梅子轻声吐出一个字："好。"

雷子欣喜若狂地转过身，一把抱住梅子："你答应了？太好了！"

梅子羞红了脸，拍打着雷子："快放我下来。"

雷子骄傲地抱紧梅子："从此以后，你就是我的女朋友了。"

后来，梅子跟我说："那天的月亮格外亮，亮到照亮我眼前的这个人深深地刻在了我心里，我想以后我的心里不会容下第二个人。"

他们报考了同一个城市的两所不同的大学，两所学校距离十公里。每周雷子都会去梅子的学校找梅子，逛遍了这个城市的大街小巷，他们就这么游游荡荡地过了四年。

梅子说完这些，眼神转向窗外。桌上的咖啡冒着热气，眼前的梅子一脸憔悴，我知道此刻的梅子心灰意冷。同学十年，我见证了梅子和雷子一路走来。身边的人分分合合，可我从未想过，有一天梅子和雷子也会分开。

梅子声音嘶哑："今天是个好日子，此刻他应该在吻他的新娘吧。十年了，今天他结婚，我从未想过新娘竟然不是我。"

我拉着梅子的手："梅子，你别说了。"

梅子笑笑："你的伴娘当不成了，本来还想把手捧花给你。"

一段恋爱从十六岁到二十六岁，十年间，仿佛已经深入骨髓。梅子和雷子的恋爱，除了在高中时代遭遇过老师的反对，然后被叫家长，其余时间都顺风顺水，没有小三，没有谁出轨。只是在雷子准备好一切，梅子也静待雷子娶自己过门的时候，一纸婚前体检报告，成了晴天霹雳。

　　原来梅子患有不孕症，有输卵管堵塞、子宫早衰的症状。经过检查，大夫不确定梅子以后还能不能生育。那一刻，梅子犹如天塌了下来一般失声痛哭。雷子安慰梅子："孩子有没有都无所谓，不然我们就做丁克，你要是实在喜欢孩子我们就去领养一个。你放心，我不告诉家里人，如果以后他们问，我就说是我不能生。你放心好了。"梅子听了雷子的话后扑在雷子怀里失声痛哭。

　　然而，事情没有俩人预想的这么简单，雷子的家人还是知道了。任凭雷子怎样好言劝说，家里人就是死都不同意，雷子铁了心要娶梅子，不然他就要一个人孤独终老。雷子的态度让家里乱成了一锅粥。雷子母亲躺在床上不吃不喝不下床。雷子父亲一个人抽着闷烟不说话。雷子奶奶当时就给雷子跪下了，任凭雷子怎么拉都不起来。看着白发苍苍的奶奶跪在地上苦苦哀求自己，雷子也哭着跪在地上求奶奶起来。奶奶哀号着说，如果雷子不答应就不起来。拄着拐杖的雷子爷爷气得血压飙到两百，被紧急送进了医院。

　　雷子爸爸抽着闷烟，叹气："多好的孩子，怎么就这样不听话？"

　　也难怪雷子全家上下反对，雷子家是三代单传，作为家里

左手爱情，右手枷锁　163

的独苗，雷子肩负着传宗接代的重任。雷子的家人无法接受未来儿媳妇不能生育的现实，他们的思想还没有开放到可以接受一个不能生育的儿媳妇。

　　一边是梅子的泪眼婆娑，一边是家里的各种压力。雷子终于扛不住重重压力，跟梅子私奔了。这下雷子家里像炸了锅一样，雷子妈妈和奶奶找到了梅子家，站在楼下一通臭骂，大闹一番。楼下围满了好事看热闹的人，都在窃窃私语、指指点点，梅子父母门都不敢出，脸都要丢尽了。

　　好不容易骂够了的雷子妈妈拉着雷子奶奶走了，气得梅子妈妈疯了一样地打梅子电话。好不容易打通后，梅子妈妈还没开口，梅子说话了："我们往回走了，您别说了。"原来，他们刚跑出去一天，雷子就收到许多电话和信息。雷子不接电话，却被一个信息吓到，原来是雷子爷爷说如果雷子不回来，就从医院楼上跳下去。

　　这次私奔一天不到就画上了句号。雷子回到了家，雷子妈妈苦苦哀求雷子和梅子分手。看着泪眼婆娑的家人，无可奈何的雷子同意了。

　　第二天，两人见了面。梅子像是早就知道一样，没有吵没有闹，安静地听雷子讲完，就回了家。

　　说完分手，两人再也没有联系，十年的感情，就这么安安静静地结束了。

　　回到家里梅子一病不起，不吃不喝也不哭，只是安安静静地躺在床上瞪着天花板。躺了一个月的梅子，被来到她家里的我揪了出来。见证了她的爱情的我看着躺在床上面色苍白的梅子，恨得牙根痒痒："你病恹恹的样子给谁看？这么作践自己谁知道？你现在在这里自虐，今天雷子都娶上新人了，你还在这儿上演什么苦情戏码？你脑子给我放清楚点，你给我起来。"

梅子不吱声，任我拖着她出门。我把梅子塞进车里，梅子怔怔地看着窗外。车一路狂奔到雷子结婚的酒店，一路上风驰电掣。我把梅子拖下车，拽到大堂雷子和他的新娘的巨幅结婚照前。

梅子瞪着眼前巨大的婚纱照，豆大的泪珠滚了出来。这是这一个月以来，梅子第一次哭。

"梅子你给我瞪大眼睛看清楚，看看眼前的这个男人，今天他结婚了。"

说这些话的时候，我知道我在戳梅子的伤口，我说的每一个字可能都如刀子一样，可是只有这样，梅子才会清醒，才会彻底地死心，才能明白这个男人已经跟自己没有关系了，再难过再伤心，发泄完情绪后也该开始自己的新生活了。

"梅子。"身后雷子熟悉的声音响起。

梅子一怔，没有转身。我拽着梅子转过身，看着雷子和他的新娘并排站着。雷子看着梅子，眼神中似有千言万语一般。突然，梅子上前抬手一个耳光甩向雷子。雷子新娘尖叫："你干什么？"雷子转身对新娘说："你别管。"说着招呼人过来拉走了新娘。大部分的朋友和宾客都认识梅子，于是新娘很快就被亲友拽走了。

只剩下我们三个，梅子有点脚步不稳，突然拉住了我的手，重量压在了我身上。我知道，此刻的梅子是强撑着才能站在这儿。

雷子开口："对不起，我没有办法。"

梅子："恭喜你一个月就娶了新人。"

雷子嗫嚅道："你听我说。"

梅子突然拉了拉我，语气低沉："我们回去吧。"

雷子神情慌乱："梅子，我知道我现在说什么，你都不会原谅我，可我还是想说对不起。"

梅子一脸绝望："你不需要说对不起，我们俩相恋十年，我刚才扇你那一耳光，也算是我心有不甘来闹场了。现在，我们俩扯平了，我不会给你祝福，当然你也不需要，从现在开始，你我便是路人，从此两不相欠。"

我扶着几近虚脱的梅子往门口走去，雷子撕心裂肺的声音在背后响起："梅子！"梅子脚步顿了顿，泪珠滚下，脚步却没停。

回到车上，我看了眼梅子，说："梅子，别怪我心狠，让你来看这一幕。"

梅子："我不怪你，我知道你是为了我好。如果不是看到今天这一幕，我还活在过去，还会以为雷子是我的，还在幻想有一天我们还能和好如初。"

十年，三千多个日夜，也抵不过短短一个月，三十天而已，愚孝的雷子就娶了别的女人。不知道他是迫于家里的压力，就此接受了自己的命运，还是破罐子破摔，想让梅子早早死心。总之，他娶了别的女人。

回到家后，梅子说："我想象过无数次我们两个人结婚的场景，甚至孩子的名字都想好了。而今天，他却属于别人了。原来，所谓的爱情在现实面前不堪一击。"

送完梅子回家，我又回到了酒店，叫出了雷子。

我把雷子拽到一边问："你是疯了吗？你在这开开心心地结婚了，可你知道梅子这一个月是怎么过的吗？"

雷子支吾道："不是，是我妈逼我结婚的，如果我还和梅子在一起，我爷爷我奶奶我妈就得死在我前头。我不是愚孝，道理我都明白。你在这说我，那是因为事情没有发生在你的身上时，当那一刻事情真的发生在你身上时，你就知道这个世界上并不是只有爱情，还有生你养你的父母，和疼你如心肝的爷爷奶奶。在这种恩情面前，爱情只能靠边站。"

看着雷子紧皱的眉头和一张一合的嘴，我竟无力反驳。

雷子转过身："你走吧，告诉梅子，我爱她，可是我再也没有颜面面对她，让她忘了我吧，是我负了她。"

相恋十年的梅子和雷子最终没有在一起。以前看电视，遇到此情节，总是不以为然，这些都算事吗？搞得自己多纠结。而我却亲眼见证了这俗套的剧情，两个明明相爱却不能在一起的人，真是让人想哭又哭不出来。

还记得那时的他们从高中开始早恋，在学校里，雷子是个问题学生，而梅子则是老师和家长眼中的乖乖女。雷子为梅子打过架，梅子为雷子"扛过雷"。

两人还高调地在操场上拉着小手，被突然出现的教导主任抓到，罚站。两人上课偷传纸条被老师逮到，被喊到教导主任办公室。人到中年的教导主任白头发也气得多了。要不是看在梅子成绩稳坐年级前三的分上，早就把这俩人开除了。

梅子也督促雷子做功课，经常给雷子辅导功课，不知道是爱情的力量，还是雷子真的开窍了，雷子的学习成绩犹如火箭一般噌噌地上升。

所以教导主任睁一只眼闭一只眼。甚至于老师也会私下说："要是学生早恋都能让学习成绩突飞猛进，更上一层楼，那我们还管什么？"

高考成绩发榜的时候，没有意外，梅子和雷子考取了同一座城市相隔不远的两所大学。而教导主任见到这俩人时头一次露出欣喜的微笑，瓶底厚的眼镜也锃亮、明快了起来，走路的步伐也轻松、矫健了许多。

后来听朋友说，雷子喜宴上，教导主任喝多了，当着新娘的面，拉着雷子的手说："总以为你们两个不省心的孩子会在一起，上学那会儿那么气人，现在还是那么气人。"喝多了的教导主任被一众学生搀走，一路上不停念叨。

同学们说，雷子的婚礼气氛格外古怪，可以说是庄严肃穆，除了喝醉的教导主任，一向不着调的朋友们拘谨了起来，生怕哪一句说错了。而雷子从头到尾都紧绷着脸，没有一丝笑容。

有人会问，为什么不争取一下？你们这样自己不幸福，还要拉一个人下水。新娘有什么错？要让她来背这个锅。凭什么就这样拉一个无辜的姑娘下水？

谁都没有错，在这场爱情里，他俩一路走过彼此最美好的十年。其实他们完全可以不分手，可以自私地走下去，违背父母的意愿，那又如何？

有人说，现在的医疗水平这么发达，完全可以做一个试管婴儿，可是，雷子的父母不敢冒这个风险，万一失败，上面八十多岁的爷爷奶奶就要不活了，要去撞墙，要去跳楼。

还有人嘲讽说，雷子家是有皇位要继承吗，非要传宗接代？

但是，没有人知道雷子心里经历了怎样的煎熬，他无法面对家里老人那失望的眼神，即使是愚孝，雷子也选择接受和割舍。

每日在家不吃不喝的梅子急坏了梅子父母，于是让我们几个人常到家里陪梅子说说话、散散心，就怕梅子想不开。梅子说自己的心里好像有一个洞，有风呼呼地往里吹，直刮得她整个人都是麻木的。

或许家长的唠叨和我们热情的关心让她无所适从，梅子想出门透透气，于是就被我们拉出来散心。

生活有时候就是这么巧，那么大的城市，那么多的人，不想再相见的两个人又遇见了。

原来，我们出来溜达，路过一家梅子之前特喜欢的甜品店。梅子进去，却发现雷子正在陪着他的新婚妻子挑选甜品，梅子就那么怔怔地盯着俩人的后背，直到雷子转身。两个人就这么直愣愣地看着对方，梅子转身拉着我就跑。雷子没有喊，也没有追。

梅子那天早早地就回家了，结果大半夜突然说要让我们介绍对象。我们都以为梅子只是受了刺激说说而已，没想到，梅子真的开始出去相亲，没多久，梅子就宣布她恋爱了。

在我们惊讶的眼神中，梅子开始高调地晒幸福。短短几个月，梅子换了七八个男友，而每一个，梅子都能在对方身上找到雷子的影子。其实我们都知道，梅子只不过是想忘掉雷子。

梅子也终于说了实话，说自己就是想谈个恋爱，不管对方是谁，不重要。

为什么不好好了解一下再恋爱，那么草率地就去接纳一个人？面对我们的质疑，梅子轻笑："了解有什么用？我想通了，现在的恋爱，可能就是短短几天的激情，对上眼了便交往，从暧昧到在一起，可能就只需要一个酒精上头的晚上，厌倦了假情假意的嘘寒问暖，厌倦了按部就班的沟通了解。"

是啊，梅子说的也不无道理，现在的人越来越没时间谈恋爱了。

梅子那天的话语也从另一个方面反映了现在社会的畸形恋爱观。毕竟在这个人人追求效率的时代，什么都在加速，爱情也变得来去匆匆。

现在的人再也不会为另一个人花费很多时间，不再从头到脚，把自己的喜怒哀乐展示在对方面前，然后不断地磨合二人不尽相同的三观。可能在这个过程中，就已经持续不下去，挥手说再见了。即使分手，也不会有太多痛苦，因为在这个过程中并没有付出太多精力、时间和感情。

梅子开始换风格，走起了从未走过的性感路线。保守了多年的姑娘，一下放开，那是绝对的放飞自我。

后来，梅子去了法国，没想到在享受美景的同时，还收获了一段爱情。

这还要从她在法国街头迷路，找不着酒店说起。梅子在大街上拦了几个人，结果当地人不会说英语，法语梅子也听不懂，就这么拦下了她现在的先生贝尔纳，一个热情、健谈的法国人。贝尔纳热情地带梅子到酒店，梅子作为感谢，执意请对方吃饭，贝尔纳一口答应。原来，那天贝尔纳远远地看着梅子站在街头东张西望，像一头迷失的小鹿，他走近一看，梅子的东方面孔竟让他一见钟情。

就这样，浪漫又热情的贝尔纳开始充当导游，带着梅子东转西转地就转到了法国乡下的一个小镇，原来，这是贝尔纳的家，在俩人相识一个礼拜后，贝尔纳带着梅子来到家里，打算向梅子求婚。梅子将自己的身体状况如实告知了贝尔纳，说明了自己以后可能不会有自己的孩子，没想到贝尔纳上前热情地拥抱梅子说"太好了"。原来贝尔纳本来就不想要孩子，是丁克一族。他本来还以为梅子很传统，一定想生孩子，这下好了，一切圆满。

那一天后，梅子才知道，原来有一种爱情是我，爱的是你这个人，跟其他的都无关，真真切切爱的就是你这个人。

梅子心里既开心又酸楚，开心的是终于遇见一个真真切切爱自己的人，酸楚的是这个人为什么不是那个自己心里念念不忘的人。

在开诚布公地交流后，两人闪婚了，梅子带贝尔纳回家见过家人并得到家里人真挚的祝福后，决定跟贝尔纳回法国定居。

经过细细的观察，这个外国女婿，梅子妈妈喜欢。看着自己的女儿久违的笑脸，终于能走出上一段痛苦，开始一段新的生活，虽然远嫁到一个陌生的国度，但是有一个如此珍爱梅子的人陪伴，梅子妈妈很是放心。

得知梅子终于结婚了，昔日的同学都送来祝福，梅子终于找到属于自己的幸福，可算是能踏踏实实地过日子了。

梅子带着亲朋好友的满满祝福跟贝尔纳回到了法国。

雷子在知道梅子远嫁法国的消息的时候，怀里正抱着自己刚满月的儿子。一时间他感到揪心的疼，疼得喘不上气，仿佛自己心上的肉被别人拿刀子剜走了一样，除了生疼，雷子想不出该对梅子说什么祝福的话语。

就这样两人都有了各自的新生活，天各一方，各自安好地生活着。

不料，一年后，雷子的妻子主动向雷子提出了离婚。

原来，雷子自从有了孩子后，直到妻子提出离婚，再也没有碰过妻子。刚开始，妻子以为是孕期的缘故，也就没说什么，后来，孩子满月了，孩子半岁了，雷子依然跟妻子分房睡。就算妻子暗示得再明显，雷子依旧置若罔闻，全当看不见。

雷子妻子明白，雷子心里有别人，她无数次看见雷子一个人盯着电脑发呆，电脑里有过去十年间他和梅子的照片。雷子妻子为了家庭和睦，不吵不闹，可是时间长了，觉得自己不能就这么过一辈子，思前想后，终于主动提出了离婚。

听到妻子提出离婚，雷子如释重负，长舒一口气。雷子为了传宗接代，害了另一个无辜的女人。不得不说，他就是一个渣男。

没错，至少在雷子妻子的心里，她觉得是自己遇到了一个渣男。

雷子离婚的前一晚，头一次抱住了妻子哭泣，而那晚，妻子破天荒地抱住雷子。以前的雷子和妻子永远是背对背睡觉，雷子除了完成任务一样的夫妻生活，从来没有抱过妻子，甚至妻子怀孕后，雷子再也没有碰过妻子。妻子心里明白雷子不爱自己，自己也只是迫于家庭的压力来结婚，而现在终于要离婚了，自己也释怀了很多。雷子轻轻地抱着妻子，轻声说对不起。

没有争吵，两人背着双方家长离婚了。雷子出于愧疚，把车和家里所有的存款都给了妻子。妻子把儿子留给了雷子。

雷子的妻子放弃了这段婚姻，因为她知道，她始终无法走进雷子的内心。看见雷子日夜想逃出这个婚姻的牢笼，雷子的妻子狠心地走了。三年，一千多个日夜，她深知雷子的性格，只要自己不离婚，雷子就算已经处在崩溃的边缘，也不会跟自己张这个口。

民政局门口，俩人对望着，前妻抱了抱雷子，轻声说："早知如此绊人心，不如当初不相逢。"说完就转身离去。

雷子看着前妻的背影，在那一刻竟突然生出些许不舍。这三年，这个女人辛勤地为自己操持家庭，孝敬父母，养育儿子，而自己却从未爱过这个为自己全心全意付出的女人。

雷子是个渣男，这些年来，他完全无视自己妻子的存在。而他的心里，始终是梅子。

可以想象，从结婚到离婚的这些年，是要经过怎样的煎熬才能让一个女人的心如此之凉，毫无留恋。

雷子决定后半生为自己而活。他把儿子放在了父母家，想去法国找梅子。这一次谁说都没用，雷子想彻彻底底随心所欲一次。

有人说："一个人身边的位置总共就那么多，自己能给的也就那么多，在这个狭小的空间里，有人要进来，就有人得离开。"

雷子辗转打听到了梅子的地址，次日就飞过大半个地球，抵达法国。

雷子按照地址，找到梅子的家。雷子远远地站在梅子家门口，正好看到梅子跟早上出门上班的丈夫吻别。看着梅子甜甜的笑脸，雷子恍若隔世，仿佛昨天梅子还站在自己的身旁跟自己撒娇。雷子看着站在门口笑容满面的梅子，心里生疼。

雷子就这么每天默默地躲在远处看着梅子。他找了一家离梅子家比较近的旅馆住了下来。整整一个礼拜，雷子把这附近的地方都转遍了，他想知道这几年梅子都是怎么过的，他想在梅子走过的路上走走，在梅子生活过的地方待一待，仿佛这样就能把这几年缺失的岁月给补回来。

雷子从同学那儿打听到了梅子这几年来的生活状态。

梅子的生活过得很幸福，丈夫很疼爱她，梅子当了全职家庭主妇，一手好厨艺让丈夫赞叹自己娶了一个天使回家。贝尔纳疼爱梅子的事在这个小镇上都很出名。贝尔纳喜欢吃中国菜，于是两人在后院种了很多蔬菜，赶上蔬菜大丰收的时候，梅子和贝尔纳就挨家挨户送给邻居。每到一个邻居家，贝尔纳都要在邻居面前夸赞梅子勤劳能干。

遇到梅子喜欢吃的东西，贝尔纳总会记得带回家。总之，贝尔纳一直是把梅子放在手心里宠爱。

贝尔纳最喜欢吃梅子包的水饺，梅子是山东人，吃饺子的时候一定要蘸蒜泥吃，没想到贝尔纳第一次吃蒜泥，就爱上了这种味道。每次梅子一开始包饺子，贝尔纳就积极地剥蒜、压蒜泥。总之，这个法国女婿的口味已经完全被梅子同化了，而梅子也把美味的中餐带到了法国小镇。

很多人尝过梅子包的饺子后，赞叹中国饺子竟然如此美味，纷纷上门求教，梅子教会了好多法国妇人和姑娘包饺子，于是后来还有了中法版的饺子，各种馅，各种形状，总之，咱们中国饺子的魅力可想而知。

梅子在小镇上的人缘特别好，总会有来家里串门喝茶的，这也让白天一个人待在家里的梅子欢喜不已，有人陪着自己说话，至少不那么寂寞了。

后来，梅子才知道，一开始是贝尔纳央求平时在家没事的家庭主妇来陪梅子，怕梅子一个人在家待着无聊。后来就完全是梅子的人格魅力，让她交到了很多朋友。

雷子躲在远处观望了几天后，终于还是没忍住，上前按响了门铃。梅子开门，没有惊讶，只是淡淡地说："你先坐一会儿，我这锅里煮着东西呢。"说着她就进了厨房。

雷子四下打量着整个房间，家里摆着的、挂着的无一不是按梅子的喜爱陈列的，看得出，梅子把家里收拾得很温馨。

梅子出来递给雷子一杯茶，在他对面的椅子上坐了下来。两个人相望无言，没有人开口，却仿佛知道对方要说什么。时间像凝固了一样，梅子不开口，雷子也不知道说什么，只能一口一口地喝着茶。

门铃响了，梅子腾地站起身去开门，原来是贝尔纳回来了。

贝尔纳一进门就亲了梅子一大口："我的小甜心有没有在想我？"

梅子红着脸推开贝尔纳："有客人在呢。"

贝尔纳这才看见站在客厅的雷子，上前拥抱。梅子介绍："这是我的丈夫贝尔纳，这是我的朋友雷子。"

"丈夫"两个字深深地扎在了雷子身上，这个称呼本该是自己的，而如今，"丈夫"这两个字，属于面前这个热情拥抱自己的金发碧眼的老外。雷子心里没由来地一阵酸，酸得直顶喉咙，好像眼泪都要冲出来。雷子定了定神，强忍着不让自己情绪失控。

那天，贝尔纳热情地留雷子在家里吃晚饭。看着贝尔纳对梅子仔细和体贴的样子，雷子如鲠在喉。那天梅子的表情云淡风轻，她和雷子都没有提过去的事情。

雷子第二天就买票飞了回来，回到家后大病了一场，足足在床上躺了半个月。

看到梅子现在的生活，雷子知道自己再也没有资格去将梅子追回来，只要梅子过得好就行。

雷子理解梅子现在的状态，曾经相爱太深的两个人分开后，会害怕提及过往。曾经的伤害，又怎会完全地放下？正所谓爱至深，恨至深。

现在雷子把全部的重心都放在了孩子身上，带孩子上学，陪孩子户外运动，直到有一天，原本一个月来看一次孩子的前妻，竟然三个月都没有出现。孩子不停地问："妈妈呢？好久没有见妈妈了。"雷子这才拨电话过去，对方没有接，找到了家里也没人。后来雷子找到了前妻的朋友问了下才知道，前妻生病了，是乳腺癌，住院了。

雷子找到医院的地址，急急忙忙去了医院。病床上，不过三个月没见的前妻竟然形容枯槁地躺在病床上，原来，前妻是乳腺癌晚期，最多活半年。

前妻看着雷子，苍白的脸上勉强挤出一丝笑容："你还是知道了，本来不想告诉你的。"

雷子手哆嗦着："为什么不早告诉我？"

前妻笑笑："告诉你了又能怎样？你又不是医生，也不会治病，你照顾好儿子就行了，不用管我。"

雷子拉住前妻瘦得皮包骨的手："都怪我，我不应该跟你离婚，如果不离婚，你就不会得这个病。"

前妻："别傻了，跟你有什么关系？离婚是我提出来的。"

雷子眼泪就要下来了："是我，是我害了你。"

前妻哭着说："不怪你，是我命不好，不能陪儿子长大。"

雷子自那天起，天天去医院陪护。雷子像换了个人一样，天天变着法儿地逗前妻开心。

雷子每天给前妻喂饭、剪手指甲脚指甲，竭尽所能想要弥补过去自己的亏欠。前妻没有拒绝，她总是微笑地看着雷子给自己干这个干那个，微微笑着，目不转睛地看着雷子。她知道自己时日不多，只想在自己最后的日子里享受一下雷子的关爱，哪怕是多爱一点点也好。

在这些相处的日子里，雷子才开始了解面前的这个女人，她温柔、细心，有着许许多多以前自己不曾看到的优点，而这些，从未被自己接纳过，曾经在一起的日子都是抵触的。雷子祈求时间能过得慢一点，让自己多陪她待一会儿。

然而半年后，前妻还是走了，临走的时候握着雷子的手不放开。

雷子遭受了巨大的打击，开始酗酒。他总是觉得前妻的去世跟自己脱不了干系，如果以前自己不娶她，不那么对她，她就不会整天忧思成疾，最后导致发现的时候已经是癌症晚期。雷子不肯原谅自己，背负着巨大的心理包袱，日日酗酒。

雷子把儿子送到了父母家，日日一个人在家里借酒消愁，每天一睡着，就会梦见前妻的脸，雷子醒来大口灌酒才能再次入睡。

长达一年多的时间，雷子每天都在喝酒，不爱出门，不见朋友，不工作，谁也不见，人人都说雷子废了。

到了清明节，雷子去墓地给前妻扫墓，他一个人拿着一瓶白酒，坐在前妻墓碑前，一个人自言自语，喝光了整瓶酒，喝趴在了墓碑前。最后还是墓地管理人员路过，才把他送回了家。第二天，清醒过来的雷子又开始喝酒，他只想让自己活在酒精的麻痹下，一刻也不想清醒。

雷子打心底里悔恨，在失去一切后，才知道哪怕只走错一步，也不可能再回到原位。雷子从小就是一个孝顺的孩子，当初，因为愚孝，放弃了挚爱的梅子。只因为全家又哭又闹对他轮番轰炸，因为愚孝，他成了众人眼里的"妈宝男"，因为愚孝，他娶了自己并不爱的老婆，本着传宗接代的任务，生下了孩子。他对家庭的忽略、对梅子的始终放不下，让他这颗心空落落的，无处安放。

梅子说，其实雷子的母亲是一个极其势力和自私的人，她只为自己考虑，从来不为儿子考虑。当初不同意梅子的原因有很多，她只是抓住了梅子不能生育的问题，大肆宣扬，其实内心根本瞧不起梅子的家庭。因为在她的眼里，自己是高高在上的官太太，梅子家只不过是没权没势的普通家庭。

甚至在雷子的前妻死后没多久，雷子母亲就开始到处张罗着给雷子找对象。找来找去，她瞄上了跟她一起跳广场舞的老太太的闺女。老太太的闺女也是离异的，在一家高尔夫球场上班，个子挺高，微胖，是个"整容脸"。离异的原因是出轨被扫地出门。可是雷子母亲根本不在意这些，她哪管儿子还处在悲伤期，她一眼就看中了这个离异的姑娘，丝毫不介意这姑娘的前段婚姻是因为出轨，被婆家打出家门的。她只看到了这姑娘的爸妈是当官的。有个当官的亲家，脸上多有面子，这就是雷子母亲骨子里根深蒂固的嫌贫爱富思想。而她从来没想到的是，她这一切的思想都源于她的没文化，她是一个初中没毕业，大字不识几个，却满脑子嫌贫爱富又自私自利的妇女。

于是雷子的母亲又一次自私地为儿子做了决定，劝着儿子赶紧去相亲，赶快把那姑娘娶回家。

再也无法忍受的雷子，只能一次次地把自己灌醉，他不想有任何清醒的时候。就这样，日子一天天地过，雷子一天天颓废着。

真正让雷子发生改变的是他的儿子。眼见雷子快要喝成一个废人了，雷子的父亲心急如焚，只好把孙子送到雷子家，让他承担起一个父亲的责任，自己带儿子，重新树立起生活的信心。

没想到，雷子父亲带着孙子到了雷子家，打开门一看，满地的酒瓶子，雷子就抱着酒瓶子在沙发上呼呼大睡。屋里东倒西歪的全是各种酒瓶子。雷子父亲叹着气收拾起了屋子。看着倒头呼呼大睡的儿子，雷子父亲心疼得直掉眼泪，抹着眼泪说："造孽啊。"

一切收拾妥当，雷子父亲一脚把雷子踹了起来。雷子醒过来，下意识地去找酒瓶子，发现满屋的酒都不见了。雷子一下子蹦起来，满屋转着圈地找酒瓶子，翻箱倒柜地找。看着儿子这副样子，雷子父亲气得差点一口气没上来。

雷子不小心被地上的瓶子绊倒了，他一下子跌坐在了地上，他眼神呆滞地到处找酒瓶子，仿佛整个人在另一个空间。

那一天，雷子挨揍了，父亲拿着鸡毛掸子狠狠地抽雷子，想要把他抽醒。雷子上次挨揍还是上小学的时候，偷了同学一块橡皮，同学带着家长找到了家里，雷子被父亲狠狠揍了一顿。时隔二十多年,再次挨揍,这次让雷子头脑清醒了很多。

雷子下决心改变,做一个好儿子、好父亲。他开始每天定闹钟起床给儿子做早餐,送儿子上学。只是到了晚上,怎么也睡不着的时候,雷子翻遍了家里的每一个角落都找不到酒。雷子百爪挠心,迫切地需要酒精来入睡。突然想到厨房里有料酒,雷子进了厨房,拿起料酒,咕咚咕咚几口就下肚。可是完全没有作用,就这样,雷子瞪着天花板瞪了一夜。

经历了一年多昏昏沉沉的日子,雷子真的是下了决心开始改变。

雷子是轻微的酒精依赖症,幸好不是重度的,一切都来得及。

后来雷子成功戒酒,其实酒精依赖除了心理原因,更多的是生物原因。因为在每个人的身体中,都有着导致成瘾的神经中枢,叫犒赏中枢。人体分泌的多巴胺物质控制着这一个神经中枢,一接触到酒精,就会产生愉悦感,于是使人对酒的抵抗力变弱,甚至压根就没有抵抗力,反而极力地想获得这种愉悦感。

能让雷子完全成功戒酒,一切得益于雷子父亲的关心和陪伴,还有懂事的儿子,儿子像个小大人一样,会照顾雷子。经过整整一年的时间,雷子变成了一个正常人。

后来,梅子带着贝尔纳回国探望亲友,三年没见的我们约在了以前经常去的一家咖啡馆见面。梅子丰腴了不少,小腹隆起,原来她已经怀孕五个月了。

梅子把手轻轻地放在肚子上:"没想到我还有机会有自己

的孩子。这个孩子来得意外,从未想过会怀孕,可是这个小天使就来了。我和贝尔纳都开心得不行,总觉得这是上天的恩赐。"

看着梅子一脸笑意,我的眼泪差点掉了下来,我是发自内心地为梅子高兴,终于,她可以当妈妈了。

原来,爱才是最大的奇迹。

梅子拉着我的手说:"看你,我就知道你知道这个消息会激动成这个样子。我当时得知自己怀孕的时候,痛痛快快地大哭了一场,贝尔纳也跟着我哭。贝尔纳之前想当丁克族,而我是之前医生诊断生不了孩子,所以我俩都以为这辈子都不会有自己的孩子,没想到,上天还是给了我们这个小天使。贝尔纳从知道我怀孕就开始置办各种婴儿用品,家里都快堆不下了。"

那一天,我们聊了许久,感叹时光如梭,总以为漫长的岁月一眨眼就过去了,原来这世间,没有什么不可能。

感谢上天,梅子终于有了自己的孩子,还有疼爱她的贝尔纳,一切都是这么圆满。

梅子在街上遇见了雷子,两人相视一笑,再无他言。曾经在年少青春里张狂的爱情,如今也有了各自的生活和归属。

十年前那个说着"你燃烧,我陪你焚成灰烬;你熄灭,我陪你低落尘埃;你沉默,我陪你闭口缄默;你欢笑,我陪你快乐欢腾"的两人,在经过了年少的爱情后,如今也已有了各自的生活和归属。

曾经的一切都已物是人非,可无论如何都要感谢曾经。

人生，求而不得未必是遗憾。

如今渐行渐远，各有渡口，各有归舟。

谁是谁的傀儡

别人都说最好的爱情就是势均力敌,
可是谁又能说明白爱情是个什么东西?
我们都是单枪匹马闯荡险象环生的人生,
一念起,风生水起;一念落,万劫不复。

大蓝是我在北京认识的山东老乡,她是一个细腰长腿的山东大嫚,而且还是一个五官精致、双眸灵动的演员。也许是都生在热情好客的孔孟之乡的缘故,我俩第一次见面是在朋友的饭局,相谈甚欢,得知都是山东人,于是我俩含蓄有礼、客客气气地问候对方并留下微信,相约下次尝一下后海边的鲁菜。结果鲁菜倒是吃上了,也聊开心了,但酒也是喝多了,两人晃晃荡荡地沿着后海边溜达,像是多年未见的老友舍不得分开。

溜达到半夜,我俩闻着味儿站在了热气腾腾的煎饼果子小车面前，互相对视了一眼。老板热情招呼道："姑娘，来一个？"

"两个。"我俩异口同声。

"得嘞。"胖乎乎的老板开始乐呵呵地摊煎饼。

"老板，多加葱。"

几分钟后，北京的大冷天，马路牙子上蹲了两个手拿煎饼果子的姑娘。热气腾腾，俩人乐得龇牙咧嘴。

看着远处闪烁的灯光，大蓝叹口气说："每天活在这个城市真累，房租、交通、吃穿，杂七杂八，一睁眼，如果我不能平均每天挣够五百，我在这个城市都生活不下去。"

"可不是吗？幸好我是住在家里，房租倒是省了。"我啃着手里烫手的煎饼果子说道。

大蓝眼里亮晶晶地盯着我："真是羡慕你，我是从小在单亲家庭长大的，我爸把我妈打跑了，后妈天天打我，我爸从来不管我，后妈生了个弟弟，他们更不管我了。不过生了弟弟后，后妈就不打我了，因为她打完我，我就找机会揍她儿子一顿，她再打我，我再揍他，后来她就不敢打我了。"

"大蓝，对不起。"我看着大蓝。

"没事，我都习惯了。"大蓝啃着煎饼果子，两眼眯成一条线。

那一晚，送完大蓝回家，我开着车，一路听着音乐，想起刚刚大蓝在马路牙子上讲的故事。上小学时，大蓝的妈妈不忍家暴，离婚走了，走时都没看大蓝一眼，可见大蓝的妈妈对这个家已经心灰意冷，只因为大蓝长得太像她爸，以至于大蓝妈

谁是谁的傀儡　　185

妈伤心到看都不愿意看大蓝一眼。

直到今天，二十多年过去了，大蓝一次也没有见过她妈妈。大蓝去姥姥家找过，可是姥姥家都举家搬走了，音信全无。大蓝说她始终无法理解一个母亲为什么不愿意见自己亲生的孩子。而自从后妈进门后大蓝就饱受虐待，爸爸不管不问，后妈更是有恃无恐，直到后来有了弟弟。

大蓝每次挨完打都把火气撒到弟弟身上，弟弟没少挨揍，但每次还是像小尾巴一样跟在大蓝后面。后来有次后妈一擀面杖打到大蓝眉骨上，一下出血了，大蓝的眉骨上现在还有个不太明显的疤。那次大蓝狠狠地揍了弟弟一顿，揍得弟弟好几天见了大蓝都绕着走，躲得远远的。

那次之后，大蓝再也没有挨过打，不知道是后妈良心发现，还是怕自己儿子被大蓝报复。好在弟弟从小到大一直都很喜欢姐姐。大蓝毕业后家里就再也没给过她一分钱，上大学的弟弟还偷偷给大蓝钱。

想到大蓝说的这一切，我无法想象那是一个怎样的家庭环境。

大蓝说："遇到你，总算是有个人可以掏掏心窝子了，这些年，心里好憋屈。"而我，对于大蓝也是没来由地亲切。没见上三回，我俩就勾肩搭背地站在街头流着哈喇子等刚出锅的煎饼果子。

这个细腰长腿的山东姑娘，身体里好似住着个大酒缸。自小就耳濡目染，远来为客，最起码的地主之谊就是要把客人喝到桌子底下为止。大蓝深谙此待客之道。

成年后的日子，大蓝终于可以肆无忌惮地把从小就会的这一套发挥到酒桌上。大蓝第一次喝酒，就老辣得很，生生灌倒一桌人，从此大蓝在酒桌上一战成名。后来，大蓝才知道，那天原本有个人要借酒劲对大蓝表白，没想到，大蓝喝酒豪放的样子生生让这个男生打消念头，原先要表白的话生生顺着辣嗓子的酒咽进肚里。看着对方瘫软在椅子上，大蓝踩着恨天高一路笔直地潇洒离去。

大蓝性格奔放，大大咧咧，像个男孩子，总是把许多追求者变成了哥们。直到有一天，大蓝遇见了那个改变了她人生轨迹的男人。

那是在一个饭局上，大蓝遇见了文总。文总从事金融行业，也会投资影视剧，而这种饭局当然少不了姑娘，于是大蓝的经纪人就带着大蓝去参加了。经纪人圈子多、路子广，大蓝的好多资源都是在饭局上认识的，从而有机会跑龙套，能演个小角色。

而大蓝在那次饭局之后，总是会接到文总的邀约，而文总也会对大蓝嘘寒问暖，照顾有加，不惜用自己的资源去给大蓝换取广告代言的机会。一时间，大蓝工作邀约安排得满满当当。

两人经过频繁的接触，加上文总热烈的追求，大蓝沦陷了。文总离异了，前妻带着孩子在国外，文总身边不乏花枝招展的小姑娘，可是他对大蓝情有独钟，多少小姑娘费尽心机想攀上文总这棵所谓的大树，文总都不为所动。

有一次大蓝去外地拍广告，在化妆间里跟另一个演员发生

谁是谁的傀儡

了口角。这个演员大蓝在文总的饭局上见过，对方阴阳怪气地揶揄她，说她靠男人上位。话说得很难听，对方的话让大蓝无力反驳，她现在的资源确实都是文总给她争取的，难怪别人会眼红。

晚上，文总请大蓝吃饭，是一家很高档的日料店，以前吃饭大蓝都是高高兴兴的，今天却明显情绪低落、心不在焉的。文总给大蓝倒了一杯酒，问道："今天工作不顺利？"大蓝点头。文总笑笑："不要在乎别人怎么看待你，你身处的行业，注定了你就要承担这一切。如果你说你受不了，那我劝你还是改行算了。"

大蓝心想，你都不说点安慰我的话。

文总继续说道："此刻你肯定心里在想，为什么不安慰安慰你。因为面对这样的情况，我能安慰你一时，却不能从根源解决这个问题。我现在能做的就是让你头脑清醒起来，用正确的心态面对你现在身处的这个环境。"

大蓝盯着眼前这个滔滔不绝的男人，怦然心动，也许以前自己沉醉于文总的追求，更多的是因为文总身处的地位和他身上的光环，而此刻，自己是真的被眼前这个男人自身散发的魅力所吸引。

是啊，大蓝笑笑，心想：自己早已过了为爱不顾一切的年纪，现在的爱情物质和金钱占的比重会大过无欲无求的爱。现在这个年纪，总想找一个柔软时如棉花般的爱人，他不会因为自己的烦恼和窘迫导致的压力而迁怒于自己，也不会在自己偶尔犯错的时候喋喋不休地大声指责自己。遇到眼前这个虽然年纪有点大，但是事业有成，而且能在自己事业上帮助自己的人，为何不接受？哪怕只是恋爱，至于婚姻，眼前这个男人，自己还是不太敢想的，想想自己的成长环境，毕竟差距太大。

那一晚，大蓝醉了。她没有拒绝文总，两人顺其自然地在一起了。

自从大蓝跟文总在一起后，这个大她十六岁的男人对她宠爱有加，除了给予物质上的帮助，精神上，也让大蓝自信了好多。大蓝觉得自己开始迈入了一个新的阶段和层次，再也不用从自己的出租房中醒来，一睁眼就盘算着怎么挣钱付房租，还要为了能给自己争取到角色去跑各种各样的饭局。

以前总会嘲笑别人为了所谓的利益去出卖自己，而到今天，大蓝说自己迈出去这一步根本就不在乎别人说什么。这个城市这么大，自己这么多年，一步一步走得战战兢兢的，曾几度活不下去，如果不是弟弟每次偷偷给自己钱，大蓝早就被房东赶到大街上了。而现在，她有了一个可以庇护自己的人，每天可以在三环的公寓中醒来，出门有车开，以前半年都接不到一个角色，现在可以看自己的心情挑角色，一夜之间，自己的生活发生了翻天覆地的变化。

文总女朋友的身份确实带给大蓝不少资源，但也替她招来不少平白无故的敌意。文总身边依然不乏上赶着生扑的、根本无视大蓝存在的人。大蓝每每都心里一肚子气，面上还要装作和和气气的，跟这些女人斗智斗勇，换作别人可能早疯了，但大蓝乐此不疲。大蓝说这一切都得益于自己从小的成长环境，从小就在跟后妈斗，现在遇到再恶劣的环境，大蓝也都扛得

谁是谁的傀儡

过来。

　　从未感受过家庭温暖的大蓝，对于文总给予自己的这个小窝格外珍惜。她在阳台上养了好多花花草草，在出租房时，大蓝就喜欢养花花草草，哪怕屋再小，她都会在阳台上摆满花花草草。因为她记得妈妈还在家时，阳台上就种满了花花草草，后来爸爸将那些盆盆罐罐摔得稀碎。大蓝的记忆里，对于母亲，只剩阳台上的花花草草，却再也记不起妈妈的模样。

　　大蓝的酒量很好，可能也是因为遗传，大蓝爸爸爱喝酒，年轻的时候一喝多就闹事，所以大蓝特别害怕爸爸喝酒，小的时候总是躲在屋子里，而大蓝妈妈就被揍得鼻青脸肿。有时候，大蓝想可能是因为自己那会儿保护不了妈妈，而妈妈对这个充满暴力的家庭彻底失望，才会毅然决然地一走了之。

　　其实大蓝无数次在夜里梦见妈妈的背影，可是妈妈怎么都不转过来。这一直是大蓝心里的一块伤疤，不能触碰，一触就痛。

　　被文总带出去的饭局上，虽然文总频频阻拦，但仍然挡不住一些轮番灌酒的人。奈何大蓝酒量再好，也总是喝得第二天宿醉起不了。日子久了，大蓝开始厌烦了这种酒局，文总也怕大蓝喝酒伤身，有些饭局也就不再带大蓝出席，自由了的大蓝又开始了自己欢乐的小日子，呼朋唤友。

　　眨眼间，大半年过去了，日子一切如旧。

　　而大蓝却常常失眠，她感到自己经历了那么多事情，而现在明显不是跟文总站在一个高度上的。如果有一天，自己想嫁给他，就必须要站在同样的高度上才能有资格去谈婚论嫁。

每当大蓝一个人沉静下来的时候，她总是陷入自我否定，甚至内心坍塌，这个阶段，从心灰意冷到走向光亮的过程甚是难熬，走向光亮的那一刻，内心甚是安静。因为大蓝知道，这一生她都不会停止寻找自己内心真正想要的安宁。

因为时光经不起流逝，岁月经不起蹉跎，我们都在匆忙中长大。

大蓝从不认为自己是个好姑娘。她从小叛逆，年少轻狂，口无遮拦，爱过不少人，也得罪过不少人。从初中到大学，大蓝谈过的恋爱数不过来。

初中的时候，大蓝爱过一个男生，那个男生笑起来眼睛弯弯的，所有的人都知道那男生喜欢大蓝，大蓝早熟，在这之前已经谈过一次恋爱，但那时的恋爱只是一堆人起哄说这是谁谁的媳妇，引起众人一通哄笑。没有牵手，更没有接吻，仅仅是一个眼神而已。

大蓝的初吻源于一个赌约，那个男生说，你凭什么不喜欢我？咱们年级第一那女孩喜欢我。大蓝头一昂，嘴一撇，人家喜欢你干吗？男生说，如果我让她亲口说出她喜欢我，你让我亲一下。大蓝的初吻是甜的，男生的嘴是软软的。那个吻，大蓝记了十年，一直到今天。哦，对了，男生叫大唐。

那时的大唐对大蓝很好，可那时的大蓝轴，明明心里喜欢，却故意不理大唐，大唐不知道大蓝为什么不理他。青春期的少男少女本来就很敏感，也就不懂得该如何处理两人的关系，所以经常会做出一些伤害对方的事情。两个人因为诸多原因，最终分手了。

谁是谁的傀儡

高考前，大蓝与隔壁班一个男生恋爱了，还偷吃了禁果，结果两人学习成绩受了影响。男生跟大蓝报考了同一所学校，然后两人双双落榜，大蓝去了一所民办学校，男生则去了另外一个城市，跟大蓝提出了分手，于是本就脆弱的恋情就那么草草结束了。

后来，大蓝再次遇见了大唐，原来大唐跟自己在同一座城市。再次相遇的两个人自然而然地在一起了。

高考失利加上失恋，那时的大蓝很颓废，开始自暴自弃，觉得什么都不如意。那一天，俩人喝得烂醉如泥。大蓝被大唐扛回了酒店，借着酒劲，两人发生了关系。人生真是如戏剧般，本是初恋的俩人，分手后却又再次重逢，只不过此时大蓝心里还有刚分手的那个人，而大唐已经有了女朋友。

大唐的女朋友叫罗素，大蓝也认识，因为罗素是她们隔壁班的同学，罗素是那种性格很极端的人，在上学的时候不管干什么事情都很极端。

那个时候，罗素喜欢大唐同寝室的一个男生，经常围追堵截那个男生，把男生吓得见了罗素就绕得远远的。男生生怕自己一拒绝，罗素再一想不开又走极端。毕竟罗素跳楼的事情可是在学校里尽人皆知。

罗素跟大唐住在同一个小区，高考后的那个夏天，两人谈起了恋爱。罗素虽然有时候很极端，可是大多数时候是个开朗热情而又活泼的姑娘。那个夏天，大唐就是被那个笑得一脸灿烂的罗素俘虏了，两人甜甜蜜蜜地谈起了恋爱。

罗素很爱大唐，大唐也沉溺于罗素带给自己的甜蜜感觉中，他也觉得自己已经完全忘记了大蓝。很快迎来了开学，罗素留在了本地上学，大唐则去了大蓝所在的那个城市上学，两人开始了异地恋。

上天总是会戏弄人，在大唐以为自己已经完全忘记了大蓝的时候，两人再次相遇。再次见到大蓝的大唐一下子又沦陷了，那刻他才知道，原来他从来都没有忘记过这个第一次闯入自己心里的女孩，即使她曾经伤害自己，却还是忘不了她。

大唐想过要和罗素分手，小心翼翼地以异地恋为由提了出来，没想到当天罗素就坐飞机飞了过来，坚决不同意分手，罗素说如果大唐执意要分手，那自己就从他面前跳下去。大唐吓坏了，只能连忙安抚，他知道罗素什么过激的事都能干出来，后来大唐再也没提过"分手"两个字。

那一年，大蓝和大唐辗转于各个小旅馆，两人疯狂地从对方身上索取，如同野兽一般。可谁都不提和对方是什么关系，彼此就这么心知肚明地纠缠着。大蓝从来不开口问大唐"咱俩是什么关系"，也从来不跟大唐要名分。大唐心想，只要大蓝质问自己，跟自己要女朋友的名分，让自己去跟罗素分手，只要大蓝开口，他就会毫不犹豫地去跟罗素提分手，不管罗素怎么跟自己闹，哪怕是跳楼，自己也要坚决分手，然后跟大蓝在一起。

可是大蓝从来不开口提这个事，她仿佛根本就不在乎大唐有女朋友这件事。大唐心里有气，这个女人果然有心机。

两个人几乎每周都会见面，大唐彻底沦陷在大蓝的温柔乡里，每次两人一分开，大唐就觉得度日如年。大唐眼巴巴地数着日子,期待周末与大蓝的相见,期待每个周末两人肆意又热烈的激情。

没过多久,大蓝怀孕了。大蓝很慌张,自己偷偷地去把孩子打掉。谁都不知道,大蓝在宾馆躺了一个礼拜,吃了一个礼拜的泡面。大蓝只休养了七天就活蹦乱跳了。

大蓝和大唐一直保持这种关系,却从未点破彼此的关系。大蓝有男朋友,大唐也有女朋友。这种畸形的关系一直维持到大唐结婚之前。

大蓝撤了,这些年,她一直都在伤害那个深爱大唐的女孩。她却不敢说自己错了。大蓝不知道自己在大唐心里是怎样的,只记得两人最后一次见面的时候,大唐带大蓝去了大唐的婚房。大唐要结婚了,那晚俩人疯了一样彼此纠缠,大蓝躺在大唐的怀里,眼泪吧嗒吧嗒地掉,心里暗下决心,就是再不舍,也不会再伤害那个姑娘,这是最后一次。

那一夜,是大蓝和大唐的最后一夜。

有句话大蓝一直没能说出口,就是我想嫁给你这句话。她知道这话她不能说出口,说出来伤害的是另外一个深爱大唐的姑娘。时至今日,大蓝翻看微博,看到大唐的小娇妻,看到的大胖闺女,大蓝一个人在深夜里抱着手机失声痛哭,十年来,原来自己最爱的一直都是大唐。

大蓝后悔了,后悔在中学时代那么任性叛逆,后悔自己做过的愚蠢透顶的事,导致自己错过了深爱的大唐。大唐像一个烙印一样,刻在了大蓝心里。

时隔几年,大蓝听说大唐离婚了。

据说大唐和妻子离婚,是在妻子怀二胎五个月的时候。只因为大唐家人重男轻女,第一胎是女儿,就催生第二胎。经不住念叨,大唐和妻子开始备孕第二胎,而那个时候,大唐妈妈就经常在儿媳妇耳边念叨:"一定要生个男孩,给老唐家传宗接代,不然在列祖列宗面前都抬不起头来。"

话说大唐媳妇也是个女强人,结婚之前是某杂志社的主编,嫁给大唐的时候是她事业最巅峰的时候,可经不住家里人的催促,和大唐结婚生子,没想到生完女儿又被逼着生第二胎。

后来大蓝听朋友说,大唐媳妇怀上二胎的时候就被公公婆婆逼着辞去了工作,而公公婆婆拎着大包小包住进了大唐两口子家里。对于儿媳妇的二胎,大唐妈妈算准了这胎是个儿子。

婆婆每每高兴得直摸儿媳妇的肚子,而公公也笑眯眯地直打量着儿媳妇的肚子,全家兴高采烈。那一刻,大唐媳妇才感觉到自己身上的一种传宗接代的使命感,仿佛肚子里怀的不是一个孩子,而是一家人的希望。看着一家人小心翼翼的样子,大唐媳妇忽然有一种家里有皇位要继承的感觉。

原先大大咧咧地在沙发上抽烟并把真皮沙发烫了好几个洞的公公,每到抽烟的时候就会被婆婆赶到门外。以前大唐媳妇心疼沙发被烫的洞,含蓄地跟公公说:"爸您少抽烟,抽烟有害健康。"公公闷着头不接话茬儿,婆婆拿着遥控器不断地换台:"你爸抽了一辈子烟了,身体不挺好的?"而现在,只要公公一摸烟,就会被婆婆赶到楼道。公公闷着头嘿嘿笑,婆婆则每天变着花样地做好吃的。

可是后来听说婆婆找人给大唐媳妇做产检的时候得知这一胎可能有先天性发育缺陷，瞬间失望至极，公公婆婆连夜从家里搬走了。走之前公公婆婆的冷言冷语，气得大唐媳妇一晚上没睡觉。

后来，各种原因导致战争不断地升级，公公婆婆时常劝说儿媳妇把这一胎做掉，将来再怀一胎，可大唐媳妇哪舍得？于是战争不停地升级。

而大唐夹在父母和媳妇之间左右为难，总想着和稀泥，左右哄。

直到最后，大唐媳妇终于忍受不了了，执意和大唐离了婚。

听到大唐离婚的消息，大蓝的心没由来地被揪了一下。

谁的青春没伤痕，可依旧没有丧失爱的勇气。

很多的委屈从说不得变成了不必说，也曾经以为有些事情，不说是一个结，揭开了是一块疤。可是当多年以后，你去揭开了那块伤疤，会发现那里面，其实早已开出了一朵花。那些曾经让你最难过的时刻，终有一天，你会笑着说出来。

一切你认为过不去的坎，最终都会过去。一切你认为好不了的伤疤，最终都会愈合。

庆幸的是，我们曾相遇在那段时光里。

而这段时光，在经过大蓝认可后，被我记录了下来。

这是一段曾经让她颓废的十年，年少轻狂的自以为是的爱情，满是荒唐和任性。而现在，大蓝身边有了文总，新的一页翻开了，过往终究随风去。

大蓝和文总一切都和和美美的，两人的关系甚是融洽，直到有一天，文总的女儿回来了。

　　文总把女儿贝贝接回了家，让大蓝陪她玩儿，两人沟通沟通感情。然而，贝贝不喜欢这个漂亮的未来后妈。大蓝哪儿会当后妈啊，于是便出现了接下来一地鸡毛的状况。

　　贝贝是个小"人精"，小小的年纪鬼精灵，变着法儿地折腾大蓝，三天不到，大蓝就缴械投降了。

　　文总看着家里一大一小的两个人谁也不服谁的样子，直想笑。其实自己早就知道是这种结果，只是这种状况比自己预想的还好了许多。

　　文总把女儿送回了父母家，没想到这小"人精"一回家就告状，把自己玩耍磕的身上的青紫说成是被大蓝打的。果不其然，文总还没到家，就接到了父母问责的电话。后来文总经不住父母一遍一遍的指责，慢慢地心里也冷淡了下来。

　　还没明白怎么回事的大蓝，就慢慢地被文总冷落了下来。

　　其实大蓝心里明白，他们最大的问题是三观不合。

　　其实说到三观不合，那三观究竟是什么，很多人却又答不上来。即使答得上来，又有谁深入思考过呢？

　　其实说简单了，三观就是人生观、价值观、世界观。通俗地讲，人生观是人这辈子应该怎么活，价值观是人这辈子什么才是最珍贵的，世界观是这个世界是怎么样的。

　　而大蓝所谓的三观不合，就是自己在看书的时候，文总却在客厅大声地打着游戏。自己爱去路边摊撸串，而他只去高档餐厅，并对那些路边摊嗤之以鼻。大蓝觉得高档餐厅既吃不饱

谁是谁的傀儡

又不自在，而文总却觉得去路边摊不卫生且没有档次。再比如大蓝喜欢宅在家里，文总喜欢到处去旅游。这些所谓的生活里的细节差异，被渐渐地放大，导致两个人渐行渐远。

其实大蓝也是后来才明白，所谓的三观一致，并不是要求双方的兴趣喜好、思维方式完全一样，而是彼此间能够求同存异，懂得包容、理解和欣赏。否则，你跟他分享快乐，他觉得你在显摆，你跟他倾诉难过，他觉得你是矫情。

时间长了，你不能改变他的认知，而他也不能理解你的想法，两个人渐渐地就不在一个频道上了，你以为的一切顺理成章的事情，在他眼里，不过就是匪夷所思的无理取闹。最后，累积的一切就会集中爆发。

其实文总也是成长于离异家庭，现在的父亲是自己的后爸，但后爸对他很好，就像是对亲生儿子一样。文总也就把后爸当成了亲爹。

文总的性格虽好，但是内心里总是多疑，缺乏安全感。

小的时候他经常看见父母打架，他的亲生父亲很暴力，三天两头地家暴妻子，一言不合就发飙。小的时候，他和母亲每天战战兢兢地生活着，而这些母亲都忍了，只为了给儿子一个完整的家庭。

直到有一天，他亲眼看着父亲把母亲的腿用凳子打断了，母亲在地上爬着想躲避，可是父亲抓着母亲的头发就往墙上撞，母亲惨叫连连。那一刻他忘记了害怕，随手摸起了桌上的水果刀就对着父亲扎了过去，水果刀扎进了父亲的胳膊，父亲回身一个耳光就把他抽晕在了地上，打得他耳膜穿孔。这是父亲第一次打他。

从此在他的心里，父亲就是恶魔，为此他患了很长一段时间的心理疾病。母亲拖着断腿，坐在轮椅上，带着他净身出户，终于离了婚。

后来母亲遇到了现在的丈夫，就是他的后爸，后爸带他去医院治疗过很多次，经过了很长时间，才慢慢地调整了过来，那个时候他才知道原来父亲并不完全是恶魔。但是亲生父亲给他造成的阴影依然是他心底最隐秘的伤口。

这段经历，文总曾经告诉过大蓝，大蓝感同身受，边听边哭。

可最后大蓝和文总关系的结束，源于大蓝无心的一句话。

起因是有一天，两个人又因为一点小事而拌了嘴，起初是开玩笑，但是大蓝得理不饶人，把文总逼得无话可说。大蓝看着一句话也不说的文总，心里憋得慌，气得随手把手边的靠垫扔向文总，文总一躲就闪开了。而大蓝依旧不依不饶，继续扔，大蓝光着脚在屋里追着文总，文总不停躲，两个人拉拉扯扯，一下子碰到了置物架上的瓷器，瓷器应声倒地，一块碎片，扎在了大蓝光着的脚上。

大蓝一下子号啕大哭，文总赶紧找医药箱，大蓝被怒火冲昏了头脑，失去了理智，脱口而出："你跟你爸一样，骨子里就有暴力倾向。"

文总拿医药箱的手一抖，站在那半天没动，大蓝继续哭闹。文总一句话没说给大蓝包扎好，但他没有像之前一样去哄她，只是盯着大蓝说了一句话："你知道吗？有些话是不能说的。"

大蓝仍然哭闹着,心想下一秒文总就会来哄自己的。

没想到文总冷冷地说了分手,斩钉截铁,毫无余地。

大蓝后悔了,不停道歉。文总没有接受,只是淡淡地说:"当伤疤再次被揭开的时候,我真的无法承受。"

就这样,因为这一句话,两个人走到了尽头,彻底没有了回头的余地。

大蓝在文总离开的那天,就知道自己错了,悔不当初。她也明白,每个人都有不可言说的伤疤,总想把它藏在最隐秘的地方,生怕别人看见,只要有人触碰,就会流血,甚至痛不欲生。

文总曾经把大蓝当作最亲密的爱人,所以他愿意把自己的秘密都告诉她,他把自己最柔软的软肋都暴露在了自己爱的人面前,没想到大蓝却给了他最致命的一刀。这一刀痛彻心扉。

不得不说,大蓝在失去理智的时候,不受控制地把这把无形的刀插在了文总的心上。而这也让大蓝后悔不已,可是一切都晚了。

后来,大蓝对我说,其实我知道当一个人扔下矛,丢下盾,卸掉盔甲,把自己的软肋赤裸裸地暴露在对方面前的时候,他就已经准备好了要跟你共度余生。

可是一切都太迟了。

也有人说,爱情很简单,不过就是三个字,不是我爱你、我恨你,就是算了吧、对不起。除此以外,便再无其他。

每一段感情都是从浓烈到悄无声息。人性使然,得不到的，总是会挂念；共朝夕的，又总是厌倦。从心有不甘到念念不忘，终究释怀。

大蓝和文总再次相见的时候还是在饭局上，不同的是，文总带了别的姑娘，那天大蓝找了个借口早早离开了。

经过了这个事情，大蓝彻底明白了，靠谁都不如靠自己，要想活得有尊严，还是要先自强。

因为到了这个年纪，除了眼泪掉得多，钞票花得快，什么都留不住。总以为年轻貌美就会有很多捷径可以走，总觉得凭着美貌就可以拥有一切，到头来想想，这是一个多么幼稚的想法，时间久了，倘若自己没有能力，整个人就会崩塌。

而如果没有重新来过的勇气，认清这个残酷社会的真相，你就永远无法拨开乌云和迷雾，一路披荆斩棘到达目的地。

大蓝记得有句话说的是："当你饿了，有人把馒头分给你一半，这是友情；有人把馒头让给你先吃，这就是爱情；有的人会把馒头全给你，这就是亲情。而有的人把馒头藏了起来，对你说他也饿，这就是社会。"

大蓝深深明白了这个道理后，开始自律了起来。

就像康德的话：自律即自由。

一个人有勇气跳出自己的舒适生活，开始劳其筋骨，饿其体肤，这是自律的开始。

大蓝的改变是从头到尾的，不再熬夜，把以前那些无效社交的饭局都推掉。晚上的时候还会看外国电影学英文，日子过得有滋有味。

大蓝还拿出全部的积蓄加上弟弟的赞助和朋友合伙开了一

家火锅店，火锅店生意出奇地火，自从被几个美食博主光临后，还意外地成了网红店，每次去店里，都有一堆等位的人。

弟弟很关心大蓝的生活，总是给大蓝转账。不得不说，他们姐弟虽然不是一母所生，即使从小大蓝没少打弟弟，没少把受的委屈撒在弟弟身上，可弟弟对大蓝就像亲姐姐。

大蓝的父亲近几年做生意赚了钱，无奈经济大权都掌握在大蓝后妈手里，所以自从大蓝大学毕业后，家里再也没给过大蓝一分钱，都是弟弟偷偷给大蓝钱。

她唯一庆幸的可能就是上天给了她一个这样的弟弟，唯一带给她亲情温暖的人，虽然是她最恨的后妈生的。

从小后妈对自己的苛责和父亲的漠视都没让她寒心，她觉得这都不重要，只要她能活着，能有一口饭吃，就很好了。而至今让她不能释怀的是为什么妈妈会抛弃自己，即使离婚，为什么从来都不来看自己一眼，为什么就这么把自己抛弃了。只因为自己长得太过于像父亲，所以就把这种怨恨转嫁到了自己身上？这个问题她至今想不明白。

看着别人都有妈妈疼爱，看着别人的妈妈就算再艰难也不会抛弃自己的孩子，看着电视剧里无数在离婚官司里争抚养权的双方，大蓝竟然心生羡慕，多好啊，即使原生家庭支离破碎了，还有两个人在争夺他们曾经共同的纽带。

她无比羡慕别人的家庭，即使是单亲家庭长大的孩子，大蓝想不明白，天下竟然有如此狠心的妈妈。

大蓝想尽了一切办法找自己的妈妈，她要弄明白，她要那个生自己的人当面跟自己说明白。

下定了决心的大蓝拉着弟弟一起,让弟弟回家当间谍,翻父亲的东西,看看有什么蛛丝马迹,弟弟回家果然翻到了线索,在一个柜子里翻到了一摞信。而这些信都是大蓝妈妈写给大蓝的。

原来大蓝妈妈早在离婚的第二年就离世了。

大蓝妈妈写了一摞信给女儿,希望她长大以后再看到。而这些信都被藏了起来。

大蓝一封一封看完,快要崩溃了。自己惦记了二十多年的妈妈,想了二十多年,恨了二十多年的妈妈竟然早就不在人世了。

信里全是妈妈对女儿的不舍,原来大蓝一直都在妈妈心里,妈妈从未抛弃过自己的女儿,即使在她生命的最后一刻也依然惦记着大蓝。

大蓝恨父亲为什么不早告诉自己这个消息,原来是妈妈叮嘱父亲一定不要告诉女儿自己已经去世,而父亲也就把这个秘密藏了二十多年。

大蓝捧着妈妈写的信哭得上气不接下气,二十多年了,自己甚至已经记不起来妈妈的模样。她不想去质问父亲为什么不告诉自己,虽然她有知道真相的权利。她也不想跟父亲谈这个话题,自己成长的二十多年,父爱的缺失早已在心里留下了疤痕。她始终无法原谅父亲。

火锅店的副业干得红红火火,钱赚得多了,大蓝的生活质量直接就上升了一个层次。大蓝开始有更多的时间去提升自己。

都说好事成双，大蓝也在此时遇到了一个文艺片导演，导演很喜欢大蓝这种类型的女演员，邀请大蓝来当自己新片的女主角，虽然片酬很低，但大蓝依然满心欢喜地去演了这个角色。

后来这个片子在国外拿了奖，大蓝一跃成了圈内炙手可热的女演员，片酬也多了起来，大蓝终于熬出了头，也开始频繁地去参加一些颁奖典礼。片酬也是打着滚儿地往上涨。

然而大蓝没有忘本，文艺片导演再开新戏的时候，大蓝依然是女一号，不过大蓝依然要了跟上次一样极低的片酬，乐得导演逢人就夸赞大蓝人品好，而大蓝说是为了感谢导演知遇之恩，算是互相成就彼此。

导演跟大蓝成了很好的朋友，也经常会给大蓝介绍戏，直到有一天，大蓝经导演的介绍，演了一个国内知名大导演的戏，大蓝一下子火了，微博都上了热搜。

然而人一出名，关注的人多了，总是会有一些不怀好意的人出现，大蓝的微博里就有很多人骂她，说她整容，说她靠潜规则上位。总之，各种各样难听的话扑面而来。

刚开始大蓝很在意，甚至还会觉得委屈，她选择不理会，不论说什么都不回应。后来时间一长，渐渐微博里的喷子也就没了，只剩下关注她作品的粉丝。

然而，人总是有好奇心的，她也想知道别人都在她微博里评论了什么，于是闲暇的时候，就翻开来看，看着看着就发现有一个人总是在有喷子的评论下面反驳。基本上每条都会，更有甚者直接怀疑这个人是大蓝注册的小号。

大蓝翻了翻这个人的微博，发现他的微博里转发的全是关于她的东西。没有任何别的内容，完全看不出来这是谁的微博。

想着可能是某个忠实的粉丝，大蓝也就没多想，这事也就过去了。

大蓝越来越火，片约接踵而来，多到大蓝经纪人都排不过来。然而大蓝对此有一个原则，就是只要是文艺片导演要开新戏，自己就一定空出档期，报跟原来一样的片酬，这个不能变。

大蓝的火不是偶然，而是她不忘初心，知道感恩，方有今天。

偶然间，大蓝从弟弟那儿知道父亲生病了，弟弟本来不想告诉大蓝，可还是没忍住，想让大蓝回去看看父亲，大蓝一听，没说话，她不想回去。在心里，她是恨父亲的，对于父亲，她心里始终有芥蒂，无法原谅。

弟弟是一心希望姐姐能跟父亲和好的，他知道姐姐的心结，更知道从小的时候，姐姐因为妈妈的原因，心里一直有恨。可是现在看着大蓝的态度，弟弟还是没忍住把父亲的秘密说了出来。

原来父亲是个典型的山东男人，对孩子不苟言笑，什么话都会放在心里，其实他对大蓝并不是不关心不爱护，只是他一直默默对大蓝好，即使大蓝误会也不辩解，他总觉得大蓝长大了就会理解自己。只是没想到，大蓝随着年龄的增长，对父亲的误会越来越深，一直到这误会变成了怨恨。

这么多年来，弟弟平时偷偷塞给大蓝的钱和东西其实都是父亲给的，他想用这种方式来表达对女儿的爱，又能培养两个孩子的感情，毕竟，他知道，女儿因为后妈的原因，多多少少是讨厌弟弟的。于是，从小他就在女儿和儿子的关系问题上费尽了心思，直到现在，看着两个孩子的关系如此亲密，他也很欣慰。

只是他忘记了，在大蓝成长的过程中，她最需要的是父亲的爱，因为他从来不表达，导致大蓝从小以为父亲不爱她。可是等到他明白这一切的时候，却再也无法解释，因为大蓝已经恨极了他。

他只能默默地看着大蓝一步一步地成长，只能通过儿子提供帮助。直到大蓝终于出了头，他还没等欣慰，就被网上铺天盖地的评论给吓坏了，各种评论褒贬不一，有些难听的话气得他血压直升。看着那些如机关枪一样扫射而出的话语在肆意地伤害着他的女儿，他却什么都做不了。

后来，在请教了儿子之后，他拿着儿子给他注册的微博号，戴着眼镜趴在电脑前，在大蓝的微博里，一条一条地翻看着评论。看到有恶意的评论，他就挨个回复，面对别人的谩骂，他吃着降压药，没日没夜地一条一条地回着，仿佛只有这样，他才能保护女儿。

事实上，他的这种做法确实起到了作用，不少人转头过来骂他，很多人把他当成了大蓝的微博小号，纷纷到他的微博开战。渐渐地，大蓝微博里的喷子少了好多。

如果不是弟弟实在按捺不住了，把这一切都告诉了大蓝，可能大蓝永远都不知道，她从小以为不爱她的那个父亲，其实一直都深深地爱着他，只不过是用一种她不理解的方式来爱她。

听完弟弟讲的从小到大的那些事情，大蓝哭了，这么多年，她哭过不少次，每一次哭都是因为想念妈妈，怨恨父亲，怨恨为什么自己会生在这样一个冷漠的家庭。

然而今天，她那颗冰冷的心有了融化的迹象。原来那个与她有着血脉相连的父亲是爱她的，这让她喜极而泣。

好在知道得不晚，一切都来得及。

大蓝心里那块关于父亲的疙瘩可能还是需要时间，需要跟父亲的相处才能慢慢消除，可是至少她现在终于知道原来她不是被遗弃在角落里的小孩，原来她也有人疼有人爱。

后来，大蓝告诉我，有人爱的感觉真好。因为知道了这个世界上你最想要得到爱的那个人一直都在爱着你。还有什么比这还要美好的事情？那感觉就像是你一出门，就会发现天空格外地蓝，空气特别清新，阳光照在身上，全身上下，从里到外，每一个毛孔都是温暖、通透的。

关于亲情，大蓝卸下了她的包袱。

而关于爱情，大蓝的观念是：不想再去恋爱了，再也不想费尽心思去讨好对方，只想一个人待在屋子里睡一大觉，醒来后，阳光依然灿烂。她看着窗外随风摇摆的树叶和马路上行色匆匆的人群，听着窗外嘈杂的车声。无聊了就窝在沙发里看看书、看看电影，自己给自己做一份健康餐，这样随意自在地一个人生活，何苦要寻求未知的感情浪费时间？

大蓝闲暇的时候总喜欢和我去露天的咖啡厅喝咖啡,坐在露台上,晒着太阳,看着街上熙熙攘攘的人群。那天,我俩照旧在露台上发着呆,大蓝突然问我:"你有没有认认真真地想过,要找个什么样的人来过这漫长的一辈子?"

我记得当时我说:"我要找一个能让我依赖的人。"

"依赖,这个词好。"大蓝眯着眼半躺着说。

"对,就是依赖。"我笃定地回答。

大蓝深吸了一口气:"如果是依赖,到现在为止,从未有一个让我可以依赖的人出现,你呢?"

我看着大蓝:"我也不知道,但是我觉得如果将来这个人出现了,我希望他是无论如何都不会放开我的手的那个人。因为我脾气差,我希望他能包容我,希望以后在我情绪崩溃的时候陪着我,无论怎样,都不会离开我,让我无论如何都能从心底里去依赖他。"

大蓝看着我:"想象都是美好的,可是现在这样的人,怕是难找,所有的人都喜欢锦上添花,哪有人会雪中送炭?即使有,也难觅踪影。毕竟这个社会现实得可怕,可怕到连真诚的爱情都是奢望。"

大蓝说:"直到那个能让你依赖的人出现之前,我们自己要学会勇敢和担当,即使在大雨天没有人给我们打伞,我们也要找到躲雨的屋檐。"

是啊,生活何尝不是这个样子?

看着那样笃定自信的大蓝,我知道现在是她最自由自在、随性而为的时候,因为她不再为了爱情而活,她知道自己想要的幸福是什么样的，知道自己会因为自己喜欢的事物而快乐，再也不会去强求别人和委屈自己，只因我无法做到，用尽了力气，不问结局。

大蓝说："这便是成长，我就是我。"

其实大蓝是经历过内心崩溃的考验的，但她的崩溃是无声的，她会自我化解的。

我想她的崩溃是像沙尘暴，袭卷一座又一座城市，只剩残垣断壁，却又被突如其来的海啸冲刷得一干二净，融化进了沙尘里，就算用手捧起，也会从指缝间滑落，大抵就是这种绝望。

好在经历了这些，走过了那些残垣断壁之后，她终于遇见了绿洲，从此可以自在地生活。

这世上的一切，只因世人求爱，都宛若在刀口上舔蜜一般，初尝了滋味之后，却已近割舌，那些所谓的爱情，不外乎如此。

这世界上也没有什么命中注定，所谓命中注定，都基于你过去和当下有意无意的选择。选择种善因，自得善果。果上又生因，因上又生果。万法皆空，唯因果不空。

因果最大，但因果也是种选择。

有时，一个人内心的安全感只有在我们接受他时才变得有意义。

而在有些人眼里，房子和金钱就是安全感的来源。

其实，你所有失去的东西都会以另一种方式回到你身边。

安身立命之所

所谓的一见钟情不过是见色起意,
所谓的日久生情不过是权衡利弊。
我们不必格格皆入,即使一切如梦。
但从未想的是,最后也要拥入人群,随波逐流。

中国式的安全感首先就来源于房子,因为这就代表整个人扎根稳定了下来。而多少将要结婚的年轻人,都卡在了房子的问题上。没房不结婚,有房不加名字也不结婚。总之,人都想给自己一个安全感,仿佛房子不仅是遮风挡雨的庇护所,而且是未来婚姻生活最牢固的保障。多少人因为没有房子,无法跨进婚姻的大门。

可乐和大飞就是这样,他们快要结婚的时候,却被房子的事情难住了。

可乐是我的表姐,大我两岁,大飞是她男朋友,两人在同一家公司上班,由于公司不允许"办公室恋爱",两个人的恋情一直处于地下状态。为了不让公司其他同事发现,两个人一直保密。两个人从来不一起上下班,在公司里也装作不太熟的样子。就这样三年下来,谁也不知道他们的真正关系。

可乐是一个很容易满足的人,她常常说自己是知足常乐。她在一间老旧的破房子里面一住就是三年,大飞总是劝可乐搬到自己租的房子里一起住,这样生活环境好一点,而且又省钱。可是每次大飞这么说,可乐都会拒绝。她有自己的原则和底线,虽然都是成年人了,恋爱了三年,难免会发生一些情不自禁的事情,可是即使这样,可乐依然坚持拒绝婚前同居。她希望在结婚之前,两个人都是独立的个体,都可以操持独立的小世界。这样即使有一天,两个人不在一起了,她还有一个可以遮风挡雨的地方,不至于无家可归。

可乐从小就是一个不会撒娇的孩子,长大了更是如此,不会示弱,不会撒娇,任何时候都是一个人,独立而又坚强。

小的时候,可乐即使再喜欢商店橱窗里那些花花绿绿的糖果,只要妈妈不主动给自己买,她就不会开口要。她从来不像别的小朋友一样,为了要一块糖果满地打滚赖着不走。那时候的可乐就假装自己不喜欢吃糖,于是可乐就成了父母眼中乖巧懂事的好孩子,也成了街坊邻居口中的别人家的孩子。

然而从小到大,可乐过得并不快乐,也造就了她现在的性格。

可乐不管是在工作还是生活中,都是像一个"女汉子"

安身立命之所 211

一样，自己能做的事情，绝对不会求助别人。但是我知道她的内心其实很脆弱。

我见过她最脆弱的时候。那次，她赶完方案加完班到小区门口时已是半夜三更。她下了出租车往楼道门口走的时候，碰见了一个醉汉，那人醉醺醺地上来就拉住了她。她吓得拼命喊叫，幸亏小区门口值班的保安跑了过来。虽然是有惊无险，但惊魂未定地回到家的可乐一进门就双脚发软如面条一样瘫在地上，心里害怕极了，许久没有缓过神来。

那一晚可乐哭着给我打电话。那也是我第一次知道原来可乐也有如此脆弱的一面。

自从大飞知道这个事情之后，强行来给可乐收拾东西搬了家。可乐万般不乐意，还是没拗过大飞。大飞把可乐接回了家，知道可乐想有个人空间，大飞尊重可乐，把卧室让给了可乐，自己睡客厅的折叠沙发床。

可乐的心里还是很感动的，她知道大飞担心自己，更知道自己再坚强，也还是想有一个能给自己安全感的怀抱。

可乐想结婚了，从来都没有如此迫切的念头。跟大飞恋爱三年，大飞不是没有提过结婚，而每次可乐都说再等等吧。所以，大飞一直等到了现在。

在可乐跟我说了这个消息的时候，我是高兴的，毕竟能让可乐自己生出结婚的念头，太不容易了。大飞在这三年中所做的一切，加上搬家带给可乐的新鲜感，成了催化剂，大飞也算是守得云开见月明了。

然而结婚不是件小事。可乐和大飞在告诉了双方父母他们要结婚的消息后，可乐父母提的第一个要求就是买房子。

"买房"，这个词距离可乐和大飞太遥远，两人工作这几年的积蓄加一块还离首付十万八千里，更不要说大飞跟自己父母伸手要钱了。大飞有个哥哥，哥哥结婚娶媳妇的时候，彩礼加买房就已经掏光了大飞家的全部家底。深知自己家庭状况的大飞根本就不可能张口跟父母要钱。

而可乐父母就更不可能掏钱了。可乐有一个弟弟，家里攒的钱都要给弟弟买房结婚，至于可乐，她父母不会掏一分钱，而可乐也根本不可能跟自己的父母张口要钱。

这下看来，要想买房，就得靠他们自己的努力了。

可乐和大飞陷入了惆怅，他们本想租房结婚，因为当下的高房价就是两个人完全承受不了的。没想到可乐父母现在放出话，如果没有房，这婚就不能结。

于是可乐和大飞的婚礼只能延后。他们共同制订了一个两年计划，就是两年内，一定要挣钱攒够首付。商量好计划，接下来大飞把自己的卡交给了可乐，从此俩人就开始了严苛的攒钱计划。

首先，两人每个月的工资除了留下一部分当作生活费以外，其余的全存起来，而两个人一个月一千的生活费在这个高物价的大城市实在是太少了。他们从来不打车，除非因公能报销打车费才会打车。他们的交通全依赖地铁和共享单车。

有一次大飞出去跑客户，跟客户聊完的时候最后一班地铁都停运了。回家要十多公里，大飞愣是骑着小单车在淅淅沥沥的雨中往家狂奔。一路上看着一辆辆车飞驰而过，看着远处的

安身立命之所　213

高楼大厦那一个个亮着的窗口,这个偌大的城市,自己每天起早贪黑拼死拼活上班,却没有一个亮灯的小窗口是属于自己的,就算是拼了命,自己和可乐的首付也是遥遥无期的。

回到家后的大飞浑身湿透,像刚从水里捞出来一样,可乐心疼得直掉眼泪。

为了省钱,可乐平时都是大飞在家的时候才做菜吃,大飞不在家,可乐就煮一包泡面,自己凑合吃。

可乐对自己严苛得可怕。她把自己平时不用的东西都放在网上卖了出去,只为了能多攒一点钱,就好像为买房大业添砖加瓦一样,好让首付能离自己更近一点。

大飞开始拼了命地想尽一切办法挣钱。一次偶然的机会,大飞得知了一个大客户的联系方式,而此时公司里的人都在盯着这个大客户,这个单子要是签成了,光提成就有十万。十万对于大飞来说,那是将近一年的工资。

大飞费尽心机找到了对方老总的联系方式。对方老总是个三十多岁的女性,人称"女魔头",据说丈夫在海外给孩子陪读,"女魔头"自己一个人在国内征战商场。关于这个"女魔头"的传说有很多,但谁都不知道真实的情况是什么。因为"女魔头"特别神秘,很少抛头露面,总是在背后总指挥。然而她的行事作风也难以琢磨,从来不会让竞争对手找到破绽。总之一句话,"女魔头"是一个百战百胜的"女魔头",无一件事例外。

"女魔头"名声在外,所以也让很多人还未见到她,心里就先怵了三分。听说"女魔头"不怒自威,训起人来话不重样，总能让站在她面前的人恨不得找个地缝钻进去。所以真正能鼓起勇气见到她的没几个，大多数人吃了闭门羹。

为了能见到这个传说中的女魔头，为了能拿下这个大单，光是女魔头助理这一关，大飞就连着吃了两天闭门羹。看着女魔头助理那趾高气扬的样子，大飞一时按捺不住心中的火气，又生怕被别人抢占先机，便急匆匆地冲到了"女魔头"公司，不顾门口助理的阻拦，冲进了"女魔头"的办公室。

大飞原本以为会劈头盖脸的地挨一顿骂，然后被轰出来。没想到"女魔头"一见大飞，不仅没有责怪大飞的鲁莽，反而客气地让他坐下。这可把一旁站着的"女魔头"助理给惊得下巴都要掉下来。

看着面前微笑的"女魔头"，大飞心想，这也不像传说中的那么可怕。平复了一下心情，大飞把自己的来意说明，没想到"女魔头"不仅收下了大飞的创意方案，还留给了大飞自己的联系方式。

终于见到了"女魔头"，大飞心里欣喜不已。想着能把这个单子拿下再向可乐报喜，大飞想想就暗自欣喜。

然而此时就剩下等待了，等待"女魔头"看完方案给自己一个结果，想到这，大飞不禁暗暗祈祷。

为了拉客户，可乐也是拼尽了全力。可乐是公司里出了名的豁得出去，豁得出脸，也豁得出胃。碰到难缠的客户，可乐赔着笑脸挨着骂，生生把客户磨得没了脾气；碰到能喝的客户，可乐就奉陪到底，往死里喝，撑不住了就跑到卫生间，吐完了接着回来喝。满屋的人都东倒西歪的时候，可乐还能站着喝。直到把客户送上回家的车,可乐看着远去的车,一转身就吐在了大街上。碰到有爱听别人唱歌的客户,可乐能一整晚不停地连唱四五个小时,客户点什么她就唱什么。碰到客户的老婆生病要挂专家号,可乐在医院的走廊睡了一晚上为客户挂上了专家号。客户感谢不已,自然也就顺利签了合同。

可乐的客户关系就是这么一点一点维系下来的,其中有多不容易只有她自己知道。所以,可乐常说自己豁得出脸,豁得出胃,就差跟人回家了。想一想自己这些年,多少次都是把眼泪咽进肚子里,还要对别人赔着笑脸。

而大飞这边在第二天就等来了好消息。"女魔头"同意跟大飞公司合作,并且点明自己是因为大飞的方案才有合作的意向。公司顺理成章地把这个项目交给了大飞,让大飞负责。

大飞没想到自己就这么顺利地拿下了这个单子。一想到这个单子能拿提成十万,大飞就激动得不行,心想距离首付又近了一步。

然而大飞高兴得太早了,他简单地以为是自己走了狗屎运才拿到了这个单子,没想到还有另一个危机在等着他。

大飞这阵子为了项目,经常会陪着"女魔头"打高尔夫、骑马、打保龄球,时间越长,大飞就觉得"女魔头"看自己的眼神越发地温柔。不仅如此,两个人在一起的时候,连平时跟"女魔头"形影不离的助理都被拦在了外面。大飞越想越觉得不对劲。

"女魔头"既喜欢喝红酒,又喜欢收藏红酒,所以自己有一个红酒窖。大飞第一次参观"女魔头"的红酒窖的时候,惊得瞪大了眼睛。大飞从来没有见过这么多红酒，而且是贵得令人咋舌的高档红酒。

大飞虽然没钱，自己不喝红酒，但他懂酒，因为要经常陪客户喝酒，为了不在酒桌上丢人现眼，对酒文化他也是有所研究的。白酒、啤酒、红酒，进口的、国产的，只要是市面上能见到的，大飞几乎都研究过，所以也大致都知道什么价钱。毕竟有时候碰到嘴巴刁钻的客户，大飞就要点不仅档次高还要好喝的酒。总之，大飞所熟知的那些酒知识，每每能派上用场。

也算是见过不少好酒的大飞，还是被面前"女魔头"的藏酒震撼了。许多有收藏价值的酒都在这儿了。看得出，"女魔头"也是很懂酒的人。

"女魔头"拿出一瓶珍藏版的酒，倒上，醒上，继续带着大飞参观。大飞一看刚才倒的那瓶酒，如果自己没记错的话价钱应该是六位数。大飞心里直叹气，有钱人喝瓶酒，足足顶自己累死累活干一年的收入。

而"女魔头"酒过三巡之后，开始跟大飞倒自己的苦水，诉说着自己是多么的不容易，然后借着酒劲儿跟大飞说自己喜欢他。大飞心里一凉，想着这不是要潜规则我吧？没想到"女魔头"悠悠地说自己已经离婚了，想跟大飞进一步发展关系，就是男女朋友的关系。看着大飞紧张的样子，"女魔头"笑着摸大飞的脸，说可以给大飞时间考虑一下。

回到家的大飞心里久久不能平静，"女魔头"刚才的话犹在耳边，如果答应跟她在一起，自己一下子就一步登天了，不仅会有一份年薪百万的工作，还会有一辆豪车和一套公寓，这

安身立命之所　217

一切都是自己之前想都不敢想的。

　　而自己现在和可乐蜗居在一个一居室里，出门挤地铁，吃饭也是节省到极致。想想可乐为了跟自己一起攒首付，过节衣缩食的生活，本该是女孩儿最美好的年纪，可是可乐不舍得买一件衣服，就连用的护肤品都是超市里十几块钱一瓶的面霜。一想到这，大飞就心酸不已。

　　可是过现在这种生活，大飞心里是不甘心的，他也羡慕别人住豪宅、开豪车，他也希望自己能像他们一样出入高档场所。放在以前，大飞可能就是想想，转身还是回归到自己苦哈哈的日子里。

　　而此时，却有一个机会对自己敞开了大门，往前迈一步。自己就可以过上人人称羡的生活，虽然会背上骂名。大飞的心里仿佛有两个小人在打架，一个说你这样做是不道德的，想一想心甘情愿陪你过苦日子的女人，一个说你值得拥有你想要的一切，勇敢地去吧。

　　大飞一夜未合眼。他动摇了，虽然他心里还是不舍得可乐，但也没有拒绝"女魔头"。

　　大飞家的房子要拆迁了，这个消息还是大飞从自己邻居的朋友圈里看到的。知道这个消息的可乐催着大飞赶紧问问他的父母，如果有可能的话，把拆迁款拿出一部分赞助给他们付首付。如果实在不同意，哪怕是算借的也行，以后再还给他们。

　　没想到大飞一说出自己的想法就遭到了全家人的拒绝，理由是拆迁款没有多少，而北京的房子太贵，让两人自己挣钱买。听到这样的答复，再看家里人的态度，大飞心里总是不乐意的，但也无可奈何。

在得知这样的结果后，可乐也没再说什么，毕竟这种事是能帮得上忙最好，帮不上忙可乐也没有办法，只能作罢。

大飞越来越忙，更多的时间都陪在"女魔头"身边，一边跟进项目，一边沉醉在"女魔头"的温柔乡。"女魔头"比大飞大十岁，可是她身上的活力丝毫没有让大飞感觉到年龄差距，相反地，有时候大飞都感觉"女魔头"像一个娇俏的少女。

大飞就这么在一半是海水一半是火焰的日子里一天一天地过着，哪一边他都不舍得放手。

其实他的内心只是对"女魔头"带给自己的一切而感到满足，要说爱，恐怕是没有。因为他的心里依然爱着可乐，他想着尽快赚够钱，就结束这段畸形的关系，然后买房娶可乐进门。

大飞想着可乐永远都不知道自己的这一段过去，后半生自己一定要好好地去爱她。

而这边，可乐也在拼了命地去谈项目，争取业绩。这期间，聪明而又能干的可乐身边不乏对她示好的男人，多金的、有能力的、有权势的，而可乐每次都能在谈成合同的前提下全身而退。她对那些对她不怀好意的男人完全无视。

其实，她也曾经动摇过。我记得有一次，可乐来找我，她到我家时赤着一只脚，手里还拿着一只鞋。原来可乐这双五十块钱包邮的鞋子鞋跟掉了，只好就这么光着脚来到我家。

可乐那一天跟我絮絮叨叨地说了很多，我清楚地记得她

安身立命之所

说:"有时候觉得生活真的是好苦,人也好累,明明自己那么努力,拼尽了全力,可还是距离自己想要的东西十万八千里远,无能为力。"

是啊,可乐怎么会不累?就说鞋子的问题,一个姑娘怎么会不爱美?怎么会不愿意穿贵的、好看的鞋子?可是可乐能买吗?她不能买,虽然她月薪一万,但她还是不能买自己想要的东西,因为她要攒钱买房子。

别的姑娘发了工资第一件事情就是买买买,买想买的东西,吃想吃的东西,而可乐却依然穿着几年前的衣服和鞋子,除了应酬,从来不在外面吃饭。一个星期买一次肉改善生活,其余的日子全都是青菜、米饭,就连水果都不舍得吃。

可乐在紧巴巴地节衣缩食,努力节省钱憧憬未来的时候,大飞却在跟"女魔头"穿梭于各种高档场所。"女魔头"给了大飞一套公寓,平时两人就在公寓里约会。而车,大飞暂时拒绝了。

"女魔头"知道大飞有女朋友,她在等大飞分手,彻底地跟自己在一起,所以她不着急,任由大飞自以为聪明地遮遮掩掩。

大飞无意中从邻居那儿得知自己的父母买了别墅,而且邻居还告诉自己,拆迁款是四百万。不敢相信的大飞再次跟别的邻居确认,都得到了同样的答复。跟自己家面积一样大的邻居就都分得了四百万的拆迁款,而自己的父母并没有告诉自己,反而隐瞒了这一切。

这个消息让大飞无法接受,他想不通,虽然知道父母从小就偏心哥哥，什么好吃的好玩的从来都是以哥哥为先，自己从小是穿着哥哥的衣服长大的。这些，大飞从来没有抱怨过，因为他觉得自己家境不好，父母这么做也是情理之中。就算是后来哥哥买房，父母掏空了家底给哥哥买房娶媳妇，自己依然没有说半个"不"字。可是现在，家里明明拆迁了有钱了，可是还瞒着自己，自己现在迫切地需要买房才能结婚，父母却不肯帮自己一把。要不是自己跟父母长得如此相像，大飞简直就怀疑自己不是亲生的，而是大马路上随便捡来的野孩子。

大飞从邻居的口中得知，父母买了别墅，跟哥哥一家搬了进去。因为嫂子生了二胎，还是男孩，父母的房子没有卖，哥哥原先的房子也没有卖。两套房子都租了出去，这摆明了是想留给两个孙子一人一套。

大飞还是没忍住给母亲拨通了电话，想着从小母亲疼爱自己，再怎么着也能背着父亲给自己赞助一点，好让自己能付个首付吧。

打这通电话之前，大飞心想，哪怕是母亲跟自己说实话，哪怕是只赞助自己十万，也都认了，毕竟是父母的钱，他们还要留着养老。

可是电话通了，面对大飞试探的询问，母亲矢口否认，说拆迁只分了四十万。至于以前的房子，母亲一口咬定没有租出去，而是卖掉了，并且是连大儿子的房子卖掉了才买得起现在的别墅。而让大儿子一家跟自己住在一起也是因为年纪大了需要有个儿子在身边伺候。母亲还反过来说自己现在年纪大了，大飞不仅不给钱孝敬父母，还要钱买房，这不是要逼死老两

安身立命之所　221

口吗？

大飞听着母亲絮絮叨叨，心里凉凉的。临挂电话之前，母亲还嘟囔了一句："你离我们那么远，根本就指望不上你。"

挂断电话，大飞彻底死心了。是啊，母亲说得对。自己离家那么远，根本就不能给父母亲尽孝，也许这就是父母对自己不闻不问的最大原因吧。

同样是儿子，在母亲的嘴里，拆迁款却变成了四十万，四十万和四百万差了整整一大截。不知道大飞的父母为什么要如此欺瞒着自己的小儿子。大飞想不通，难不成自己真的是捡来的？

然而还对父母抱有一丝希望的大飞，再次询问了多位邻居，得到了一样的答案，因为拆迁政策是透明的，谁都知道谁家拿了多少拆迁款，这都是能算出来的。

大飞终于对自己的家人心灰意冷了。他越想心里就越难受，想着每次回家，哥哥的冷嘲热讽和嫂子的冷眼。是啊，毕业这么多年，虽然月薪过万，可还是挣扎在贫困线上。他们瞧不起自己是有原因的。可能自己混得不好也是不受父母待见的原因之一吧，因为自从工作以后，大飞只是在过年的时候给父母买些礼物，再塞两千块钱的红包。可能在父母眼里，这个小儿子只有在过年的时候才能见到，孝顺方式不过就是一些吃的喝的和一个红包。

也许大飞父母不喜欢大飞是有他们的原因的，毕竟在平时的生活中，但凡有个什么事情都是大儿子帮忙解决，而小儿子除了打个电话，其他的什么都做不了。

大飞越想越憋屈，他迫切地想要改变自己。而他认为摆在他面前的只有一条路，那就是跟可乐分手。

而可乐还一门心思地沉浸在攒钱中，丝毫没有察觉到大飞有什么不对劲。

大飞不知道怎么开口，他表面不敢开口，心里却迫切地想要结束这一切。

然而事情的发展有时候就是让你猝不及防，让你始料不及。

可乐新签了一个客户的大单，这个客户喜欢打高尔夫，可乐就陪客户去打高尔夫，正巧就在球场碰见了大飞和"女魔头"。而这位客户也刚好认识"女魔头"，于是大家就一起边打球边聊天。

平常在陪客户谈工作的时候，可乐和大飞都装作不认识，而这种场面，可乐和大飞都在陪客户的时相互偶遇的事也时有发生，所以可乐并没有多想，以为大飞只是陪客户而已。

没想到心里有鬼的大飞动作局促了起来。"女魔头"在大飞手机里见过可乐的照片，心里就一下明白了。"女魔头"忍了这么长时间，看着大飞根本没有想着解决问题，还是周旋在两个人中间，于是"女魔头"就决定推大飞一把。

她刻意亲密地挽上了大飞的胳膊，大飞看着站在一边的可乐，脸腾地一下子红了。"女魔头"笑笑，更加亲昵地跟大飞撒娇说太阳太晒了。

可乐心里咯噔一下，但还是强作镇定，毕竟不敢得罪客户，只好忍了。

安身立命之所

然而"女魔头"得寸进尺,她准备今天把一切都捅破,好逼着大飞做一个选择,毕竟她的忍耐也是有限度的。

看着"女魔头"和大飞如此亲昵,客户跟可乐开玩笑说:"咱们也得学学人家,签了合同还保持亲密的关系,这心里该有多舒服啊。"

没等可乐说话,"女魔头"笑道:"我们俩可跟你们不一样。"

"怎么不一样了?倒是说说看。"客户惊讶道。

"我们俩这是由工作关系而上升的私人感情。""女魔头"笑着搂上了大飞的腰。

大飞身体僵硬着,内心无比忐忑,他有一种不好的感觉,那就是从今天起他将要失去可乐。

客户哈哈大笑:"这私人感情我们当然也有啊,这有什么不一样的?"

可乐连忙开口:"对啊,这休闲娱乐时间大家在一起开心,当然都是好朋友了。"

"女魔头"嘴角扬起一抹坏笑:"是朋友不错,不过我和大飞可不是好朋友,而是男女朋友。"

可乐心一沉,看向大飞,大飞闪躲着可乐的视线。可乐再也站不住了,她只觉得天旋地转,扔下了客户,拔腿就跑。

大飞没有追上去,他知道自己彻底失去了可乐。从大飞没有追自己的那一瞬间,可乐也明白自己跟大飞结束了。

可乐回了家,她在等,她想等大飞回来给自己一个解释,然而大飞却彻夜未归。

第二天一大早，可乐就赶到了公司，她要见大飞，她要听大飞的解释，然而一天都没有见到大飞的人影，却听到了大飞辞职的消息。

可乐快要崩溃了，她不知道下班后自己是怎么回的家，她疯狂地打大飞的电话，然而大飞不回微信，不接电话。

可乐病倒了，发起了高烧，请了病假在家里躺着不吃不喝。躺了三天，当可乐觉得自己整个人都要灵魂出窍的时候，可乐竟然神奇地退烧了。

可乐挣扎着爬起来给自己倒水喝，没想到此时大飞回来了。可乐端着杯子站在那怔怔地看着站在门口的大飞，几步的距离仿佛有千里之遥。

可乐的心里出奇地平静，她坐了下来，看着依旧站着的大飞，招呼大飞坐下。

两个人就这么静静地坐着，谁也不说话。

还是可乐开口了："什么时候的事儿？"

"三个月了。"

"为什么不早告诉我？"可乐瞪着大飞。

"我不知该如何开口。"大飞低声道。

"所以你就准备瞒到我发现为止，对不对？"

"我错了，我对不起你。"

"现在说这个还有什么意义？"可乐冷笑。

那一天，可乐没有再听大飞过多地解释，两个人正式分手。大飞搬走了，房子还有半年到期，可乐可以先住着。至于两个人之前的存款，大飞死活不要，全都留给了可乐。可乐没

安身立命之所 225

有推托，她知道在这个社会，有钱总比没钱的日子好过。而大飞，其实内心也权当作自己对可乐的补偿。

其实在所谓的感情世界里，能被第三者插足的都不是真正的爱情。因为当一个人坚贞地去捍卫自己的感情的时候，就等同为对方戴上了一个紧箍，只有这两个人能解。而在这过程中，你们面对半路出现的妖怪应该坚决除掉，而不是束手就擒、坐以待毙。

对于可乐来说，大飞就是意志不坚定束手就擒了。

在大飞的心里，他依然是爱着可乐的，他清楚地知道，错过可乐，他再也不会遇到一个情愿为他付出一切陪他过苦日子的女孩了。他失去了他这辈子最不应该舍弃的人。

可是心中的贪念在作祟，大飞终于还是走上了一条他所认为的正确的路。

大飞去了"女魔头"的公司，终于过上了住豪宅、开豪车、年薪百万这种他梦寐以求的生活。

可乐也辞职了，可乐去了一家之前就很想挖她去的公司，在双倍工资的诱惑下，可乐也就顺利地跳槽了。

是啊，所谓成长，不过就是一笔又一笔的交易，用纯真和洁白去交换长大的勇气，直到自己变得越来越复杂，一步步让自己变成了自己曾经最讨厌的样子，却只能接受。

可乐之所以能被别的公司以高薪挖走，完全得益于可乐在工作上的拼劲和她那不要命的闯劲。可乐对待工作的态度非常认真。她在严谨地完成工作的同时，还铆足了劲儿地去做到精益求精。即使不是工作时间，可乐也爱琢磨，琢磨怎样做才能拉到更多的客户，签下更多的单子。时间一长，可乐的能力就全都体现了出来。领导和客户都看在眼里。所以，可乐在工作上还是很得领导和客户的认可、喜爱。

这世上从来都不缺漂亮姑娘，也不缺有钱人，在快餐式的爱情泛滥的当下，真正少见的是那份责任感和忠诚。

一刀两断后，两人各自开始了自己的新生活，然而他俩并没有拉黑对方，也没有放狠话说老死不相往来。用可乐的话说就是，岁月还是要来，日子还是要过，我不再害怕孤单，就像我不再害怕黑夜一样，我开始喜欢孤单，就像是我开始喜欢金钱一样。既然无法改变，那我就该吃吃该睡睡，明天又会是一个好日子。

经过大飞的事后，可乐的心境也发生了很大的变化。她越发感到钱的重要性。她也火速开始了下一段恋爱。对方是一个很有钱的商人，只不过有一点，就是商人经常会责骂可乐，每次责骂完都会给可乐很多钱，或者很多礼物，时间长了，可乐也麻木了。

虽然住着男朋友的豪宅，但可乐还是想拥有一个自己的房子，因为她心里始终是没有安全感的。她迫切地想要在这个冰冷的城市里有一个属于自己的栖身之地。

她想要尽快地攒够钱，心想只要自己攒够了钱，买了房子，就马上头也不回地离开他。

可乐曾经跟我说过："你知道吗？我曾经想象过我的婚姻应该是什么样子的，我觉得应该是两个志同道合的人在一起，我们都有独立的经济能力、独立的朋友圈、同样的爱好和同样

安身立命之所 227

对美好生活的追求。我一直以为我找到了那个人，可是他还是离我而去。现在你要是问我，我的婚姻应该是什么样子的，我可能会说，他要有钱，有很多的钱，有房有车，至于有没有共同爱好和对美好生活的追求，我觉得这些都不重要，重要的是他得有钱。"

听完可乐的话，我并没有感到惊讶，我早已猜到了今天的一切，只不过可乐醒悟得比我预想中的晚了一点。

可乐每天都盯着自己的银行卡余额。终于有一天，我接到了可乐的电话，电话里可乐兴奋地说她已经攒够了首付，要去买房了。

可乐如愿买了自己的房子，她细心地盯装修，每一件家具都是精挑细选的。那段时间，我没少陪可乐去逛家居市场，可乐每次都逛得兴致勃勃，像打了鸡血一样。

房子装了大半年，终于装修完了，除完甲醛，可乐就开开心心搬进了新家。

可乐终于踏实了，以为终于安定下来了，美好的生活就要开始了。

可是，上天总爱跟人开玩笑，突然，毫无预兆地，可乐疯了。

起初可乐在家总是把门窗紧闭，不允许任何人到她家里去，总觉得有人要抢她的房子，要谋害她。可乐又哭又笑，在家里疯狂砸东西，大喊大叫着说这些东西是定时炸弹，要炸毁她的房子。

就这样，可乐疯了，疯在了她梦寐以求的属于她的房子里。

可乐的家人把她送到了医院,治疗了很长时间,没有什么效果,可乐依旧又哭又笑地喊着有人抢她的房子。

而没过多久大飞也被"女魔头"抛弃了,"女魔头"有了新欢,大飞只得乖乖地靠边站。只不过虽然房子和车"女魔头"都收了回去,好在大飞的工作算是保住了,这也算是"女魔头"对大飞念了一点旧情。

大飞想去找可乐,可是又打听不到可乐的消息。

大飞通过各种方式打听可乐的消息,最终得知可乐住进了医院。

不敢相信的大飞赶到医院,隔着门,看着可乐一个人静静地坐在那看着窗外。可乐瘦小的身躯藏在宽大的病号服里,背微微弓着,像一个被遗弃的布娃娃一样,孤零零的。那一刻,大飞的眼泪再也忍不住,心如刀割。

大飞下定决心,一定要治好可乐,然后跟可乐结婚,再也不会扔下可乐,无论未来发生什么事情。

自那以后,大飞时不时地就来看可乐,而可乐每次看见大飞也不说话,就是盯着他看,眼睛一眨也不眨。

说来也奇怪,自从大飞出现后,可乐越来越安静了,不再像以前那么暴躁,甚至还会认人了。

可乐最先认出的是妈妈,妈妈每天都给她擦脸、梳头发,有一天,可乐仍旧呆呆地坐在那里,任由妈妈给她换衣服、梳头发,突然可乐看着妈妈,一下子叫了一声"妈妈"。可乐妈妈一怔,以为自己幻听了。可乐又咧着嘴笑:"妈妈。"可乐

安身立命之所　229

妈妈一把抱住了可乐，眼泪噼里啪啦地往下掉。可乐拍拍妈妈："妈妈不哭。"可乐妈妈再次号啕大哭。

可乐的状态越来越好，从每天只说几句话到可以跟妈妈简单对话，情绪也十分稳定。就连医生都说可乐的病情大有好转，很有希望康复。

大飞对于可乐的康复状态是无比欣喜的，可是又怕等可乐认出了自己，恢复了记忆后不会原谅自己。所以在可乐可以简单跟人交流的时候，大飞都是远远地看着可乐，不敢走近。

经过一段时间的治疗，可乐恢复了很多，她的精神状态已经完全平稳，医生允许她出院回家了，只不过还是要吃药控制，不能受任何刺激，防止复发。

可乐回家了，可她终究没能记起大飞。像选择性失忆一样，她完全遗忘了大飞这个人和关于这个人的所有记忆。可能在她心里，这还是她最介怀的和无法原谅的，所以她下意识地选择了遗忘。

回到家的可乐最喜欢坐在客厅的落地窗户前晒太阳，一坐就是一个下午，安安静静的，谁都不知道可乐在想什么，谁也不敢多问一句，生怕刺激到她。

大飞有一次远远地看着可乐跟妈妈去超市买东西，可乐像个孩子一样往购物车里扔自己喜欢吃的东西。看着可乐开心地笑，大飞心里隐隐作痛。多么熟悉的笑脸，只是这张笑脸再也不属于自己了。大飞悄悄地跟在可乐后面东转西转，虽然只是隔了几个货架子，几步之远，却好像是万里之遥，再也无法触及。

自那以后，大飞再也没有出现过，可能是看着可乐回到正常生活后，怕自己的出现刺激到她，也可能是真的放下了，决定开始自己的新生活。总之，曾经又爱又恨的两个人从此再无交集。

人就是如此奇怪，总是为爱情添加很多的附属品，仿佛没有那些附属品生活就是不完整的，可谁又曾想过，在追逐那些附属品的过程中，他们却把最重要的感情给丢了，等他们发觉的时候，却再也回不去了。

其中，他们认为想要的得不到，得到后又不珍惜，失去了再怀念，怀念的又想见，相见的又恨晚，终其一生，满是遗憾。

而我们面对生活的种种苦难，心之如何，又何尝不似在万丈深渊、深海汪洋里无路可走、无舟可渡？但其实，除了自渡，旁人爱莫能助。

人世间的尘缘，皆日复一日、年复一年地变化在朝夕之间。你在乎也好，不在乎也罢，它都会步履匆匆地奔赴下一个人生驿站，你不舍也好，哀叹也罢，终究是留不住它的步伐。

所以，有的人规规矩矩地活着，笑脸迎合所有人，却在遭受现实的一巴掌后，才知道社会有多虚伪，人心有多可畏。

而有的人用自己喜欢的方式过一生，有酒喝，有烟抽，有平坦的大路可以走，一路潇潇洒洒。

还有人，一个人蹚过浑水，走过四季，像一个拾荒者一样收拾着自己的所有，追过风，追过雨，却依然感叹自己即使在万劫不复的时候，这岁月依旧如故。

安身立命之所

有人笑，有人哭，有人不笑不哭。

归根结底，我们都不过是这俗世红尘中的一个过客，苦集灭道，慈悲喜舍。

假　面

　　茕茕白兔，东走西顾。
　　衣不如新，人不如故。

　　"闺密"这个词，网上解释为亲密、要好、无话不谈的女性好朋友。而在现实生活里，也确实是这个样子，因为一个女人总有那么一个或者几个可以互相倾诉或者是谈论秘密的好闺密。

　　莱莱和向向就是十几年的好闺密，她们是彼此唯一的好朋友。只不过她俩的友谊止步于相识的第十三年，没能像她们之前希望的那样，一起经历铅华，一起子孙满堂。一切就在瞬间结束了，而这导火索是一个男人，简单地说，是她俩爱上了同一个男人。

　　而我认识向向则是因为有着共同的好友，所以自然也就熟悉了起来，由此我知道了她和莱莱这十几年的过往。

莱莱和向向是高中同学，她俩同桌三年，住同一个寝室，还是上下铺，有许多的共同点。她们都戴着眼镜和牙套，莱莱是牙齿突出，向向是"地包天"。两人在学校都属于闷不吭声的学霸。因为牙齿问题，处于青春期的她们很自卑，还遭受过同学的嘲笑。总之，从高中时代起，她们俩就是彼此唯一的好朋友。

后来两人一起以绝对的高分考入了同一座城市，两个人的学校离得不远，两人也是常常在一起，分享着彼此青春里的小秘密。

巧合的是，向向和莱莱都有了暗恋的对象，向向喜欢的是同班的同学，莱莱喜欢的是她们学校的学生会主席。

然而她们俩都是极其腼腆的女孩，直到大四的时候，两人才各自鼓起勇气去告白，毫无意外地，俩人双双被无情拒绝，大大受挫。

之后，在情感问题上，面对喜欢的男生，本来就自卑的两个人更加自卑了。从那之后，两个人在学校里恨不得将自己变成隐形人。

后来，两个人将这一切都归咎于自己普通到不能再普通的长相，爱美之心不断地滋生着，两个人地看着镜子里的那张脸越发不顺眼。更何况看着曾经喜欢的男生的身边都有漂亮的女朋友，两个人更加地坚定了要整容的心。

于是，毕业那年，两人毫不犹豫地去整容了，垫鼻子、瘦脸、垫下巴、开双眼皮。总之，两人需要整的地方基本上全整了,做的项目也都是一样的,整完以后,莫名地有了相似的姐妹相。于是俩人成了传说中的同鼻同脸同医生的好姐妹。

其实要是算起来,她俩的脸都快值一套房子了。当然,这一切都得益于家里人的支持,不然她们哪有钱去整容?

小的时候,莱莱没少因为外表遭受小伙伴的欺负和嘲笑。每次莱莱被小朋友冷落和孤立,甚至被打哭,都只能回家默默地在屋里哭。莱莱的父母没少自责,自责没给孩子好的基因,孩子全部遗传了父母的缺点。所以大学毕业后,莱莱一说要去整容,莱莱父母就举双手赞成,并给予经济上的全部支持。

而向向自小成长于单亲家庭,有一个有钱却极其不靠谱的父亲,抛弃了她们娘俩。虽然向向一直跟着妈妈生活,可是父亲在经济上一点都不亏着她,每次向向说要钱,他从来都不多问一句,就把钱打给向向。所以向向也不愁没钱整容。

两人在经历了脸肿得像鬼的日子后,完全换了一张脸,五官无可挑剔,美艳动人,走在大街上都是让人忍不住看两眼的那种。两人自从"换脸"后,仿佛打开了一扇新世界的大门,感受到了以前从未感受过的。

莱莱和向向从来不避讳她俩的整容经历,大大方方,心态极其好。两个人认为彼此是除了父母之外最亲的人。

莱莱和向向在同一栋办公楼里上班,在公司附近的一个高档小区合租。莱莱养了一条狗,向向养了一只猫,这一猫一狗从来都不打架,关系很好。

高智商加上高颜值,让她们身边一直不缺乏追求者。莱莱和一个相识没多久的人迅速地恋爱了,没想到向向也在同一天答应了一个一直地执着追求她的男人。

两个人都陷入了各自甜蜜的恋爱中。

要说莱莱和向向，从认识开始，几乎所有的一切都是同步的，一起整牙，一起暗恋，一起整容，一起恋爱。所有的一切都神同步，她俩总说彼此是没有血缘关系的亲姐妹。

然而，初恋的她俩都是心思简单而又没有头脑。特别是莱莱，像个傻子一样，被骗了还蒙在鼓里，浑然不知。

如果不是那一天，莱莱发现自己意外成了第三者，可能还傻乎乎地陷在她自以为的热恋中。

原来莱莱的男朋友有一个相恋多年的女朋友，只不过他们一直是异地恋，所以那么长时间，莱莱都没发现。直到莱莱在男朋友家里收到了人家正牌女朋友寄来的快递，这下，莱莱犹如五雷轰顶。

向向一回家就看见莱莱躺在床上，两眼哭得像桃子。

向向急忙问："怎么了这是？"

莱莱："他骗了我，他有女朋友。"

向向叹口气："分了也好。"

向向不知道该怎样安慰莱莱，她能做的只有陪着莱莱。

莱莱在经历了一段时间的低迷之后，又迅速恢复了活力，她开始接二连三地恋爱，每一段恋爱都很迅速也很短暂。

向向的恋爱也最终因为两人性格不合而画上了句号。

莱莱经历了多次的恋爱，每次都是她甩别人，像是在报复她初恋遇到的那个渣男，每次甩完别人她在心理上都有莫大的快感。

在一次同学聚会上，莱莱碰见了那个当年拒绝过她的男生，但是那个男生已经不记得她了，可能是时间过去太久了，也可能是莱莱当时真的太过普通了，普通到让人毫无印象。

但是现在的莱莱是整场的焦点，那个男生一眼就看中了她。

莱莱坐在那，那个男生主动来搭讪，想加莱莱的微信。看着眼前这个男生，莱莱毫无当年的感觉，但是她心里莫名地就生出了一种戏弄他的想法。莱莱给了她的联系方式，两人在聚会后一来一往联系了起来，并且越聊越火热。

面对男生狂热的追求，莱莱始终没有答应，她忽冷忽热地吊着他的胃口。终于，男生按捺不住了，每天都会早早地跑到公司楼下接莱莱下班吃饭再送回家，连续两个月，日日如此。

男生看着莱莱的态度，以为是要考验他，于是越发地积极起来，并且秘密筹划了一个求爱派对。

莱莱面对这突如其来的"惊喜"，再看着面前的男生，心里竟有一丝的触动，就答应了，这让男生欣喜若狂。

可没过多久，莱莱就厌烦了，她本来就对他已经没有任何感觉了，于是莱莱提出了分手，男生就这么被无情地甩掉了。

而向向此时虽然没有情感上的烦恼，但是她有一个极品老板。这老板做什么都顺其自然，要求每个员工都得在朋友圈发"鸡汤文"，并且要做到不刻意不做作。不少员工因为受不了这个老板而纷纷离职。

而这位向向本来很讨厌的老板，最后竟然成了她的男朋友，他的名字叫一峻。

向向原本很讨厌一峻，总觉得他像是个搞传销的骗子，每天都发一些很正能量很"鸡汤"的朋友圈，不仅发，而且还刷屏。后来，慢慢地，向向发现，他能当这个公司老板，管理着那么多人，不是没有道理的。
　　原来一峻是一个对待工作很严谨的人，而且还特别努力，经常会主动出去跑客户，毫无老板的架子，也正是因为这样，带动了公司里跑业务的氛围。相处多了后，一峻主动追求向向。向向也在这过程中，发现了一峻的好多优点。这个男人帅气、多金、性格好，有房、有车、有事业，典型的"钻石王老五"。没多久，向向就在一峻的强烈攻势下被俘虏了。
　　他们恋爱后，同在一个公司里，怕影响工作，向向就离职了，去了一峻给她推荐的另一家公司。他们这恋爱一谈就是三年，这三年间感情很稳定，互相见过家长。他们也定好了时间结婚，而在定了婚期后，意外发生了。
　　莱莱总是在向向面前表现出一副郁郁寡欢的样子，声称她失恋了，男朋友要抛下她娶别的女人了。向向很同情莱莱，但她一直没有讲过莱莱所谓口中的男朋友。因为莱莱换男朋友的频率实在是太频繁了。
　　莱莱每天闷闷不乐地缠着向向，而向向从没见过莱莱失恋这么痛苦，以前莱莱失恋都是只难过一天，隔天就好，而这次莱莱口口声声说男朋友抛弃了她，要娶别的女人了。
　　莱莱拉着向向去逛街，逛累了就去了一家莱莱说的环境很好的咖啡馆，这个咖啡馆向向从来没有来过。
　　俩人坐在了一个靠窗的位置，谁知，向向看到了一峻拉着一个年轻女孩进了对面的酒店,两人很是亲密。虽然看见的只是背影,可向向还是一眼就认了出来,向向的心简直要凉透了。

她哪还顾得上安慰莱莱?她站起身想冲进对面的那家酒店,可是她又坐了下来,心里还抱着一丝侥幸,想着这个世界上相像的人太多,也许是自己看错了。

只是她的这一系列举动全都被莱莱看在了眼里,莱莱看着她一脸苍白的样子,连忙追问怎么了,向向借口说身体不舒服,赶紧回家了。

只是她没想到的是,这一切仅仅是开始。

回到家的向向开始敏感起来,她在家里找蛛丝马迹,翻遍了一峻的东西,可是仍没有找到任何可疑的地方。

可是人就是这样,疑心生暗鬼,一旦开始怀疑,向向全身的毛孔恨不得都警惕地张开。她仔细回想了这三年的许多画面,可还是想不到可疑之处——他从来不夜不归宿,也没有可疑的电话,他身边的朋友她也都认识,微信里也没有奇怪的人。最重要的是,他对她关怀备至。

想到这,连向向都忍不住想为一峻辩护,难道真的是她看错了?向向头疼了起来,她狠狠地拍拍脑袋,又看了看桌上的表,还有两个小时一峻就要下班回家了。每次一峻都会踩着点回家,按理说,即使出轨,他也没有时间啊,除非是上班的时候。

想到这,向向突然想去看看一峻是不是从公司出来的,她赶紧拿起包快速冲下楼,以至于慌张到连桌上的家门钥匙都忘了带。

　　她匆忙出门打了个车往一峻的公司跑，她去了地下车库，找到了一峻的车，向向顿时松了一口气，想着自己应该是看错了，因为一峻不习惯打车，去哪儿都开车。看见他的车在这，向向这下心里踏实了，一峻应该是在楼上上班呢。

　　向向又匆匆忙忙打上车回家，到了家门口才发现忘了带钥匙。她站在家门口，拿起手机想给一峻打电话，可是想想又放下了电话。

　　等了半个小时，一峻回来了。向向看了下手机，一峻又是准时准点到的家。

　　一峻笑着拉着向向进家门，摸摸她的头，说她是小笨蛋。以前向向听到这些心里都是甜甜的，可今天，她烦躁地推开一峻的手，一峻一愣，什么都没说，只是给向向倒了一杯水。

　　向向不说，一峻也没有多问什么，以前向向稍有情绪不对，一峻都会关怀备至，可是这次，不知道为何，一峻并没有像之前那样去哄向向。向向心里气恼着，她感觉此刻自己已经像河豚一样，下一秒就要气得爆炸了，看着一峻那张脸，向向恨不得抓起手里的遥控器扔到他脸上去。

　　一峻起身去了书房，向向一个人坐在沙发上不停换着台，心烦气躁，她脑子里闪现出各种各样的场景，她闭上眼睛，有气没处发，恼火不已。

　　而一峻此时正在书房里工作，查看邮件，他以为向向又是生理期来临才会闹情绪，此刻他正在忙，无暇去哄向向。

　　而此刻的向向把一峻的态度跟白天的事情联系了起来，她心里笃定地认为进酒店的那个人就是一峻。

要说女人用起心来，敏锐程度堪比雷达。

第二天，向向跟踪一峻，可是眼见着一峻进了公司，一整天都没出来，直到下班时间才去了车库。

连续跟踪了几天，向向发现一峻每天上班下班没有任何异常。

正当向向松了一口气，以为她想多了的时候，向向收到了一个陌生人添加微信好友的请求，向向同意后，立刻收到了一堆一峻的照片，内容全是在宾馆的床上，一峻正在睡觉。向向脑袋嗡的一声，拿着手机的手开始抖个不停。

向向明白了，一峻出轨是事实，而现在，那个女人已经宣战了，在马上要结婚这个关口，杀了出来，这是要生生拆散他们的节奏。向向定了定神，心想着不能中了她的计谋。

向向把照片都保存了下来，开始构思报复一峻的法子。这三年来，向向像个傻子一样，全心全意地爱着一峻，总以为现在终于能修成正果，步入婚姻的殿堂，谁知道半路杀出的这个程咬金给她泼了一盆凉水，实实在在地浇透了她，此刻的向向简直是透心凉。

要说向向，虽然单纯，但是骨子里有一股劲，那就是人不犯我我不犯人，人若犯我，我必还击，向向就是这样一个爱憎分明的人。

平时向向是有一点不开心的小事就立刻表现在脸上的人，可是此刻她异常冷静。这种冷静就好似暴风雨前的宁静，连向向都不敢相信此刻的她为什么会如此的冷静。

向向的大脑开始快速运转，一峻是何时出轨的已经不重要了，重要的是她想弄清楚这一切的来龙去脉，她不想像一个傻子一样，被人玩弄于股掌之中。她迫切想弄清楚一峻这张人畜无害的面孔下究竟还潜藏着几副面孔。

而此时，莱莱又来约向向，她们又去了上次的咖啡馆，这下换向向心事重重地坐在那儿，呆呆地看着窗外，莱莱兴高采烈地絮絮叨叨，不停地叽叽喳喳地说着她又和男朋友和好的消息。向向哪还有心情听这个，她烦躁地看着窗外。突然向向又看见对面街上一峻又拥着一个姑娘进了那家酒店。

向向懊恼地回转头，正好看见莱莱嘴角闪过一丝不易察觉的笑容，突然向向心里咯噔一下好像明白了什么。上一次，也是同样的时间，同样的地点，她第一次坐在这个位置目睹了一峻的出轨。这一次也是，她依旧在这个靠窗的位置目睹了一峻的又一次出轨。而带她来这个地方的，正是莱莱。

向向摇摇头，一定是她受刺激了，所以才会胡思乱想，莱莱是她唯一的好朋友，十几年来，两人亲如姐妹，这些一定都是巧合。

莱莱刷着手机嘻嘻哈哈地跟向向说着微博里的新鲜事，向向听着，突然开口："我刚才看见一峻了。"

"在哪呢？"莱莱从盯着手机的专注中抬起头。

向向看着莱莱的反应，心里安然了许多。只是她没想到的是，面前的这个她以为的十几年的好友有着许许多多她不知道的事情。

莱莱和向向有着许许多多的共同之处，她们有着共同的兴趣爱好和审美。从高中开始，她们一起戴着牙套，大学毕业，她们一起整容，逛街的时候都会不约而同买相似的东西。有时候两人会为了喜欢同一件东西而吵吵闹闹，一路经历了许许多多的事情，十几年来，两人都把彼此当成了亲人。

直到莱莱也爱上了一峻，并且和一峻开始了长达两年的地下情。而这一切向向都被蒙在鼓里。

刚开始的时候，莱莱只是想得到一峻，并且像以前一样，激情过后就甩掉，而一峻，对这个主动勾引他的女人并不反感，甚至很享受这种偷情的刺激和快感。在长达两年的时间里，莱莱和一峻就在向向的眼皮子底下暗度陈仓。而在这期间，一峻一直都有别的新欢，而莱莱也没闲着，一个又一个地换男朋友。所以向向都不知道莱莱究竟有多少男朋友，也从来不问莱莱最近在跟谁交往。

而向向一直沉溺在一峻给她的甜蜜爱情里，三年来，从未有一丝怀疑。而一峻在忙于出轨的同时也是在认真地和向向谈恋爱，因为他知道向向是一个单纯善良的姑娘，是一个适合娶回家做老婆的人，是一个适合居家过日子的贤妻良母。

但是一峻又克制不了他的出轨行为，他沉浸在偷情带来的刺激感中，每次出轨后都会回家加倍对向向好，所以向向一直都认为一峻对自己是全心全意的。而一峻这三年来，也是用了心思，没有露出丝毫破绽。

而莱莱每次跟一峻偷完情，面对向向时，内心都会有强烈的负罪感。可是她交往了那么多男人，一峻是时间最长的，莱莱认为一峻在她心里占据着重要的位置。

莱莱从未想过未来，直到她知道向向要跟一峻结婚，她突然感觉到这两年来自始至终她也是爱这个男人的，她不甘心，不甘心这个男人就要结婚了，不甘心她最好的朋友要和她最爱的男人结婚。当然，她在想这个的时候，完全忘记了她才是那个破坏别人感情的第三者。

莱莱的不甘心，促使她策划了这一系列不理智的行为。她其实很明白，如果向向知道了一峻出轨的事，按照向向的性格，肯定会分手。即使他们分手，一峻也不可能娶她。

可是，她就是不甘心，至于为什么不甘心，她也说不上来，虽然她和一峻有着见不得光的关系，可是一想到一峻要娶向向，她就心有不甘。不甘心的心理使她失去了理智，她完全忘了向向是她最好的朋友。

于是她先是设计让向向看到一峻的出轨。因为莱莱太熟悉一峻了，她知道他什么时间会出现在什么地方，而那个酒店也是她经常和一峻约会的地方。

莱莱和一峻在一起的时候，非常有默契地从来不提向向，两人在一起除了激情，并无别的话题，一峻很乐于维持这种关系，因为这样对他来说是最安全的，很省心。他每次在外面找的女人，只要对方有一丝纠缠的苗头，他就迅速抽身，再也不见。不让自己惹一丁点儿的麻烦。而莱莱，在这两年中，竟然渐渐对一峻生出了感情。可是她知道自己不能开口，因为她一旦开口，一峻就会消失，再也不会见她。而她也没有勇气在向向面前挑明这一切。最后是嫉妒的心理促使她策划了这一切。

在第一次掐准了时间让向向看到一峻的出轨行为后，莱莱本来以为向向会上前抓住一峻闹个天翻地覆，可没想到向向竟然没有反应，完全不像是她的性格。莱莱以为是向向没看清楚，于是莱莱紧接着注册了微信小号给向向发了那些照片，没想到向向还是没有反应，就连再次看到一峻拉着别的女人进酒店，向向仍没有任何反应。

莱莱心里纳闷，向向什么时候变得这么能忍了？看着面前波澜不惊、悠闲地喝着咖啡的向向，一时间，莱莱竟然有些不认识她，仿佛自己这么多年，从未了解过她一样。

其实，人与人之间，何尝不是这样？你以为最了解的人其实总有着让你陌生不已的地方，而其实就算再亲密的关系背后都有着各自的小心思，都藏在了不被人察觉的背后。

而这个世界上，我们总以为最亲密的爱人、最亲密的朋友，即使有着那么一丁点儿的小秘密，但大多的亲密关系里至少是透明的。然而有时候最可怕的是，你认为的最透明的亲密关系往往才是最浑浊最黑暗的。

就像是恋爱里最难堪的事情不是他不爱你，而是他说很爱很爱你，最后却轻易把你放弃。就像是友情里，最伤心的不是她背叛你，而是她从来就没有把你当过朋友。

在向向被蒙在鼓里的时候，她一直是幸福的，除了爱她的家人，她以为她有着坚不可摧的友谊和忠贞不贰的爱情。直到一切秘密浮出水面的时候，她才恍然大悟，原来一直以来她都是个傻子。

其实莱莱做这一切纯粹只是想搅和一下，她也没想要让向向和一峻分手，只是她也说不出祝福的话，在这个关口，她内

假面

心的阴暗面被无限地放大,她只想恶心一下一峻。虽然她知道即使一峻不和向向结婚,也不会和她结婚。但她就是想闹一闹,她见不得一峻就这么轻轻松松地左右逢源,还能全身而退。

只要她不开心,谁也别想好过,这就是莱莱现在最真实的想法。

而一峻还为自己的这一切行为暗自得意,他以为他做的一切都毫无纰漏,以为向向永远都不会发现他所做的一切。虽然他也想过结婚之后就回家好好过日子,可是他还是抵挡不住那些诱惑。只是他没想到的是,他认为最安全的一段关系,就是他和莱莱的私情,最后却被莱莱摆了一道。

他不是不知道莱莱跟他不过就是激情使然,两年来,莱莱和他小心翼翼地在向向的眼皮子底下,多少个日子里,上一刻两人还在向向的面前客客气气地打招呼,吃饭喝酒,下一刻两人就在酒店里翻云覆雨。而这一切,向向都像个傻子一样,被蒙在鼓里,又像一个道具一样,成了摆设。

向向靠在窗边,端着咖啡杯看着窗外人来人往,天色渐渐暗了下来,向向看了一下表,还有一个小时一峻应该就到家了,而此时他应该马上就会从对面的那个宾馆里出来。向向紧盯着宾馆门口,果然两分钟后,一峻行色匆匆地从宾馆门口冲了出来,手还不忘理一下头发。

向向放下咖啡杯,一下子靠在了沙发背上,闭上了眼睛。她彻底失望了,但她知道现在还不是摊牌的时候,她想查清楚一切后再狠狠收拾这个渣男。

一想到刚才一峻在跟不知道哪个陌生女人偷情，向向就像吃了苍蝇一样恶心。这三年来，一峻在她的心里，不能说是完美，也算是一个很体贴的男朋友了，什么事都会尽力去满足她，到点下班回家，工资卡上交，在家里也不会偷偷摸摸地打电话、发微信，他的手机，向向都是随便看随便翻的。

向向看了看手表，喝掉杯子里最后一口咖啡，满面笑容地跟莱莱打了招呼各自回家。

向向留了一个心眼，她打车到距离家一公里的超市门口下了车，这是一峻回家的必经之路。她打电话让一峻来超市门口接她，没多久一峻的车果然远远地开了过来。

上车后，看着一峻这张笑容满满的脸，向向也马上堆起了笑容，撒起了娇。一峻一只手开车，一只手拉着向向的手，要带她去一家新开的日料店吃饭。向向装作开心地应允，脸上笑着，心里却如死灰。

一路上，向向的大脑快速地运转着，她猜想他一定有另外一个手机跟那些女人联系，找到那个手机才是揭开一切谜团的关键。

窗外，夜色下，灯红酒绿的街，人来人往，迷人光芒的灯光闪耀着，仿佛在说着这个世界有多么热闹。向向转回头，这光让她心烦意乱。

半小时后，终于到了一峻所说的那家日料店，两人找了个位子坐了下来。

食材果然很新鲜，一峻说之前跟客户来吃过一次，觉得很好吃，就一直想带向向来尝尝。他说的这话，向向是相信的，对于这点，向向丝毫不怀疑，因为在这三年中，一峻不论在哪儿吃了什么东西，或者发现哪儿有什么好吃的，都会带向向去吃。这一点，向向毫不怀疑。可是至于他说的是陪客户，放在以前她都会相信，但现在，向向也不知道他究竟是带客户来吃的还是带别的女人来吃的。

吃完后，一峻去埋单，向向去洗手间，上完洗手间出来的时候正好看到了莱莱的背影。可是不知道为什么，向向并没有上前打招呼。向向的第六感告诉自己，这不是巧合。

回家后，一峻照例一头扎进书房处理邮件。向向则坐在沙发上看电视。突然，向向想到一峻会不会把另外一个手机藏在车里。她看着桌上的车钥匙，悄悄地拿起来放进了口袋。

向向慢慢地出门下楼，她丝毫不担心会被一峻发现，因为平时一峻在书房里一待就是一晚上，向向经常下楼倒垃圾或是到楼下便利店买零食。即使他从书房出来看见向向不在家也不会怀疑什么。

但是也要抓紧时间，向向也怕他发现茶几上的车钥匙不见了。向向溜进了车库，打开车门仔仔细细地翻找，翻了半天都没有发现任何异常。但是不知道为什么向向的第六感告诉自己，车里一定藏着另外一个手机。

可是向向翻遍了都没找到，沮丧地趴在方向盘上，突然她灵光一闪，弯下腰，手往座椅底下伸去，果然，摸到了一只手机。

向向拿着这个手机，手机关机了，她打开，手机竟然没有密码，向向心如刀绞，她翻看着手机里的通话记录、聊天记录和照片。照片里有不少陌生女人的照片，微信里几乎全是女人，向向翻看了聊天记录，发现几乎每个星期一峻都会约人开房，单就聊天记录来看，有付钱的，有免费的。她匆匆地打开通话记录记着电话号码，直到她翻开一个电话号码，心里一下子凉了，那个电话号码她闭着眼睛都能倒背如流，那正是莱莱的电话号码。

向向再翻看微信，微信里没有莱莱的号码，但那么多陌生女人，根本无从查起。向向深吸了一口气，继续翻信息，一条刺眼的信息映入眼帘。号码是莱莱的，内容是：明天老时间老地点。而一峻的回复是：好的。发送时间应该是今天下午一峻在宾馆的时候。

而那个时候，莱莱发送这条短信的时候，正坐在向向的对面。莱莱当时一直拿着手机玩个不停，嘴里还跟向向聊着八卦。而就在那个时候，莱莱竟然给一峻发送了约会信息。看内容，已经是不知道多少次了。

向向突然笑了，十几年的好朋友抢男人抢到她的头上来了。不知道为什么，此刻向向一点都不生气。她对这两个不知廉耻的狗男女生出了恨意，她恨这两个欺骗她的人，可是她也想笑，笑这个世界的人究竟是有多虚伪，中学起就认识的好朋友，和同床共枕了三年的男人就在她的眼皮子底下玩起了地下情。想想这些年她无论是对爱情还是对友情的掏心掏肺，向向忍不住笑起来。

她把手机关好机放回原处，锁好车去便利店买了点零食，若无其事地上楼回了家。

这一夜，向向竟然睡得格外安心。

第二天，向向找到了自己的表弟，表弟是摄影师的，平时跟几个小伙伴既玩摄影又健身，个个体壮如牛。

听完向向说的一切，表弟也异常冷静，两人分析后，觉得老地点可能就是指那个宾馆。至于老时间，还不能确定，于是表弟就叫了几个哥们早早地去那个酒店蹲点。向向和表弟藏在早就开好的房间里，就等楼下蹲点的哥们传达信号。果然到了下午，莱莱先来了，开好了房，径直上楼。没过十分钟，一峻也来了。一个哥们假装打着电话跟一峻进了电梯，看着一峻摁了四层，那哥们到了三层就下了电梯。然后赶紧通知其他人去四层盯着，直到四层的哥们紧盯着一峻进了房间。

这下一直盯梢的哥们非常确定莱莱和一峻进了同一个房间。

听着这个消息，向向长舒了一口气，于是跟表弟按照计划实施。

半小时后，向向和表弟在四层会合。到了房门口，表弟一把把向向拽在了身后，使了个眼色，身边举着手机的哥们点头示意。一切准备就绪。表弟一脚就把房门踹开了。众人拥进了屋，果然莱莱和一峻在里面。

莱莱和一峻惊慌不已，但很快就被摁住了。看着向向带人冲了进来，一峻的眼里有着向向从未见过的惊慌神情。谁都没有说话，向向拉开了凳子，坐了下来。

向向语气平静地鼓起了掌说："我是不是应该给你俩鼓个掌啊？"

莱莱："向向你听我解释。"

"解释什么？解释你怎么成功地把我的男朋友睡了吗？"

"不是的，我们俩是相爱的。"莱莱嚷道。

"不是的，向向你听我说，我对不起你，可我只爱你一个人。"一峻努力挣扎着，但还是被死死摁住。

"好啊，我成全你俩。从今天开始，你们俩就光明正大的，不要再偷偷摸摸的了。"向向冷哼道。

"不要，我错了，你怎么打我，怎么罚我，我都认，我不能没有你。"一峻说道。

"不能没有我？你好意思说这话吗？你看看你现在跟这个我十几年的好朋友在一起，你有脸对我说不能没有我这话吗？怎么，难道咱们三个一起过吗？"向向看着床上这俩人的狼狈模样，竟然觉得莫名地可笑。

"还有你，莱莱，这一切都是你主动让我发现的吧？怎么，你们俩偷偷摸摸的你已经忍不住了对吧？看着我们酒店也订好了，开始筹备婚礼了，你着急了对吧？现在我满足你，成全你们两个人，到时候酒店也别浪费了，你们结婚，我去给你俩随个份子钱，这下你们该满意了吧！"

"不是的，向向，是我一时糊涂，我错了，我对不起你，你不要这样说好不好？十几年来，我们经历过多少事情，我们不是都过来了吗？你原谅我这一回好不好？我真的错了。"莱莱哀求道。

"我还没心大到被你抢男人还能做到原谅你。这个男人你留着吧，不过你也应该知道，就算你得到了，他也不可能只属于你一个人。当然，你也不是只属于他，你换男人的频率都赶上换衣服的速度了。这下我倒觉得你俩还真是般配。"向向笑着说。

"我知道我现在说什么都晚了，可我还是想说对不起。"莱莱把头埋在床上哭着说。

"你知道吗？在我眼里，你就像我的亲人一样，这十三年来，我们经历了多少事情，从来都是携手一起扛过去的，从来都是你喜欢的东西，我让给你，可是现在呢，就为了这个男人，你骗我，而且是你俩合着伙儿地骗我，为什么呀？你告诉我为什么呀。你喜欢他你告诉我啊，你大大方方地告诉我，我成全你俩。可你背着我这又算什么？"

"我不敢说。"莱莱低声哀求。

"你不敢说，就敢直接上手睡是吧？你知不知道，相对于男朋友出轨，让我更伤心的是你，是我以为的我最好的朋友欺骗了我。你太作贱我们的友谊了，如果你大大方方地说出来，我虽然也会生气，可我会把他让给你。"

"我错了，我错了，你原谅我吧，我真的错了。"莱莱号啕大哭。

"我不会原谅你，你触到我的底线了。还有你，一峻，你睡一百个女人我都不在乎，因为对我而言，你出轨一次和一百次是一样的，但凡我知道，我们就走到头了。可是你千不该万不该，你不应该和我曾经最好的朋友勾搭在一起。我永远都不会原谅你们俩。"

那一天，向向痛痛快快地把想说的话全都说了出来，她奔着跟这两个人决裂的目的尽情发泄了心里的怒火。只不过她虽然带着人，录着像，可她一下都没有打这两个人。

她叫上表弟和他的哥儿们，并不是给她壮胆或者去打架，她只是想把这两个人牢牢地控制在那儿，让他们动弹不得，让他们也体验一下自己犹如案板上的鱼肉一样，不知道下一刀会落在哪儿，胆战心惊，慌乱不已的感觉。

向向牢牢记住了表弟说的一句话，那就是："你如果能无底线地原谅谁，谁就会无底线地伤害你。"

所以这一次，她选择不原谅。

而一峻，在向向带着人破门而入的一刹那，他就后悔了，因为他从来没有想过自己会经历这个场面，他一直以为向向是一个傻乎乎的无条件信任他的姑娘，所以他才放心大胆地乱来，就算是他和向向最好的朋友勾搭在一起了，他也不担心会被她发现。

一峻后悔了，他在被人摁在床上不能动弹的时候，恨不得找个地缝钻进去。他知道他彻底失去了向向。

人总是失去最好的东西后，才感慨若只如初见该有多好，可是覆水难收，谁也无法回头。

而莱莱也从没想过会被向向捉奸在床，她一直以为她设计的圈套会让向向把注意力放在别的女人身上，可能会把一峻和别的女人摁在床上，只是她万万没想到的是，被摁在床上的这个人竟然是她自己。

其实她和一峻犯了同一个错误，就是高估了自己，低估了别人，总以为仗着自己的那点小聪明就可以乱来，可以把别人耍得团团转，可是没想到的是，最终聪明反被聪明误。

向向从一峻家搬了出来，恢复了单身。

其实，恋爱三年，一峻并不是很了解向向，虽然他们朝夕相处，可是他并不知道向向究竟有多在乎这段感情。

所以，当后来听向向再轻描淡写地说完这一切的时候，我是完全不敢相信的，因为莱莱也是我的朋友，虽然莱莱对待感情不靠谱，经常换男朋友，可是，她和向向的友情则是我们大家有目共睹的。至少像向向说的那样，不是亲人胜似亲人。可如今，莱莱亲手毁了这一切。

之后莱莱再也没有出现在我们的朋友圈里，谁都不知道她去了哪里。

还记得那天向向说："人非圣贤，孰能无过？谈恋爱这件事，其实很简单。就是先管好自己，因为对方不是你想管就能管得了的。往粗了说，就是裤裆不能设密码，大脑也不能结扎。何苦为难自己呢？放过别人也就是放过自己。"

我记得当时向向说完这话的时候，我是忍不住要给她叫好的，确实没错，放过别人也就是放过自己。我明白她的意思，在这段感情里，向向不仅仅是失恋这么简单。她失去的更是一个让她无法释怀的比男朋友还重要的好朋友，这是她心里的一根刺。

而向向在时隔一年后，在大街上偶然碰见了推着婴儿车的莱莱，旁边站着的正是一峻。

三个人隔着一条街相望，街上的车川流不息，莱莱抬手对着向向挥手，向向笑了笑，一峻拉过婴儿车，拽着莱莱离去。

向向看着一家三口离去的背影，笑了，她觉得莫名的轻松。

莱莱虽然以不堪的手段得到了她爱的人，虽然她为此失去了十几年的好朋友，虽然她知道她并不是一峻想娶回家的那个人，但是经过那次事件之后，她和一峻越走越近，最终走到了一起。

没有婚礼，没有通知任何朋友，只是简单领了个证，通知了双方的父母。

自从莱莱怀孕后，一峻似乎也改变了许多。他仿佛也像换了一个人一样，彻底踏踏实实、一心一意地守着莱莱过起了日子。

果然，一个男人不会因为任何一个女人而改变，只会在某一个时间想通了以后，自己做出决定改变，莱莱刚好就赶上了这个时间。

浪子回头金不换，对于莱莱来说，这算是最大的幸事，毕竟余生，她要跟这个男人一起度过。

虽然莱莱知道他有过许许多多的女人，当然，一峻也知道莱莱的那些稀里糊涂的过去。只是他们都下定了决心，跟对方好好过日子。

爱情就是这样，有人走火入魔，有人立地成佛，有人变成猥琐不堪的自己，有人变成强壮智慧的自己，而这一切，是魔是佛，不过都是为了历经劫难，找到那个愿意陪你成魔成佛的人，仅此而已。

在向向跟我说完这一切的时候，从她的语气和眼神里，我看得出，她已经不再恨莱莱了。

可能自始至终，向向也没有恨过莱莱。她愿意记住的，可能都是彼此岁月里最单纯的美好。

在这个世界上，有人陪你走过一段路，就会变成你曾经路过的风景，从此山重水复，人山人海，不再归来。

后会无期

让彼此都舒适的方式，
就是恰到好处的距离。
但这前提是，
你要先成为独立的个体。

  喜悦是我的远房亲戚，她妈妈的姨跟我姥姥是亲姐妹。按关系说，我应该叫她表姐，但从小到大我一直叫她喜悦，因为她只比我大一天，所以我从来都不叫她表姐。她胆子小，性格腼腆，也从来不跟我计较。
  以前我跟喜悦联系不多，只是逢年过节走亲戚的时候见个面。但是近几年，我俩的联系多了起来。表面上是因为她偶尔来北京会住在我家，但我觉得实际上是因为我是唯一一个知道喜悦秘密的人。

没错，喜悦埋藏在心里十年的秘密，除了她自己，就只有我知道，可能因为是亲戚里为数不多的同龄人，也可能喜悦没有人可以去说，但又得有人倾听心里的苦恼。而我，正好就是那个人。

十年前，喜悦爱上了她的邻居——一个大她两岁的哥哥。邻居哥哥名叫成叙，一个让她整整爱了十年都不曾放下的人。

成叙家世好，人也长得高高大大的，很是帅气。而那时的喜悦像一个丑小鸭一样，戴着厚厚的眼镜，人也圆圆胖胖的，性格内向。青春期的女孩心里更多的是自卑。

喜悦的内心就是被一个微笑打开的。有一天，喜悦心情沮丧地爬楼梯回家，正好碰上了下楼梯的成叙。成叙看着喜悦，嘴巴上扬，一个大大的微笑。喜悦愣在了那里，直到成叙下了楼梯，不见了人影，喜悦都没缓过神来。

十七岁的喜悦，情窦初开。

自此以后，喜悦开始格外关心成叙的一举一动。品学兼优又懂礼貌的成叙，从小就是爸妈口中的别人家的孩子。小区里的家长都常常把成叙作为榜样用来教育自己家的孩子。成叙爸妈也乐于跟别人分享自己儿子的大事小情。而喜悦也经常能从自己爸妈嘴里听到成叙的种种事迹。每每听到，都会让喜悦心里小鹿乱撞，但她会假装镇定。

不知是一种什么样的动力让喜悦在高三那一年成绩突飞猛进，如愿考进了成叙读的那个学校，成了比成叙小两届的学妹。

理所当然的，开学的时候，成叙被喜悦家长拜托带喜悦去学校报到，一路上，喜悦每一步都像是踩在云彩上一样，心里飘飘忽忽的。

心想着终于可以离成叙近一点了，可是到了学校，喜悦才知道，原来成叙有女朋友，因为家里人的嘱托，一定要照顾好妹妹，成叙就总是给喜悦送吃的或者带她出去吃饭，他的女朋友小天也很喜欢喜悦这个小妹妹，经常来寝室看她，给她带零食，喜悦知道，她这是爱屋及乌。

后来俩人熟悉了，喜悦才知道，小天三岁的时候父母离异，就把她扔给了奶奶，而她的父母再也没有管过她。小天跟喜悦关系越来越好，两人一度相处成了闺密。

小天第一次遇见成叙的时候，正是刚给家里打了电话，一个人坐在台阶上哭，成叙一眼就爱上了这个哭泣的姑娘，因为她脸上总是挂着淡淡的忧伤，让人忍不住去关心她。

刚开始成叙很喜欢小天，总想要呵护这个柔柔弱弱的姑娘，可是时间长了，成叙总感觉到一种莫名的无趣，心里累得很。他开始厌倦了，开始逃避，总是以跟朋友组队打游戏为由冷落小天。时间长了，小天渐渐地心生怀疑，可是成叙就这么忽冷忽热的，对她时好时坏，这让她琢磨不透。

成叙自小就是乖孩子的形象，他表面很安分，骨子里却有着一颗叛逆、躁动的心。

上了大学，离开父母的成叙像是释放了自我一样，以前想做但是没做过的事通通都想做一遍。有一天，他在酒吧里认识了星星，星星是一个极其有个性的姑娘，化着大浓妆，一身热辣装束，身材妖娆，星星远远走过来的时候，成叙就盯上了她，于是上前搭讪。星星像她的外表一样妖艳，是一个极其开放的姑娘，两个人当晚就去了酒店。

那一晚上，让成叙回味无穷，自此，成叙迷恋上了星星，一发不可收拾。

要说星星是一个坏女人，专门骗男人，倒也不完全是，她完全是看人下菜碟，碰见有钱人就狠捞一笔，碰见年轻、帅气的穷小子，星星就什么都不要，各取所需就好。跟成叙在一起的时候，吃饭也不会总要求成叙埋单，有时还会悄悄地提前埋单，喝酒的时候还会提前买一瓶好酒。每当成叙喝醉了，拉着她说胡话的时候，星星会倒在他的怀里。成叙每次拉她去酒店，她从来也不扭扭捏捏，反而大大方方地去前台开房间。

有一段时间，成叙整个人都陷进了星星的温柔乡里。跟星星在一起后，他才知道什么是他真正想要的开心，他可以肆无忌惮地开一些低俗玩笑，抽烟喝酒。而星星从来不说一个不字。

成叙知道星星身边不止他一个男人，还有不少男人，有给她钱花的，有陪她玩的。可是成叙在连续一个月没有见到星星的时候，他认真了。他的心里犹如倒了一瓶老陈醋一样，酸得他马上就想跳起脚跑到那个勾人的妖精面前，狠狠抱住她并把她揉进自己怀里。

一个礼拜后，星星终于给他打来了电话，他正准备责问星星为什么这么久不跟自己联系，可是想到星星那妖娆的样子，他就不气了。所有的一切不过就是你情我愿的欢愉罢了，仅此而已。

两人见面后，他气鼓鼓地坐下，对面的星星悠闲地喝着咖啡。他还未开口说话，就被一路跟踪过来的女朋友小天给抓了个正着。一直怀疑却没有证据的小天，终于在偷看了他的手机后，发现了这隐藏的一切，这下抓了个正着。

小天本以为成叙会跟她解释，没想到成叙大大方方承认了，丝毫没有顾及小天的感受，看着坐在旁边事不关己的星星，气急的小天拿起桌上的咖啡泼了星星一脸。星星什么都没说，拿起桌上的纸巾慢悠悠地擦着脸。

小天哭喊着："你就是为了这么个女人背叛我，原来你喜欢这种货色。"

话还没说完，小天就挨了成叙一个结结实实的大耳光，小天被扇得倒退了一步，傻了一样看着成叙。

这一切都被刚进门的喜悦看在了眼里。喜悦接到小天的微信后就赶了过来，刚好看见了这一幕。

小天冲上去捶打着成叙，成叙一把就将小天推到了地上，迅速拉着星星离开了。喜悦看着成叙拥着星星走出门去，成叙走到门口站住，回头跟站在原地的喜悦说："带她回去。"

眼前这个成叙完全不是喜悦印象中的成叙，此刻的他完全颠覆了他在喜悦心中的完美形象。

喜悦脑袋发蒙、脚步沉重地上前扶起还坐在地上哭的小天。那天小天的眼泪都快要把喜悦的心湿透了，平日里这个爱笑的大姐姐没少照顾她，其实也就大她两岁而已，可是因为成叙管喜悦叫妹妹，小天也拿喜悦当妹妹一样看待。

喜悦知道，小天很爱成叙，看着他俩在一起，她原本已经

后会无期　261

想把爱压在心里,默默祝福他俩。其实她也很喜欢小天这个姐姐,因为如果真要有一个人跟成叙在一起,她宁愿那个人是小天,而不是刚才那个浓妆艳抹的女人。

虽然说不能以貌取人,可是那个女人浑身上下都透露着一股风尘气,让喜悦心生厌恶。

成叙下定了决心要跟这个俘获了他的心的女人在一起。他不甘心,不甘心他喜欢的女人还周旋在别的男人身边,不甘心这个牵扯他心的女人心里还有别的人。一股莫名的烦躁情绪在他大脑里燃烧着,他好想把这个变化多端的女人完全地占为己有。

他想过,若他把这一切都说出来,星星肯定会消失,再也不见。可是他还抱着一丝侥幸,想着她明艳动人的笑脸,想着她热辣似火的激情,成叙感觉到他的胸腔里有熊熊烈火燃烧。他迫不及待地把心里这一切都释放了出来,然而星星不出所料地自此把他拉黑并消失不见了。

成叙此刻如一头困兽一样,被圈禁在禁锢他的牢笼里,面对这个消失不见的小妖精,他毫无办法。

他开始四处到星星常去的地方去找星星,找了一次又一次,仍没有找到人,星星仿佛凭空消失了一样。

成叙要疯了,他坐立不安,他恨这个薄情寡义的小妖精,把他的心偷走了,让他失魂落魄,简直没有办法去正常生活,他发誓要找到她。

隔了大半个月,成叙又去了那家常去的酒吧,一进门就看见了星星,此刻她正端着酒杯半倚在别人的怀抱里笑容满面。

他气得冲了上去,一把夺过星星的酒杯摔在了地上,往外拉星星,旁边的男人不干了,上前就开始推搡成叙,星星赶紧制止了,拉着成叙出了门。

一出门,星星就甩开了成叙的手,一脸漠然。成叙上前试图抱星星,都被星星冷漠地推开。

"我们已经结束了,请你不要再来找我了。"星星后退一步说。

"我爱你,星星,我不能没有你。"成叙垂头丧气地哀求道。

"你是小孩子吗?这么幼稚。"

"反正我不能失去你。"成叙上前一把抱住星星。

"你这话说的,你也从来没有得到过我,何来的失去?"星星一边挣扎一边说。

"我们在一起这么长时间,你难道对我一点感情都没有?"

"笑话,别告诉我你认真了啊。"星星耻笑道。

"我就是认真的,从开始到现在一直都是认真的。"

"你跟我说认真,你我之间配谈这两个字吗?不过就是互相打发时间,彼此排遣寂寞而已。再往不好听了说就是,满足彼此的需求而已。"星星点上一根烟接着说。

"真要把话说这么绝吗?"

"我只是说实话而已,行了,我们俩已经翻篇儿了。"星星转身要走。

成叙看着转身的星星,上前一把死死抱住。星星使劲挣脱不成,气急了拿高跟鞋踩成叙的脚,成叙吃痛,弯下了腰。

星星冷冷地看着，成叙心里一股火冲上脑门，上前狠狠地吻住了星星，星星一把推开成叙，狠狠扇了一巴掌。

成叙愣了，这一巴掌好像把他打醒了。他看着面前的这个小妖精，原本妖娆的面孔此时也面目可憎了起来。他突然笑了，摇了摇头，好像一下子从这些沉迷的日子里清醒了过来。

一转眼成叙毕业了，喜悦也就再也没有见过他，直到喜悦毕业后，找了家公司实习，去实习的那家公司正是成叙所在的公司，真是无巧不成书。

已工作两年的成叙业绩很突出，已经是部门经理了。而喜悦看到成叙也在这个公司，心里简直乐开了花。成叙自然愿意照顾这个他从小看着长大的妹妹，喜悦大学的时候还是个圆滚滚的胖妞，两年没见，已出落得亭亭玉立，温婉可人了。但成叙仅仅是把喜悦当妹妹。

喜悦工作定了，到处找房子，却也没找到合适的。于是就想请成叙帮忙找，没想到正好成叙的室友搬走了，空了一间房。于是喜悦就乐颠颠地搬了进来，跟成叙开始了合租的生活。

搬到成叙家，喜悦才发现，成叙有个女朋友叫青青，青青是个画家，成天在家画画，屋里也布置得颇有艺术气息。

住了没多久，喜悦就发现，他们两个总是半夜吵架，吵着吵着青青就摔门走了。成叙也不追，就在客厅里玩游戏。原以为两人感情不好，可是第二天青青回来后，两人就跟没事人一样。喜悦一直纳闷，青青为什么总是半夜出去？后来才知道，青青是兼职去酒吧跳舞。成叙总是为这事跟青青吵，可是青青不仅仅是为了赚钱，还因为她喜欢跳舞。她时而可以一段时间不分昼夜地专注于画画，时而白天睡觉，晚上出去跳舞，日子过得随性又自在。

　　合租的日子很是自在，青青很喜欢做饭，但不喜欢刷碗，于是每次都是青青做饭，成叙刷碗，喜悦负责打扫卫生。

　　可是自在的日子又起了波澜，如果不是这天喜悦在楼下看见青青从一辆车里下来，接着一个男人追了出来塞给青青一个袋子，然后依依不舍地拥抱她，喜悦可能不知道青青的秘密。青青看着那个名牌袋子，值几万块。想起了青青屋子里有一堆名牌包包，成叙每次问她怎么又买包，她总是说这都是高仿货，几百块钱。现在想来，应该都是别人送的。

　　喜悦赶紧匆匆转身往回跑，没想到青青抬头看见了喜悦的背影。喜悦快步跑回家，正好看见成叙在阳台抽着烟，那个角度能看得见楼下的一切。

　　喜悦刚想悄悄地回屋，没想到成叙开口道："你都看见了？"

　　喜悦没出声，默默地坐在了沙发上。

　　成叙笑了笑，走过来坐下，狠狠地把手里的烟头摁在烟灰缸里，说："这个婊子。"

　　喜悦看着成叙恶狠狠的样子，她神情恍惚了一下，仿佛看到了几年前咖啡馆里的那个成叙，她突然有一种不好的预感。

　　果然，青青一进门，成叙就拿起烟灰缸砸了过去，亏得青青灵活地躲开，烟灰缸砰的一声砸在了门上。

　　那一天，成叙和青青扭打在一起，家里的茶几被砸了，桌子凳子也被砸了，喜悦拉都拉不开。后来成叙把喜悦推进了房间，拿钥匙锁上了门。喜悦被锁在屋里，只能听见外面扔东西的声音，青青哀号着，喜悦干着急，没有办法。过了大半天，外面终于安静了。等到成叙开门把喜悦放出来的时候，客厅已是一片狼藉，像被炸过一样。青青走了，在挨了成叙一顿揍之后，她被赶了出去。

那天，喜悦收拾了好久的屋子，成叙行尸走肉一样躺在沙发上，不说话也不动，就瞪着天花板。

喜悦想逗成叙开心，她把成叙拉起来，笨拙地跳着舞想逗他开心，没想到成叙笑是笑了，喜悦以为他开心了。没想到成叙边笑边说，喜悦手脚不协调。

不管怎样，成叙终究是笑了，喜悦心里的一块石头总算是落了地。不过，她想不明白的是，为什么成叙总是喜欢这样的姑娘。

她不知道的是，成叙像一棵疯长的树一样，恣意地释放着他的枝丫，他从来都不怕别人对他评头论足，他永远都是随着自己的性子任意地生长着。就像恋爱，明知道是个不靠谱的姑娘，可他喜欢就要在一起，不管有没有明天。

可是不管成叙怎样，喜悦还是喜欢他。

最近成叙在公司里总是被排挤，因为他工作上要求太严苛，一点都不给别人留余地。虽然成叙是一心为公司着想，可是慢慢地，很多人都对他心存不满。

不甘忍受排挤和领导误解的成叙愤然辞职了，准备自己创业。

喜悦也跟着辞职了，她准备跟着成叙一起创业。

成叙不是不明白喜悦的小心思，他劝喜悦不要跟着他冒险，没想到喜悦下定了决心，一定要跟着成叙，于是俩人连办公室都没有，就以家为办公室开始创业了。

他们做的是电商，他负责进货和营销，喜悦负责销售，总之两人身兼多职，大半夜也守着电脑当客服。

刚开始的时候，两人忙得脚打后脑勺，喜悦一开始不要工资，总说有钱就进货，工资攒着以后发，两人就这么生扛了大半个月，终于有人下单了，仿佛有了曙光一样，陆陆续续地，订单多了起来，这才解开了两人的困境。

喜悦毫无怨言，在那大半个月里，她每天去菜市场买最便宜的菜来做，她总是把盘子里那仅有的肉丝都夹到成叙的碗里，成叙再夹回喜悦的碗里，两人来来回回的，最终成叙拗不过喜悦，喜悦笑眯眯地看着他把肉吃掉。

喜悦就这么节省着，两人就这样过了大半个月。

成叙不是没有动过心思，他何尝不知道喜悦喜欢自己？这段时间接触下来，他也喜欢喜悦，他知道喜悦是一个适合娶回家的人，于是他动了心思，在一次跟妈妈打电话的时候，透露了几句。

成叙没想到妈妈听了他想跟喜悦在一起后，强烈地反对，成叙一开始不听，以为是多年的老邻居，万一谈不成，见面会尴尬，没想到成叙妈妈的反对异常坚决，她罗列了种种理由：一是喜悦的父母没有正式工作，都是做小生意的，没有社保和医保，以后年纪大了是负担；二是喜悦家境不是太好，怕以后

后会无期 267

拖累他们家;三是跟喜悦家认识这么多年了,万一成了亲家有些事不好说。当然,最重要的一点就是,喜悦没有正式工作。

成叙反而觉得这一切都不是问题,他挺喜欢这个他看着长大的小妹妹的。可是家里自从知道了成叙的想法之后,就开始给他介绍对象。成叙不见,家里人就把成叙奶奶给搬了出来。成叙是奶奶看着长大的,成叙从小就很听奶奶的话。这下奶奶出来坐镇了,妈妈传达奶奶的旨意,说是看过了八字,两人属相不合,喜悦克成叙。

就这样,家里的种种阻力加起来,让成叙彻底打消了这个念头。

大半年过去了,从一开始的零星几单生意,到现在初步有了规模,两个人完全忙不过来,于是成叙就招了两个刚毕业的大学生,生意慢慢地走上了正轨,成叙基本就放手让喜悦打理着。家里人也开始各种催婚,迫于压力,成叙开始相亲。

成叙虽然有着他的想法,可是却从来不敢跟父母说出来,他从小就按照父母的要求,好好学习,事事都拿第一,成了整个大院里家长口中的别人家的孩子。看着父母为他骄傲的样子,他只能一往无前地向前冲,即使他不喜欢不感兴趣,也去学去做。所以一到大学里面,脱离了父母的视线控制,他就放飞了自我。

就像现在面临家里人的催婚,他面对父母的要求,只能全盘照做,不敢违抗。

然而,一个又一个的相亲对象,成叙都没有感觉。他心里很清楚,结婚就要找一个踏踏实实、本本分分地过日子的人。

在成叙看来这是最基本的要求，可是这些相亲对象每每跟他见了一面，就再无下文。

而就在此时，大学同学给成叙介绍了一个相亲对象丰丰，人长得一般，黑黑的，微胖，公务员，小他几岁，丰丰家里无负担，父母皆是公务员。成叙见了后，第一印象还不错，看上去人很踏实，虽然长相绝对不是成叙喜欢的类型，但是好在各个方面都符合家里人的要求。

就这样，成叙家里人知道后，很是赞成，成叙也就跟丰丰谈起了恋爱，丰丰对物质什么的完全没有要求，这让成叙觉得很难得，两人火速地发展着，很快，丰丰怀孕了。

喜悦不是不知道成叙在相亲，她总是祈祷成叙不要碰到喜欢的人，刚开始的时候，看着成叙回家的状态，喜悦就知道结果，可是成叙碰到了丰丰以后，开始不着家了，总是晚上也不回家，回来后也是换件衣服拿个东西就走，喜悦知道，成叙这是又谈恋爱了。

成叙从来没有带丰丰去过跟喜悦合租的房子，他也不知道为什么，可能是心里还是怕喜悦知道。所以，成叙从来不跟喜悦说丰丰的事情，对于成叙新交的这个女朋友，喜悦全凭猜测。

本来以为成叙谈一段时间就罢了，还是跟以前一样，因为喜悦打心眼里就知道成叙不可能安安分分接受相亲结婚的。她总是觉得现在的成叙就像是一个大孩子，等他玩够了，收心了，可能就注意到她了。喜悦从内心还是希望成叙能喜欢上她，毕竟这么多年，喜悦一直爱着成叙，从未改变。

但丰丰怀孕这件事是她没想到的。

得知丰丰怀孕后,成叙家里人高兴坏了,紧接着就开始张罗结婚的事。没见面之前,成叙从丰丰的嘴里听到的都是她父母如何地通情达理,没想到等到了双方父母见面那一天,却闹得不欢而散。

丰丰的父母十分势利,全身上下透着一股浑劲,眼里透着精明的样子,第一次见面,就把成叙家里人吓得够呛。因为丰丰家的人完全不像是来会亲家,更像是来谈判的。丰丰父母拿出一个单子,有十几张纸,纸上的每一条都是结婚的要求,丰丰的妈妈挨个念,还没念完一张,成叙妈妈头就大了起来。

各种苛刻刁钻的要求一条一条地被逐一列出,成叙感觉这不是谈结婚,而是躺在案板上,任人一刀一刀地割,他的心沉了下去,仿佛够不着底,他看着面前这嘴巴一开一合捏着嗓子逐字逐句念的未来丈母娘,他突然像吃了苍蝇一样恶心。丰丰父母的冷言嘲讽,把对成叙家境的不满一股脑地说了出来。丰丰一家人的嘴脸就这么赤裸裸地暴露了出来。

各种苛刻的条件,和对方的冷言嘲讽,气得成叙妈妈高血压当场就犯了。最后连饭都没有吃,不欢而散之后,成叙生气地拉着丰丰质问。不料丰丰一脸无辜,她发誓自己毫不知情。可是又表示理解她父母的做法,毕竟父母把她养大了不容易。更何况她这个公务员的身份,在她们家眼里应该是能嫁得更好,说白了就是觉得成叙配不上她女儿。

丰丰的话气得成叙一句话都说不出来,他此刻上吊的心都有。他恨自己怎么就瞎了眼,碰上了这么无赖的一家人。可是他后悔也没有办法，丰丰已经怀孕三个月了。

成叙万分后悔，他不想结婚了，面对这样的一家人，他害怕了。可是无论成叙怎么说都没用了，成叙家里的人很传统，他们不允许成叙做不负责任的事情，这个婚结也得结，不结也得结。

成叙忍了，只能去结婚去负责，但是忍是一个很微妙的东西，忍耐是有限度的，有时候忍一时风平浪静，但忍一世，其中的滋味只有他知道了。

丰丰的肚子渐渐大了起来，生米煮成了熟饭，婚礼也就只能尽快举行，因为成叙家没有满足丰丰家提出的各种条件，以至于两人结婚时，丰丰家里人一个都没有来参加婚礼，至于嫁妆，那更是什么都没有。仿佛嫁闺女这件事是一件只能赚不能赔的买卖一样，不满意就撕破脸。

只是苦了成叙了，余生他将和蛮不讲理的一家人纠缠在一起，想想就头大。因为中国式结婚本来就是两个家庭的结合，而不是两个人那么简单。没结婚之前就有那么多棘手的问题，至于以后会发生什么事情，简直想都不敢想。

喜悦说，以前不理解有些人为了结婚去不择手段，这下她知道了，无论怎样，她都争不过那个未婚先孕、肚子里有着成叙骨肉的人。但是我觉得，她说错了，因为她从来都没有争过，一切都不过是她的一厢情愿而已。

而喜悦，她给自己的十年之约，是她给自己设的期限，这十年，她想要成为最好的自己，然后站在成叙的面前说我爱你。然而，她忘了，时间能改变一切。时间让她变成了她想成为的样子，同样，时间也让成叙爱上了别的女人。

得知成叙要结婚的消息，喜悦几天几夜没睡觉，把自己一个人关在屋里。终于有一天，喜悦万念俱灰，精神恍惚，推开了屋里的窗户，喜悦站在飘窗上，一条腿跨上了窗户，就在这时，喜悦妈妈推开门进来。吓得冲向喜悦，喜悦手把着窗户，让妈妈走开，说如果再往前一步，她就跳下去。喜悦妈妈看着面色灰暗的喜悦，连声祈求道："你有什么委屈先下来再说，不管是什么，妈妈都答应。"喜悦泪水喷涌而出，喊道："我想要的人从来都没有属于我过。"

喜悦妈妈强忍着眼泪："妈妈爱你，你是妈妈的宝贝闺女，你是妈妈身上掉下来的肉，不管别人爱不爱你，妈妈永远爱你。"

喜悦痛哭不已。

喜悦妈妈突然想起来什么，连忙求喜悦给自己一分钟，去拿个东西给喜悦。喜悦木呆呆地点头。喜悦妈妈冲到卧室，从床头柜里拿出一张卡片，那是一张粉红色的卡片，是喜悦上小学的时候送给妈妈的母亲节礼物。卡片上写着：万能愿望卡。就是以后无论妈妈有什么愿望，喜悦都会帮妈妈实现。这张卡片早就被喜悦忘到九霄云外了，可是妈妈把它一直珍藏着，一直珍藏了二十多年。

喜悦妈妈拿着卡片，声音颤抖着说道："闺女，妈妈这辈子没什么别的愿望，能让我的闺女平平安安健健康康的就是妈妈最大的心愿。"

喜悦看着妈妈，妈妈眼含泪水，却努力不让泪水掉下来。

喜悦的泪水一下子模糊了双眼,是啊,这辈子最爱她的是妈妈,就算这个世界上,任何人都不爱她,但还有妈妈一直在爱着她,从未变过。

喜悦下来了,跟妈妈抱头痛哭后,再也没有情绪崩溃过。

成叙结婚的那天,喜悦陪妈妈去参加了成叙的婚礼。喜悦看着那张既熟悉又陌生的脸,心里五味杂陈。

原来当你真正爱一个人的时候,看着他有人疼有人爱,你就会真心实意地祝福他永远幸福快乐。

整整十年,喜悦爱了成叙整整十年,她从来都不敢表达她的心意,眼睁睁地看着成叙恋爱,分手再恋爱,直到结婚。

与其说喜悦对成叙的爱,倒不如说成叙就像是喜悦遥不可及的梦,喜悦知道,他们俩之间总是差了一步,就是这一步,喜悦永远都追不上成叙的步伐。

如果时间能够倒流,喜悦一定会大声地主动地说出那句"我爱你"。

可是时间不会倒流,更不会给你后悔的机会,即使你心有不甘,即使你想停留在曾经仅有的属于他的回忆中,可是时间还是会推着你往前走。你甚至来不及停留。

后来喜悦对我说,她错过了一个又一个让她可以说出那句埋在自己心里十年的话的机会,她总是想得太多,生怕遭到拒绝,生怕会影响大人之间的交情,生怕成叙会有心理负担。就这样,犹豫和徘徊,终于让两人渐行渐远,再无交集。

第二天一早,喜悦跟妈妈说想出去散散心。

而我,收到喜悦微信的时候,她正在去青朴的路上。

传说青朴是世界上最苦的清修地，也是隐藏在藏区里的世外桃源。《莲花生大师本生传》中记载：青朴沟如莲花展开般。

青朴是一个神奇的地方，就像是坐落在深山里的莲花一样，独特而稀有。通常在海拔四千多米以上的地方，草木都很难生长。可是青朴却冬无严寒，夏无酷暑，绿水青山，鸟语花香。在佛教徒的眼里，这一切都是神佛庇佑。

每年都会有很多修行的人来到这个圣地，喜悦就是其中一个。她义无反顾，头也不回地来到了青朴。

相传莲花生大师来到此地时，遇到了许许多多作恶多端的妖魔鬼怪，莲花生大师降服了这些妖魔后，就在此处安心修行，给后人留下了许多圣迹。

传说在青朴，每念一遍六字真言，都胜过在别处念百遍，在青朴修行一天，功德远胜在别处修行一年。

喜悦后来跟我说，她一路向上攀爬，看着潺潺不息的泉水、袅袅升起的炊烟，经幡在随风摇曳，成群结队的鸟儿在庙宇间飞来飞去，山谷中回荡的号角声，看着阳光铺满整个山顶。听着耳畔悠长的诵经声，那个时候，整个人仿佛融入了天地间。再多的忧愁和烦忧都在刹那烟消云散。

在要被太阳抛弃，
快要被黑暗吞噬的时候，
仿若要一脚坠入深渊，
看不到光亮，也无力挣扎。

即将要与黑暗融为一体的时候，
我看到了那个即将消失的小小的自己，
挣扎着一点一点地变大，
直到，伸出双手，
紧紧地拥抱。
再次醒来，
阳光透过窗帘，微微刺眼。

青朴之行，让回来后的喜悦仿佛变了一个人。用她的话说就是：遇到青朴，是自我救赎的开始。

而喜悦，就像穿越漫长时光，穿越无数个星河，才来到你在的这颗星球，为此，十年之间，历经成长，她变成了一个更好的自己。

喜悦说，我原谅了从前那个自卑的自己，原谅了那时缩手缩脚的自己，直到今天，我终于释怀了这个埋藏在心里多年的秘密。因为我知道此生，他再也不会让我对有他的明天报以任何期许，从此他只属于别人。他再也不是我梦里想写的诗，正如我从此再也不能做有他的梦。

其实喜悦不知道的是，在她的世界里，成叙这个人就像是一朵盛放的花，从一开始他就不属于她，喜悦只是途经了他的盛放而已。

就像现在，喜悦看着成叙过起了安安稳稳的日子，有妻子有孩子，有朝九晚五的工作，有房有车，毫无生活的压力。可是喜悦每次见到成叙，总是觉得他的眉宇间有着淡淡的愁。

总之，喜悦是希望成叙幸福的，毕竟这个曾经承载了她整个年少青春的人，自始至终从未属于过她。

只有经历过的人才会知道，有时候结婚是和爱情毫无关系的。人人都说爱到深处就会自然而然地结婚，却不知道结婚只是一种生活方式，有时候结婚并不需要爱情，这个世间人人都可以结婚，简单得很，但是爱情是另外一回事。

其实，行走世间，百转千回，每个人都是孤独的，只不过在这漫长的人生旅途中，万物皆变，唯有自我救赎是不变的，因为只有这样，你才会涅槃成为最耀眼的光芒，才会真正地感觉到你是一个独立而鲜活的灵魂。

愿你遇到对的人，对世界充满爱，这样你身体的每一个细胞都会切实地感受到人间很值得。愿每一个经历过成长代价的你，阳光灿烂，初心不变。

后　记

　　若说这世界有什么是亘古不变的，那就是万水千山的近和近在咫尺的远。有时候总迷失于这忽远忽近的世界里，混沌不清。

　　小的时候，很喜欢听故事，长大了喜欢看书。因为总觉得一本书就是一个世界，千百本书就有千百个世界，有时艳羡于书中那如万花筒般的花花世界，看着那书中人物从从容容，有血有肉的肆意无畏，心里没由来地热血上涌。也总想着把自己的这一方小世界化作文字，付诸笔下，写给你看，说与你听。写一写这些年的阳光肆意，说一说这些年的野蛮生长。

　　总有人说好看的皮囊和有趣的灵魂不可兼得，但我总觉得在这美好的年华里，两者兼得，并不矛盾。因为我觉得好看的皮囊可以在你年轻的时候取悦自己，有趣的灵魂可以让你有着丰盈的内心，在年老的时候不至于感叹枉来人世一回。

生活就是总会让你遇到一些过客，他们给你上完一课后就消失不见。而你在这一次又一次遇见中被打磨成了最好的自己。有时候曾经羞愧于自己年少的碌碌无为，不懂得什么才是最珍贵的，总以为青春大把，时间大把，哪承想当自己突然醒悟的时候，到了而今这个年纪，时间也恨不能每天再多几个小时，恨自己在年少的年纪不知进退，以至于现在身单力薄，总会遇到一些无能为力的事情。

感谢我的家人，一路支撑着我让我去做我想做的事情。越是长大越是明白，所谓家人，不过就是他们把你养大，等你羽翼渐丰，义无反顾地飞向自己想要的蓝天。而他们看着你远去的背影，只剩下孤单，心里还念叨，慢点飞，别累着。

所以，永远不要为了他人而改变自己，心中有江湖就要骑马仗剑热血走天涯。永远做自己夜空里那颗最亮的星，找到自己的位置，尽情地闪闪发亮。不管你是不是找不到存在的意义，还是迷失在夜空里，你心里那颗最亮的星会指引你前行。

因为当你拥有跨越千山万水的能力时，才能去看更宽更广更奇妙的世界。

仅以此书芹献诸君，世间一切，千回百转，皆是遇见。